Rumores da Cidade

Lucas Rocha

Rumores da Cidade

Alt

Editora responsável **Paula Drummond**
Assistente editorial **Agatha Machado**
Preparação **Bárbara Morais**
Revisão **Vanessa Raposo e Luiza Miceli**
Diagramação e adaptação de capa **Ligia Barreto | Ilustrarte Design**
Projeto gráfico original **Laboratório Secreto**
Ilustração da capa **Helder Oliveira**

Texto fixado conforme as regras do Acordo Ortográfico da Língua Portuguesa (Decreto Legislativo nº 54, de 1995)

CIP-BRASIL. CATALOGAÇÃO NA PUBLICAÇÃO
SINDICATO NACIONAL DOS EDITORES DE LIVROS, RJ

R574r
Rocha, Lucas.
Rumores da cidade / Lucas Rocha. - 1. ed. - Rio de Janeiro : Globo Alt, 2022.

ISBN 978-65-88131-70-1.

1. Ficção brasileira. I. Título.

22-79865 CDD: 869.3
CDU: 82-3(81)

Gabriela Faray Ferreira Lopes - Bibliotecária - CRB-7/6643

1ª edição, 2022

Direitos de edição em língua portuguesa para o Brasil adquiridos por Editora Globo S.A.
R. Marquês de Pombal, 25
20.230-240 – Rio de Janeiro – RJ – Brasil
www.globolivros.com.br

Para aqueles criados em cidades pequenas e fofoqueiras

1

Nunca pensei que pudesse achar um santo tão atraente.

É claro que não estou falando do santo perto do altar da igreja, todo coberto de feridas. Aquilo é só uma *estátua*. Seria estranho achar um bloco de gesso atraente.

É o outro santo: de carne, osso e tanguinha branca, entrando no palco com as mãos unidas e uma expressão de serenidade no rosto.

— Eu não sabia que o Diego era tão… — Larissa murmura no meu ouvido. Assim como eu, ela não consegue disfarçar a admiração com aquele físico. — Uau.

— Pois é — respondo com um sussurro. — Uau.

A praça fica no centro da cidade, de frente para a igreja, e hoje está lotada. As poucas pessoas que não estão assistindo à encenação se espalham nas inúmeras barraquinhas sinalizadas com suas funções: as de jogos estão cheias de crianças barulhentas, gritando sempre que ganham algum brinde barato, empolgadas com sua habilidade para pescar peixes de plástico ou para acertar argolas em uma garrafa; as de doces disputam entre si qual tem o bolo ou o brigadeiro mais gostoso, e não é difícil perceber os olhares incendiários das senhorinhas, sempre triunfantes quando fazem uma nova venda. Há a barraca de salgados, churrasco, pizza, pastel, cachorro-quente e a maior delas, a da rifa, onde uma televisão está exposta com um laço vermelho brega e um anúncio berrante comunicando que, por apenas cinco reais, você pode concorrer a um aparelho que vale dois mil e quinhentos. Uma oportunidade única.

Estamos em setembro, mês de aniversário do Santo Augusto de Lima Reis. Talvez essa tenha sido a última grande novidade por aqui: há dez anos, um grupo da igreja resolveu criar uma companhia de teatro para celebrar o aniversário do padroeiro da cidade, com uma peça realizada antes da procissão em homenagem ao santo. A dramatização acabou virando um dos marcos do calendário local quando se mostrou um grande sucesso entre as velhinhas católicas da região.

A produção se superou dessa vez. Os figurinos são drapeados e cheios de detalhes, e há pelo menos vinte pessoas participando da história, em vez dos costumeiros cinco atores que, nos anos anteriores, se revezavam entre uns seis ou sete papéis diferentes. Acho que o padre nunca condenou um homem vestido de mulher pelo propósito divino.

No palco, o rapaz que interpreta um soldado faz uma pergunta, e Diego começa a declamar um extenso monólogo que ainda não sei como conseguiu decorar. Sua fala é cheia de simbolismos sobre o amor de Deus e a vida em santidade, e a forma como Diego fala faz brotar um sorriso no rosto de padre Castro. Ele está sentado em uma cadeira no canto do palco, como um rei em seu trono, e balança a cabeça em aprovação.

Todas as velhinhas de Lima Reis estão prestes a se debulhar em lágrimas. Seus olhos acompanham a trajetória do santo como se aquela não fosse uma história repetida ano após ano e elas não soubessem como tudo aquilo termina.

Em busca de emoções genuínas, me afasto de Larissa. Vou até o outro lado da grade de proteção, que separa o palco do público, e levanto minha câmera profissional. O foco da lente pousa nos meus pais, sentados logo ali, nas poucas cadeiras à frente da grade, reservadas para alguns convidados de honra. Não preciso me esforçar muito para perceber que os dois estão discutindo. Falam baixo o bastante para não chamar a atenção, mas a linguagem corporal deles é clara: meu pai se inclina na direção da minha mãe enquanto ela se mantém séria, com os braços cruzados e uma das pernas batendo com o calcanhar no chão.

Ok, não é *esse* tipo de emoção genuína que estou procurando.

Nesta cidade, todo mundo é extremamente católico, fofoqueiro e entediado, então não é difícil entender por que a praça está tão cheia. Enquanto boa parte das pessoas finge prestar atenção na peça, percebo olhares de um lado para o outro, em busca de histórias sobre as vidas alheias, e tenho certeza de que ninguém percebe como está sendo óbvio ao falar dos seus amigos e vizinhos aos sussurros. As pessoas daqui, como todos os fofoqueiros que se acham bons, são terrivelmente ineficazes na arte de disfarçar suas fofocas.

Desvio a câmera da direção dos meus pais. A última coisa de que preciso é dar brecha para qualquer especulação de que o casamento dos dois não vai bem — não que elas já não existam, é claro —, então aponto a câmera para minha avó, sentada ao lado deles. Por estar bem na frente do palco, em um dos lugares mais cobiçados pelo público, ela ganha certo status social na hierarquia das velhinhas carolas daqui. Com um gesto exagerado e uma fungada mais alta do que o necessário, ela seca uma lágrima por baixo dos olhos enrugados, apertando o terço entre os dedos magros. Sua atenção está cem por cento voltada para o sofrimento do santo padroeiro da cidade.

Ajusto o enquadramento e tiro uma foto dela. Consigo captar as lágrimas que caem dos olhos escuros, as rugas que marcam a pele marrom-clara como a minha, e o ângulo da foto destaca o terço envolto em suas mãos, como se minha avó fosse uma das pinturas que enfeitam as paredes da igreja.

Satisfeito com o registro, volto minha atenção para o palco e tiro uma sequência de fotos sem muito entusiasmo, apenas para captar um panorama geral do que está acontecendo. Espero que alguma delas sirva para a matéria que Felipe vai publicar amanhã sobre a peça.

Felipe é o jornalista oficial da cidade. O único, para dizer a verdade. Isso sem contar comigo, é claro, mas não me considero nada além de um estagiário oficial. Comecei a trabalhar com ele no fim do ano passado — sem ganhar nada além de experiência de vida — na esperança de enriquecer o currículo para o meu futuro como jornalista. "Não se pode colocar um valor na experiência de vida, André!", é o que Felipe vive repetindo quando comento sobre a ideia de receber um salário, argumentando que nem relógios trabalham sem bateria.

Felipe comanda o *Diário de Lima Reis* há vinte anos, nosso orgulho vendido a três e cinquenta depois do último reajuste anual. Ele vive uma rotina de ser constantemente pressionado pelos donos dos estabelecimentos comerciais, que exigem resenhas positivas de seus serviços, ou pela secretaria de comunicação da prefeitura, que precisa de propaganda para os projetos públicos. Nada muito empolgante ou lucrativo.

Quando me dispus a ajudá-lo, meu pai achou uma boa ideia. Ele acreditava que ter o filho no jornal podia ser um bom caminho para conseguir matérias positivas, ainda mais porque o ano de campanha eleitoral se aproximava e ele estava em busca da reeleição.

Volto para perto de Larissa e vejo que Felipe está ao seu lado. Ele parece um astro aposentado do rock: cabelos longos e presos em um rabo de cavalo, olheiras profundas que se alongam em seu rosto magro e meio quadrado, olhos opacos de quem não sabe o que são mais de quatro horas de sono e dentes amarelados pelo excesso de café e cigarros. Hoje, está vestindo uma camisa esfarrapada do Metallica, mas poderia ser de qualquer outra banda. O traço mais marcante da personalidade de Felipe são suas camisas pretas de bandas de rock.

Ele está rabiscando em seu caderninho, quase sem tirar os olhos da peça. Deve estar inventando novos adjetivos para descrever pela décima vez esse evento tradicional de Lima Reis. Ou quem sabe só esteja fazendo desenhos aleatórios e pretenda reutilizar a matéria que escreveu no ano passado. Não seria a primeira vez.

Agora um pouco mais afastado do palco, dou um zoom em Diego e tiro mais duas ou três fotos em sequência, o coração batendo forte ao pensar que alguém possa reparar no meu gesto com objetivos pouco jornalísticos. *Meu Deus, como ele é lindo.* Apesar de usar uma peruca loira ridícula por cima dos seus cabelos ondulados e de terem colado barba falsa em seu rosto, aquele um metro e oitenta ainda é todo dele. Será que tirar foto de um santo atraente é um pecado maior do que apenas *achar* um santo atraente?

Nota mental: salvar essas fotos no meu computador, dentro de uma pasta secreta, e apagá-las do cartão de memória imediatamente.

Quando diminuo o zoom e posiciono a lente para outra foto que capte todo o palco, ouço um grito alto seguido de uma risada. Dou um suspiro cansado, virando a cabeça apenas para confirmar que são Iago e Mateus, em sua tarefa constante de tirar a cidade inteira do sério. Eles são imediatamente reprimidos pelo grupo de velhinhas choronas que sibilam *shhhhh*, todas ao mesmo tempo, mas os dois não parecem nada desconfortáveis. Em vez disso, Iago grita:

— Aê, Diego! Está com frio, é?

E depois estende a mão, colocando o polegar e o indicador muito próximos um do outro, demonstrando algo pequeno.

Piadas de pinto e eventos religiosos: possivelmente o melhor resumo de Lima Reis e seus oito mil e duzentos e treze habitantes.

A equipe de som aumenta a trilha sonora dramática para abafar os gritos, o que me faz dar um sorriso de satisfação, mesmo com os tímpanos latejando pela mudança repentina de volume. Iago e Mateus trocam uma risadinha sem graça e, percebendo que não terão a audiência que tanto buscam, só resmungam alguns palavrões e desaparecem pela multidão.

Felipe olha para trás e anota algo em seu caderninho. Talvez a interrupção seja uma novidade relevante para aparecer no *Diário de Lima Reis*.

Volto a prestar atenção na peça. O corpo de Diego, de um marrom ainda mais claro que o meu, está coberto pela maquiagem bem-feita de feridas realistas. Seu rosto é uma bagunça de sujeira e hematomas falsos, mas, de alguma forma, ele não parece estar fazendo só uma peça de igreja em uma cidadezinha. Diego se entrega por completo ao papel que interpreta: quando cai, faz as quedas parecerem realistas; quando chora ou se curva, transmite completamente a dor da cena. Ele atua tão bem que consegue hipnotizar todas as pessoas da plateia.

Deve ser muito bom ter hora certa para sair de cena.

Diferente de Diego, sou ator em tempo integral em Lima Reis. Minha vida inteira é baseada em manter uma fachada de perfeição: tirar as melhores notas, não me envolver em nenhuma confusão, sorrir quando poso em fotos ao lado dos meus pais, fotografar garotos bonitos discretamente, e, com certeza, não falar para ninguém que gosto de garotos bonitos.

Se as pessoas dessa cidade soubessem que estou atuando, tenho certeza de que seria o fim da carreira política do meu pai.

Ser filho do prefeito é uma merda.

O som continua alto e as caixas quase estouram quando ouvimos um choro exagerado, fazendo a cidade inteira pular de susto. Tento abafar uma risada quando vejo Patrícia, filha de Felipe, vestida com as roupas da mãe do Santo Augusto de Lima Reis, surpresa com a potência da própria voz. Ela se recompõe rapidamente e dá uma piscadinha na nossa direção, fingindo que nada aconteceu.

— ... não vamos falar sobre isso agora! — Consigo ouvir meu pai resmungar de maneira ríspida. — Depois a gente conversa, Selma!

No meio-tempo em que o som ficou alto demais, meus pais aumentaram o tom da discussão do dia. Ou talvez só tenham dado continuidade à briga não resolvida da noite passada. Para ser bem sincero, nem consigo mais contabilizar. As brigas são tantas e tão frequentes que não dá mais para saber quando uma começa e a outra termina. Para mim, é apenas uma grande briga se estendendo há uns três ou quatro meses.

É inegável que tudo ficou pior com o início da campanha de reeleição do meu pai: ele sempre diz não ter cabeça para lidar com tantas reclamações e, ao mesmo tempo, fazer todo o possível para nos dar uma vida de mordomias enquanto administra Lima Reis. Minha mãe responde que não aguenta mais viver sem liberdade. Meu pai diz ter arranjado um emprego para ela na escola e pergunta o que mais ela quer. Ela responde que nunca teria se casado se soubesse que no pacote estava incluída essa vida onde não poderia sair, em que deveria medir as palavras e estar sempre sorrindo ao lado dele, sem poder se envolver ativamente nas decisões de uma cidade que ela também ama. Meu pai diz que ele é o prefeito e toma as decisões, enquanto a função da primeira-dama é sorrir, apertar mãos e cortar fitas. Ela começa a xingá-lo e diz que ele não seria nada sem as opiniões dela na hora de tomar as decisões importantes.

E os gritos em casa ficam mais altos, e as portas batem quando um desiste de gritar, e eu fico no meio disso tudo, sem saber se devo escolher algum lado ou se continuo aumentando o volume da música nos meus fones, navegando por abas anônimas no meu celular e fazendo buscas sobre pessoas que contaram para os pais que eram gays e não foram expulsos de casa.

Hoje em dia, as brigas não me assustam mais. Deixei de ter medo delas quando tinha uns treze anos. É engraçado pensar que passei grande parte da infância me preocupando com o fim do casamento deles, e hoje, aos dezessete, tudo o que mais quero é uma decisão por parte dos dois. Qualquer coisa que os faça parar de brigar tanto, porque é cansativo demais passar o dia inteiro ouvindo essa sinfonia de gritos. Eu já tenho preocupações demais na cabeça. Preciso decidir *apenas* todo o meu futuro, pesando os prós e contras de cursar jornalismo. Preciso estudar para o vestibular, porque conseguir planejar o futuro e não passar nessa merda de prova vai ser, no mínimo, anticlimático. Preciso continuar pensando em matérias para o *Diário de Lima Reis*, continuar abrindo sorrisos sem graça quando alguém na cidade me pergunta se eu gosto de alguma garota e continuar criando cenários impossíveis onde posso ser gay nessa cidade sem ninguém fazer fofoca da minha vida ou causar uma crise política.

E, principalmente, preciso viver a minha vida.

Não tenho mais energia para lidar com as brigas dos meus pais, mas percebo que dessa vez eles deram um passo importante na jornada de destruição de seu casamento, já que é a primeira vez que nem sequer esperam chegar em casa para começar a discussão.

Quando estamos em lugares públicos como essa praça, meu pai faz questão de sustentar a fachada de um casamento e de uma família perfeitos, e por mais que eu e minha mãe odiemos èsse teatro, acabamos cedendo e o acompanhamos nesse espetáculo de aparências.

Tudo para os eleitores continuarem confiando no prefeito Ulisses Aguiar.

Deve ter acontecido alguma coisa muito grande para os dois discutirem bem aqui, no meio de toda a classe católico--fofoqueira da cidade.

— Chega, Ulisses, chega! — ouço minha mãe responder, o tom de voz mais alto do que os resmungos dele, atraindo olhares curiosos na direção dos dois. Até mesmo alguns dos atores olham de soslaio do palco em busca da origem da briga.

Minha avó faz o bom gesto católico de culpa silenciosa, vira a cabeça e repreende minha mãe sem falar uma palavra, arregalando os olhos como se quisesse dizer "você perdeu o juízo, minha filha?". Meu pai encara minha mãe, respirando fundo e sorrindo enquanto as pessoas os observam e os cochichos começam a se misturar aos sons da peça.

Percebo a batalha interna da minha mãe, o rosto vermelho, dividida entre começar a gritar bem no momento em que Diego está encenando a morte do santo ou fingir que nada está acontecendo.

Ela não faz nem uma coisa nem outra. Em vez disso, apenas se levanta de seu lugar de honra, dá as costas para o meu pai e vai embora, desaparecendo pela multidão da maneira que julga o mais discreta possível.

É claro que as pessoas só cochicham ainda mais depois disso.

Há uma coisa a ser acrescentada sobre Lima Reis, que talvez se replique em outras cidades pequenas mundo afora: aqui, as notícias correm rápido. Muito rápido. E, no melhor estilo telefone sem fio, essas histórias invariavelmente acabam distorcidas enquanto saem da boca de um e chegam no ouvido do outro. Nunca me esqueço da vez em que decidiram fazer uma missa em homenagem à morte de uma das senhoras da igreja, tudo porque ela tinha parado de atender o telefone e não voltou de uma viagem que havia feito para a casa dos filhos. A mulher chegou a tempo de ver sua própria missa de sétimo dia, resmungando que seu telefone havia caído na privada e que queria passar mais quinze dias com os filhos.

Meu pai sabe tão bem quanto qualquer um que boatos se criam como ervas daninhas por aqui. Ele vive se beneficiando deles quando quer desacreditar os opositores ao seu governo, mas os odeia quando percebe que pode ser alvo das fofocas.

Vejo quando meu pai olha para trás, à procura da minha mãe. Seus olhos encontram os meus e percebo sua mandíbula tensionada; ele está irritado com toda a cena desconfortável que acabou de se desenrolar. Faz um movimento com a cabeça, pedindo para eu ir atrás dela, mas ergo a câmera, apontando para Felipe e sinalizando que estou ali a trabalho e ele deveria me levar mais a sério.

Felipe também olha para o prefeito e toma nota em seu caderno.

Torço para serem apenas rabiscos.

Meu pai fecha os olhos e respira fundo. Consigo sentir a fúria fluindo dele. Ele se inclina e sussurra alguma coisa para minha avó, depois também se levanta, dá as costas para a peça e vêm na minha direção.

— Quando terminar de fazer isso aí, encontra a gente em casa — diz, acenando brevemente para Felipe, Larissa e para todos os puxa-sacos da cidade que têm alguma coisa a dizer para o prefeito de Lima Reis. O *isso aí* é a prova definitiva de que, atualmente, ele não acha meu trabalho no jornal tão importante assim. — Nada de ficar perambulando até mais tarde. Você tem aula amanhã.

— Só vou no jornal escrever sobre a peça e depois volto para casa — respondo.

— Pode deixar que eu tomo conta dele, seu Ulisses — responde Larissa, tentando quebrar a barreira que meu pai sempre ergue com qualquer pessoa.

Ele sorri, sempre muito político, e dá duas batidinhas no ombro dela antes de também desaparecer pela multidão.

— Eles estão brigando de novo, não é? — pergunta ela assim que julga ser seguro, baixo o bastante para não atiçar a curiosidade jornalística e a experiência de vinte anos de Felipe em farejar uma informação. Consigo perceber outros olhares pairando sobre mim, todos curiosos para saber o que acabou de acontecer entre o prefeito e sua esposa.

— Que nada — respondo, desconversando muito mais pelos ouvidos curiosos do que por Larissa. — Acho que minha mãe deve estar cansada.

Coloco a câmera na frente do rosto para esconder a mentira deslavada.

Larissa conhece o histórico de brigas lá em casa e, assim como eu, também sabe que as notícias correm rápido em Lima Reis. Então, prefere não perguntar mais nada para não correr o risco de ser ouvida.

Ela sabe que, por aqui, fofocas só são boas quando não são sobre a gente.

2

Nem preciso abrir a porta de casa para ouvir os gritos do lado de dentro.

— … e não vem me dizer que você não sabia, porque você sempre sabe! — minha mãe grita no meio de um argumento, sua voz clara apesar de estar na cozinha. — Eu não aguento mais! Até quando você vai se esconder atrás dessa fachada de prefeito preocupado com o povo e ficar fazendo esse tipo de coisa?

— E você precisava fazer aquela cena no meio da cidade toda? — Ouço a resposta do meu pai quando giro a chave e abro a porta depois de respirar fundo. Meu plano é apenas avisar que estou aqui, subir as escadas e me trancar no quarto. — Precisava me desmoralizar na frente da porra do padre?

Meu pai está de pé no batente da cozinha, a gravata afrouxada e a expressão lívida. Ele é branco e careca, mas cultiva, além da barba grisalha e espessa que cobre seu rosto, uma gordura que ganhou nos últimos anos. Suas orelhas são um pouco grandes demais e ele mantém, mesmo sem perceber, a expressão constante de quem ouviu uma notícia ruim.

Assim que me vê entrando pela porta, percebo imediatamente que ele modula o tom de voz e pede alguma coisa para minha mãe, mas não consigo ouvi-lo.

— Não! Chega! — escuto a resposta dela, em alto e bom som, vinda do outro cômodo. — O André já é adulto o bastante para entender que as coisas não estão bem nessa casa! Elas só vão ficar bem quando nós dois admitirmos que esse casamento não está mais dando certo!

Sinto um bolo descer pela minha garganta. Por mais que agora eu não chore com as brigas como chorava na infância, ainda sinto um gosto amargo quando percebo que as discussões começam a se inclinar para o mesmo caminho de sempre: divórcio. E não tem nada a ver com achar que o casamento deles tem algum tipo de salvação. Sendo bem sincero, tenho certeza de que os dois funcionariam muito melhor separados. Mas como isso ficaria para mim? Como seria ter que me desdobrar por duas casas diferentes, lidando com os dois ao mesmo tempo em que estou tão, mas tão perto de fazer dezoito anos e que posso finalmente pensar em estudar bem longe de Lima Reis?

Meu pai e minha mãe são completos opostos. Ele é silencioso, sério e emburrado, ela é comunicativa e toda sorrisos, a intermediária perfeita caso alguém deseje ter uma reunião com o prefeito. Enquanto meu pai só se preocupa com as aparências e daria qualquer coisa para manter a imagem da família de margarina para seus eleitores, minha mãe faz questão de dizer que só se esforça para continuar com meu pai em consideração a mim, já que um adolescente precisa de uma casa e de uma família estáveis para crescer.

Isso é literalmente tudo o que eu não tenho nesse momento, mãe, mas obrigado pela consideração.

A grande verdade é que minha mãe procura qualquer justificativa para adiar essa decisão, talvez por sua convicção de que casamentos são compromissos eternos — alegria e tristeza, saúde e doença, e todo esse papo religioso. O problema é que isso acaba me colocando no meio de uma disputa boba sobre com quem vou morar, que sempre aparece de forma mais ou menos ameaçadora, dependendo da situação.

Eu moraria em qualquer lugar onde não houvesse essa gritaria como trilha sonora.

— André! — minha mãe me chama.

— Eu tenho que mandar as fotos para o Felipe! — respondo de imediato, subindo as escadas de dois em dois degraus e fechando a porta do meu quarto antes que eles saiam da cozinha.

É claro que já passei as fotos para o drive compartilhado quando fui ao jornal, mas se tem uma coisa em que sou especialista, é em evitar conflitos. Ainda mais quando não dizem respeito a mim. Se houvesse uma habilidade que eu pudesse destacar como a minha melhor, certamente seria essa. Com o tempo, aprendi a arranjar desculpas sempre plausíveis o bastante para não me envolver nessa eterna guerra instalada aqui em casa.

Mas, dessa vez, não é o bastante. Sem aviso, minha mãe abre a porta do meu quarto com força, fazendo-a bater na parede e derrubando o funko da Lady Gaga que está na estante.

— Ei! Devagar! — resmungo, recuperando um dos meus bens mais preciosos e colocando-o de volta no lugar.

— Vem aqui — responde ela, ríspida. — A gente precisa conversar.

— Ai, mãe, sério? Conversar o quê? Eu não tenho nada a acrescentar nessa ou em qualquer outra discussão de vocês dois. Eu preciso trabalhar, de verdade.

Ela me olha e, por trás de toda a fúria pelo meu pai, percebo que ainda existe algum traço de racionalidade nela.

— Dessa vez seu pai passou dos limites, André — explica ela, o tom de voz algumas notas mais baixo, o que faz meus sinais de alerta soarem todos ao mesmo tempo. Essa não é a voz de gritos com palavras cruéis das quais ela provavelmente vai se arrepender. Essa é a voz de quem está falando sério, prestes a tomar uma decisão importante.

— O que você já está colocando na cabeça desse menino? — Meu pai entra no quarto e, aparentemente, a terapia de casal vai ser bem aqui, entre a pilha de roupas largadas na escrivaninha e a cama bagunçada. — Eu já falei que nossas brigas são *nossas* brigas! O André não tem nada a ver com isso!

— Mas ele tem! Ele é parte dessa família! Família que você tenta destruir de qualquer maneira!

— Destruir? Tudo o que eu faço é para vocês! E agora você quer botar isso por água abaixo?

Meu pai respira fundo e senta na beirada da minha cama. Coloca os cotovelos sobre as coxas e abaixa a cabeça.

Se essa fosse a primeira vez que eu estivesse vendo isso, diria que ele está cansado de tantas discussões e só quer resolver as coisas da maneira mais fácil para todos.

— Eu já disse que não tive escolha, Selma — continua ele, dessa vez mais baixo. Do que está falando? — Vamos conversar com mais calma. Se você não quer mais continuar com esse casamento, tudo bem, mas vamos deixar para resolver isso depois que essa eleição passar. É tudo o que te peço.

Como não é a primeira vez que vejo a cena, sei que não está cansado. Ele só está, como todo bom político, tentando resolver as coisas da maneira mais fácil para *ele*.

Meu pai pode amar minha mãe e pode me amar do seu jeito extremamente particular, mas não há nada que ele ame mais do que o cargo de prefeito.

E minha mãe já conhece as táticas dele.

Por isso, só explode:

— Eu já estou cansada disso tudo! Dessa vez é para valer, Ulisses: chega! Chega de ter que lidar com você e com sua prefeitura, com essa campanha e com a maquiagem que essa cidade obriga a gente a passar no nosso casamento!

Meu pai tensiona a mandíbula quando percebe que suas palavras não surtiram o efeito desejado. Minha mãe continua:

— Eu sei que você ama essa merda de cargo e faria qualquer coisa por ele, mas não passo nem mais um segundo dividindo o mesmo teto que você!

— Você não está sendo razoável, Selma, eu...

— Não, eu não estou sendo razoável, e essa é a melhor decisão que já tomei na vida!

Meu pai se levanta da cama e olha para minha mãe com uma expressão raivosa.

— Não faça nada de que você possa se arrepender depois.

Ele olha para mim, talvez esperando que eu diga alguma coisa, mas uso meu superpoder de evitar conflitos e me mantenho mudo, completamente estático, olhando para um ponto fixo no meio da parede.

Meu pai se vira e sai do quarto, batendo a porta e derrubando o funko da Lady Gaga mais uma vez.

A respiração da minha mãe está entrecortada. Quando olho para ela, percebo que há um pequeno sorriso em seus lábios. Alívio, talvez. Ou o primeiro sinal de que a ficha caiu, ela percebeu que foi longe demais e agora precisa se desculpar.

Eu já vi acontecer mais de uma vez e não me surpreenderia se acontecesse de novo.

Mas alguma coisa me diz que dessa vez vai ser diferente.

3

Na escola, dois assuntos não saem da boca de todos: a discussão entre o prefeito Ulisses Aguiar e sua esposa e a atuação de Diego Costa, o garoto que chegou no início do ano em Lima Reis com um talento até então desconhecido para as artes cênicas. O que já dá um panorama mais do que completo sobre como essa cidade tem uma síndrome de falta de novidades. Pelo menos as pessoas são gentis o suficiente para não me perguntarem diretamente sobre a briga dos meus pais.

Quer dizer, quase todas.

— Cara, é verdade que sua mãe pegou seu pai na cama com outra? — A falta de tato de Iago nunca deixa de me surpreender.

— Não, Iago — respondo, meu tom de voz monótono o bastante para ele perceber que está sendo inconveniente. — Eu não sei por que eles brigaram.

— Você é, tipo, jornalista, não é? E mora com eles. Como você não sabe?

Ai.

— Iago, por tudo o que é mais sagrado, vai arrumar o que fazer — responde Larissa, minha sempre fiel escudeira.

O garoto dá uma risadinha, encolhe os ombros e vai em direção a um grupinho que está conversando embaixo de uma árvore. Todos olham para ele, ansiosos, e Iago provavelmente inventa qualquer mentira que possa ganhar proporções maiores conforme vai sendo replicada de forma inexata, como qualquer boa e velha fofoca.

Sabe qual é a pior parte? Ele tem razão. Eu não faço ideia do motivo que levou meus pais a brigarem desta vez.

Depois que eles finalmente ficaram em silêncio, continuei acordado até quase meia-noite. Acessei o drive do jornal pelo meu computador e fiquei revisando a matéria que saiu no *Diário de Lima Reis* hoje, selecionando as melhores fotos e me certificando de passar minhas favoritas (onde só Diego aparecia) para minha pasta secreta.

Desvio a atenção de Iago e vejo Diego rodeado pelo seu *fandom*. As meninas orbitam ao redor dele como se o garoto fosse a própria reencarnação de Jesus, prestes a iniciar seu culto.

Eu e Diego somos muito diferentes. Enquanto os músculos das pernas dele são de quem joga futebol desde sempre e faz atividades como trilhas e corridas, eu sempre reclamo quando tenho que passar muito tempo em pé, sentindo minha coluna gritar de dor; enquanto ele provavelmente não deve ter problemas em tirar a camisa em público e mantém um bronzeado reluzente na sua pele marrom de tom mais claro que a minha, eu tenho diferentes colorações de pele nos braços pela minha incapacidade de pegar sol com pouca roupa; e, enquanto ele sempre parece empolgado no início do dia, eu tenho a impaciência de quem não consegue dormir mais do que cinco horas por noite.

Em compensação, meu sorriso é lindo. Dentes naturalmente brancos e muito bem alinhados, mesmo sem nunca ter usado aparelho, enquanto os dele são um pouco tortos e amarelados.

Tenho aprendido a ressaltar minhas qualidades. Larissa me disse que é ruim ter um humor tão autodepreciativo, então tento equilibrá-lo com exercícios constantes de não me definir pelos meus defeitos. Tem funcionado na maior parte dos dias.

Mas Diego torna todas as comparações injustas.

Continuo olhando de longe, pensando se também devo parabenizá-lo pela atuação, mas a ideia logo desaparece da minha mente. Felipe já foi bem bondoso em seu artigo ("Santo Augusto de Lima Reis foi interpretado pela primeira vez pelo jovem Diego Monteiro Costa, recém-chegado à nossa cidade, em uma belíssima atuação que o consagrou como o melhor Santo Augusto dos últimos cinco anos", escreveu), e não é como se eu e ele fôssemos amigos. A gente se segue no Instagram, mas eu sigo praticamente toda a cidade com a desculpa de estar cumprindo minhas funções jornalísticas. Nós dois fazemos parte de círculos diferentes: ele com os amigos dele, correndo de um lado para o outro e falando sabe-se lá Deus o que meninos conversam entre si, e eu com Larissa e Patrícia, perpetuando o estereótipo de que adolescentes gays e no armário são muito mais inclinados a amizades femininas.

— Acho que ele atingiu o ápice da fama limareizense — comenta Patrícia, sem tirar os olhos de seu celular. Ela é alta e gorda, branca com cabelos longos e castanhos que se enrolam em cachos perfeitos. Tenta dar seu ar pessoal ao uniforme da escola, costurando um tecido de cores pastel nas mangas da camisa, com rabiscos de dois trapézios alinhados que tenho quase certeza ser o símbolo do BTS. — O pessoal não fala de outra coisa. Nosso próprio Adam Driver.

— Patrícia está assim porque o pai não escreveu nada sobre ela no jornal — responde Larissa, sentando-se ao meu lado. Ela é a mais baixa de nós três, magra e de pele marrom-clara, com cabelos pretos e lisos cortados na altura dos ombros. Hoje, está usando brincos longos que deixam suas orelhas um pouco puxadas para baixo, e seus óculos de armação grossa e preta dão a ela o ar de inteligência que condiz exatamente com todo o seu amor por livros.

Larissa me encara como se quisesse saber alguma coisa da noite passada, mas não toca no assunto na presença de Patrícia. Eu tenho certeza de que, mais tarde, ela vai me perguntar o que aconteceu com meus pais, já que não respondi nenhuma das mensagens que me enviou ontem à noite.

— Poxa, nem uma menção ao meu nome? — resmunga Patrícia. — Você podia ter dado uma força, André.

— Eu até tentei, mas não rolou. E eu não sabia que você tinha planos de se tornar a Fernanda Montenegro de Lima Reis e ganhar o prêmio Shell — respondo.

— Prêmio o quê? — pergunta ela.

— Shell. — Quando vejo a expressão imóvel das duas, acrescento: — Um dos maiores do teatro brasileiro?

As duas continuam me encarando e só balançam a cabeça. Já estão acostumadas com meu arquivo de informações extremamente específicas e aleatórias.

— A gente devia mesmo criar um prêmio — continua Patrícia. — Com dinheiro envolvido. Quem sabe assim alguém se interessaria em fazer aquele papel e não teria sobrado para mim.

— Por que você estava naquele palco mesmo, hein? — pergunto, genuinamente curioso. Patrícia não é muito conhecida por seu envolvimento com a comunidade. Ou com pessoas, de um modo geral.

— Meu pai me obrigou. Disse pra eu me voluntariar se quisesse continuar recebendo mesada. Padre Castro está chamando ele de comunista desde aquele artigo cobrando a construção do hospital. Como meu pai quer continuar vendendo jornal na cidade, a gente precisa cair nas graças do velho.

— Jogo sujo — comenta Larissa.

— E a pior parte foi aquele cara aumentando o volume por causa do Iago e do Mateus bem na hora do meu choro. O papai usou um parágrafo inteiro para falar dos dois, mas não menciona meu nome nem uma vez. A própria mãe do Santo Augusto de Lima Reis!

— Eu culpo o machismo — comenta Larissa.

— A gente teve um problema de espaço, na verdade — justifico. — Seu pai pediu para acrescentar um parágrafo sobre meu pai saindo no meio da peça e mandou cortar o parágrafo em que eu falava de você.

Ela só balança a cabeça lentamente.

— Meu Deus, a traição... — sussurra de um jeito dramático, mas não soa verdadeiramente chateada. Ela e Felipe aparentam ter uma daquelas relações em que pai e filha mais parecem amigos. — Mas tudo bem. Meu pai já deve ter entrado no modo jornalista político. Qualquer informação sobre a prefeitura é relevante agora. Ainda mais uma briga de casal que não tem absolutamente nada a ver com o orçamento do município.

— Dê ao povo o que ele quer — comento, encolhendo os ombros.

— Deve ser emocionante escrever textos tão profundos. — Larissa me lança um sorrisinho irônico que também faz Patrícia rir.

— E ainda não receber nada por isso — complementa Patrícia.

— Nossa, mas a torcida está grande hoje, viu — respondo com ironia. Depois acrescento: — A gente tem que começar de algum lugar. E eu gosto de trabalhar com seu pai, Patrícia. Ele é um cara legal.

— Pois é. Por incrível que pareça, negligência paterna não está na minha lista de traumas. — Patrícia levanta os olhos e acompanha Diego descendo em direção à quadra enquanto um grupo de garotas sussurra atrás dele. — Nossa, essas garotas dão muita moral para o Diego. Imagina ser esse cara.

Imagina beijar *esse cara*, penso.

— Mas ele foi bem ontem, né? Você viu o tamanho das coxas dele? — comenta Larissa, o que faz Patrícia rir e eu balançar a cabeça, ao mesmo tempo que penso *meu Deus, as coxas dele...*

— Ok, objetificadora de macho, deixa eu aproveitar que as atenções estão na quadra e a cantina está vazia para comprar um lanche. Alguém quer alguma coisa?

Eu e Larissa balançamos a cabeça em negativa e Patrícia só encolhe os ombros e desaparece.

Quando ficamos sozinhos, Larissa puxa seu celular, aproveitando o silêncio e o lugar estratégico onde estamos, bem embaixo de um dos pontos de Wi-Fi da escola e em frente ao novíssimo laboratório de informática, que está trancado a sete chaves, esperando uma inauguração exagerada. Faço o mesmo, porque é assim que a gente se comporta quando está junto: cada um olhando para sua tela, procurando coisas interessantes para mostrar um ao outro.

— Está tudo bem na sua casa? — Ela puxa assunto sem tirar os olhos do telefone, passando os vídeos no mudo sem muito interesse pelo conteúdo deles. — O pessoal na praça não falava de outra coisa ontem.

— Eles falaram, é? — pergunto. — Meu pai não vai ficar nem um pouco contente com isso.

— E como *você* está?

Só sacudo os ombros.

— O de sempre — respondo.

Larissa conhece minha dinâmica familiar. Ela é a única em quem confio para falar sobre as brigas dos meus pais, porque sabe delas desde quando meu pai era apenas mais um vereador da cidade.

Nossa amizade começou naturalmente. Larissa veio de Ribeirão Preto depois de seu pai perceber que o emprego na fábrica de peças automobilísticas em Lima Reis e o custo de vida aqui eram boas vantagens. Com o mesmo salário que ganhava por lá, ele conseguia alugar uma casa maior e manter um carro, coisa que nunca imaginava antes. A mãe de Larissa foi contra a mudança e resolveu ficar em Ribeirão Preto, o que fazia a garota se desdobrar com o vaivém entre as duas cidades vizinhas.

Ela só tinha doze anos quando os pais se divorciaram amigavelmente e é claro que não recebeu a notícia bem: Larissa gostava do seu bairro e sua antiga escola, mas ficar na cidade maior significava continuar morando com sua mãe, algo que não queria nem morta.

Então ela chegou em Lima Reis, praticamente muda, e se sentou no fundo da sala. Aos poucos, as interações do sétimo ano e as obrigações dos trabalhos em grupo acabaram nos aproximando, e percebemos que éramos mais parecidos do que imaginávamos: mesmo sem querer admitir, ainda passávamos o fim de semana inteiro assistindo a desenhos animados na TV ou usando todo o tempo de computador que podíamos no YouTube. Quando nossos pais não estavam olhando, nos aventurávamos nos seriados adultos, e não era raro listarmos em quais deles aparecia gente pelada. Algum tempo depois, passamos a jogar videogame juntos e ela sempre me vencia no *Free Fire*, e íamos um na casa do outro para assistir a filmes de terror. Daí para trocarmos mensagens pelo celular o dia inteiro foi um pulo.

Provavelmente todas as pessoas que nos viam passando tanto tempo juntos imaginavam que daquela amizade nasceria um namoro. Eu gostava de mentir para mim mesmo e fantasiar cenários em que nós dois andávamos de mãos dadas, porque as pessoas não paravam de me perguntar se a gente já tinha se beijado. Larissa também percebia essas fofocas e ficava tão irritada quanto eu. Então, quando tínhamos quinze anos, a gente acabou dando um beijo muito esquisito por pura pressão popular. Nesse momento, me afastei dela e falei que na verdade gostava de garotos, pedindo pelo amor de Deus que ela nunca contasse aquilo pra alguém. Ela só respondeu com um "graças a Deus!" antes de dizer que na verdade gostava mesmo é de garotas e pedir que eu nunca contasse aquilo pra alguém.

E foi assim que descobri que sou péssimo em ler as pessoas, mas consigo guardar um segredo se ele for importante. E, de lá pra cá, descobri que Larissa também é ótima em guardar segredos. Além dela, a única pessoa com quem já conversei sobre isso foi Patrícia, nossa amiga presumidamente heterossexual. E, na minha opinião, já são pessoas demais sabendo.

— Se precisar de alguma dica sobre como sobreviver a pais separados, é só avisar — diz ela, guardando o telefone no bolso depois de perceber que aquele, como a maior parte dos outros dias, seria mais um sem nenhuma novidade importante nas redes sociais. — Eu tenho as estratégias perfeitas para ganhar os melhores presentes. É só saber colocar um contra o outro.

— Você é horrível.

— E é por isso que você me ama.

Ela sorri quando também guardo meu celular e olho para ela.

— Eu só queria que eles tomassem logo uma decisão e parassem de gritar o tempo todo. Essa campanha está deixando meu pai muito mais estressado do que da última vez.

Larissa tenta fazer suas palavras soarem o mais suave possível:

— Bem... seu pai prometeu terminar de construir um hospital que seu avô já tinha prometido terminar de construir quando ele era prefeito. Foi literalmente por isso que ele se elegeu. Continuar o legado da família e essa merda toda. Ele deveria estar fazendo algo a respeito disso.

— Ele está obcecado com a campanha porque percebeu que dessa vez tem chance de perder.

— Pelo menos agora a gente pode votar e ele tem o seu voto garantido. — Ela me dá um tapinha encorajador no ombro.

Mostro um sorriso amarelo.

Larissa lê minha expressão imediatamente.

— Eita... você não vai votar nele?

Quando ela percebe minha resposta antes de eu falar, arregala os olhos como se tivesse descoberto o assassino de uma história policial.

— Eu sei lá. — É tudo o que consigo responder.

E é verdade. Essa é uma das partes que mais me irrita em toda a dinâmica dessa cidade: as eleições parecem muito mais uma formalidade do que uma verdadeira campanha para decidir quem será a melhor pessoa a administrar Lima Reis. Na maior parte das vezes, os candidatos de oposição nem se esforçam porque sabem que não têm chance contra a família Aguiar. E estou bem no meio desse furacão: começou com meu bisavô, que foi prefeito e preparou meu avô, que também foi prefeito e preparou meu pai, que também é prefeito e até começou a me persuadir para continuar com o legado da família, mas meu total desinteresse pela possibilidade de seguir na carreira política deve tê-lo feito concentrar todas as suas energias nele mesmo. Pelo menos por enquanto. Tenho certeza de que, assim que eu terminar a faculdade, ele vai tentar me convencer a seguir o legado da família, voltar para Lima Reis e iniciar minha vida política.

Ele realmente acha que, quando eu sair daqui, vou ter vontade de voltar.

— Meu Deus, André, eu só estava brincando. — Ela dá um leve empurrãozinho no meu ombro. — Não quero que você entre em uma crise existencial.

— Você já decidiu em quem vai votar? — pergunto, mudando o foco da conversa.

— No Pedro Torres, é claro — responde ela, sem titubear. — Nada contra você, mas eu realmente acho que o Pedro é a melhor opção. Espero que não fique chateado.

— Que nada... eu também não decidi o que fazer ainda.

E estou sendo sincero. Ter tirado meu título de eleitor no ano passado me fez começar a pensar sobre meu poder de votar naquele que representa melhor o que eu acredito. E será que meu pai é essa pessoa?

Só há dois candidatos concorrendo à prefeitura em Lima Reis: Ulisses Aguiar, que é o meu pai, contra Pedro Torres. É assim que acontece em uma cidade pequena assim. O antigo contra o novo. A renovação contra a política vigente.

Meu pai vive batendo na tecla de vir de uma família de políticos, ter experiência no cargo e ter sido o melhor prefeito que essa cidade já viu, com uma gestão competente durante a pandemia, incentivando a criação de empregos e investindo na educação e saúde de Lima Reis. A plataforma dele se sustenta, principalmente, na promessa de terminar a construção de um hospital que começou a ser erguido ainda na administração do meu avô e que, até hoje, sete anos depois, continua inacabado e sem prazo para entrega.

Já Pedro Torres fala aquilo que meu pai convenientemente se esquece de dizer: que a prefeitura gasta muito dinheiro em projetos como a reforma desnecessária de praças ou que, com a isenção de alguns impostos para a fábrica automobilística da cidade, deixa de ganhar dinheiro que poderia ser revertido em benfeitorias nas comunidades rurais da região. Também fala que o hospital inacabado é o símbolo de sua má gestão na prefeitura e promete ouvir mais o povo e menos os empresários.

O problema é que a plataforma de Pedro Torres não agrada aos interesses de quem traz empregos para cá, e a ameaça constante de corte de postos de trabalho caso nossa prefeitura mude está fazendo a rejeição por ele ser muito maior do que deveria.

E é aqui que surge minha dúvida: será que Pedro Torres é realmente a melhor opção? Ele fala tudo isso porque não está dentro do governo. E eu sei que meu pai tem os defeitos dele, mas também sei que ele se importa com essa cidade. Talvez o discurso do meu pai seja mais conservador do que o do seu adversário, mas ele faz o possível para garantir empregos e desenvolver Lima Reis.

— Bom, quando decidir, espero que vote com a consciência de que está fazendo o que acha certo e não pela obrigação de votar em alguém só porque ele é, sei lá, seu pai — conclui Larissa. — E, quando seu pai perder e não tiver mais como pagar aquele casarão onde vocês moram, pode ir lá pra casa. Tem um quartinho da bagunça que a gente pode organizar e colocar uns beliches. Vai ser divertido.

Sinto o celular vibrando no bolso. Leio a mensagem que aparece na tela e a mostro para Larissa.

Mãe: Venha direto para casa depois da aula. Precisamos conversar.

— Posso pelo menos escolher a cor dos móveis? — pergunto com um sorriso.

4

Quando chego em casa, minha mãe está sentada na mesa da sala, encarando uma planilha cheia de números na tela do computador.

— Pensei que você fosse trabalhar na escola hoje.

Meu pai conseguiu uma vaga de auxiliar administrativa para ela, mas não é um trabalho muito regular. Ela vai uma vez ou outra na semana.

— Trabalhei em casa, mas já estou encerrando o expediente. Seu pai vai ficar trabalhando até mais tarde no comitê, mas nós dois conseguimos conversar de cabeça fria hoje cedo e chegamos a uma solução que vai ser boa para todo mundo.

Dou um suspiro resignado.

— Vamos ter mais brigas hoje?

Ela desvia os olhos de suas tabelas e me encara com uma expressão cansada. Fecha a tela do computador e entrelaça os dedos sobre a mesa, respirando fundo.

— Olha, André… eu sei que as coisas não estão indo bem. Mas não posso ignorar o fato de que seu pai está em campanha eleitoral e qualquer mudança na vida pessoal dele pode afetar o número de votos. Você sabe como tudo funciona por aqui.

— Mas o que ele fez dessa vez? — pergunto.

— Isso não é importante — responde ela, desconversando. Resolvo não insistir, mesmo ciente de que isso é literalmente a informação mais importante para entender por que ela está tomando essa decisão nesse momento. — O que importa, agora, é saber se você está bem.

Encolho os ombros, porque é assim que sempre reajo a essas brigas: com indiferença fingida.

— Eu só não sei por que vocês dois não se separam logo — murmuro, fazendo minha mãe erguer as sobrancelhas em surpresa com minhas palavras diretas. — Tudo bem, eu *sei* que agora tem a eleição e tudo o mais, mas vocês não estão bem há algum tempo. Meu pai sempre deu mais atenção à carreira dele do que a nós dois.

A expressão da minha mãe muda. Dessa vez parece um pouco chocada, mas para mim é uma conclusão meio óbvia.

Acho que ela não está acostumada a me ver sendo assim, tão direto. Mas já estou cansado de todo esse clima pesado aqui em casa. Cansado de ter que lidar com todas essas questões ao mesmo tempo em que devo me concentrar no meu futuro e na melhor forma de sair dessa cidade o mais rápido possível.

— Casamentos não são fáceis, meu filho — responde ela, depois de pensar por alguns segundos. — E, quando me casei, eu sabia que era um compromisso para a vida inteira. Você sabe que levo isso a sério.

A pior parte é que é verdade. Minha mãe leva a Igreja muito a sério. Claramente herdou isso da minha avó, que tem a casa repleta de imagens de santos e reza pelo menos três terços de manhã e três de tarde, ouvindo a missa no radinho da cozinha no último volume enquanto coloca garrafas de água para benzer. Minha mãe não é tão católica assim, mas acredita nos preceitos da Igreja. Acredita que o matrimônio deve ser para sempre, e que a frase "na alegria e na tristeza" é uma ordem e não um mero objetivo.

É muito esquisito ver a vida de alguém ser tão pautada pelos ensinamentos religiosos que recebe. Eu cresci correndo entre as festas do padroeiro da cidade, estudei a história da Bíblia antes da primeira comunhão e ia religiosamente para as missas de domingo. Foi na igreja que conheci Diego, a propósito, porque ele apareceu lá ao lado de sua mãe e se apresentou para todos nós como novo morador de Lima Reis, no começo do ano. Parece que toda a minha vida, mesmo que indiretamente, está ligada àquele lugar.

Mas há algo que me mantém distante de tudo isso ultimamente. Talvez seja a percepção de que, não importa o quanto eu reze, não vou conseguir mudar o que sinto, e não quero ter que mascarar essa parte de mim apenas para me sentir bem-vindo em algum lugar. Ouvir o padre Castro dizer em suas homilias sobre como "o mundo está perdido" e como "a modernidade está acabando com o conceito de família descrito por Deus" faz meu estômago revirar em agonia. Não é como se eu tivesse pedido para Deus me fazer gostar de garotos. Rezei exatamente pelo contrário. Já passei noites e mais noites tentando pensar em garotas, pedindo para me apaixonar por elas, na esperança de andar de mãos dadas com uma e mostrar para toda a cidade que eu era o orgulho do prefeito Ulisses Aguiar.

O padre Castro fala que tudo são provações: se o casamento dos meus pais vai mal, é Deus tentando fortalecê-lo;

se eu olho para Diego e tenho vontade de beijá-lo, é Deus me testando, porque, na cabeça limitada de quem acredita em serpentes falantes e arcas que boiam em dilúvios, o maior absurdo é um homem amar outro homem.

Uma parte de mim, a mais racional, tenta se convencer a todo o momento de que nada disso faz sentido. Por que viver uma vida infeliz pela recompensa de um Paraíso onde só entra quem segue regras arbitrárias? Mas outra parte, aquela que cresceu ouvindo sobre como a desobediência é errada e como a dor e a tristeza eternas são inevitáveis aos pecadores, sempre sussurra no meu ouvido que é melhor seguir as regras. Só para garantir.

Será que minha mãe também tem esse sentimento? Será que se sente um fracasso por considerar se separar do meu pai?

— Eu sei que você leva a sério, mãe. Mas faz alguns anos que não está dando certo. — Puxo uma cadeira e me sento ao lado dela, colocando a cabeça em seu ombro ossudo. Ela é muito menor do que eu, pequena igual a minha avó, com cabelos curtos e pintados de vermelho-escuro, mas não deixo de me sentir acolhido quando ela passa as mãos pelo meu rosto.

Ela inspira profundamente e depois solta o ar como se ele pudesse levar embora todas as suas preocupações.

— É, não está… — responde ela. — Mas eu também não posso atrapalhar a reeleição do seu pai. Você sabe como isso é importante para ele.

Ela sempre se esquece de pensar no que é importante para ela, mas prefiro não falar sobre isso agora.

— Você realmente acha que isso pode atrapalhá-lo? — é o que pergunto.

— Você vive nessa cidade desde que nasceu, André. Sabe que ainda estamos em 1970 por aqui.

— Mil novecentos e setenta e sete — respondo. — O seu Joaquim colocou uma mesa de sinuca no bar. Um grande avanço tecnológico.

Ela dá uma risadinha.

— Que seja. Mas você sabe o que vão dizer quando descobrirem que eu e seu pai não estamos bem. — Ela altera o tom de voz e começa a imitar uma idosa. — "Se ele não consegue tomar conta da esposa, imagina se consegue tomar conta da cidade?!"

Eu a imito e também faço uma voz rouca:

— "Imagina só, uma mulher desquitada! Como vai conseguir se sustentar sem um marido?!"

— Essa é sua avó, não é?

Não consigo segurar a risada quando tiro a cabeça do ombro dela.

— A propósito, você já conversou com a vovó? — pergunto.

— Por Deus, não! Se tem alguém com quem eu *não vou* conversar sobre isso, é sua avó!

Fico confuso.

— Eu pensei que... não sei... você ficaria por lá para não ter que lidar com meu pai?

— Você realmente acha que dona Sebastiana, no auge dos seus sessenta e dois anos e três terços por turno, vai aceitar uma filha divorciada na casa dela?

— Então qual é o plano? Você disse que conseguiu chegar em uma solução boa para todos.

— Sim, isso. O plano. — Ela parece ao mesmo tempo empolgada e ansiosa. — Eu decidi ficar na casa que era dos seus avós — diz ela, se referindo à casa onde meu falecido avô paterno, antigo prefeito de Lima Reis, morou ao lado da minha avó paterna, que também já partiu dessa para a melhor. — Pelo menos até tomar uma decisão definitiva. Ainda não sei qual vai ser nosso futuro depois da eleição, mas sei que não dá mais para continuar morando aqui e convivendo com seu pai. A gente pode até fingir que está casado durante a campanha, mas vai ser importante manter a distância e esfriar a cabeça para pensar no que vamos fazer depois que tudo isso passar. E isso inclui você, André. A gente pode conversar quando você quiser.

— Você já sabe minha opinião — respondo prontamente, e fico satisfeito quando percebo que minha mãe não me vê mais como uma criança, mas sim como alguém com direito aos seus próprios pensamentos. — Estou mais interessado em saber qual vai ser a desculpa. Porque, mesmo que você saia daqui às três da manhã com uma mochila, eu tenho certeza de que todo mundo na cidade já vai estar comentando no dia seguinte.

— Seu tio Eduardo vai vir aqui me dar uma força.

Ergo as sobrancelhas em espanto genuíno.

— O quê? O tio Eduardo? O tio Eduardo que odeia essa cidade e nunca apareceu por aqui? *Esse* tio Eduardo?

— Você só tem um tio Eduardo — responde ela. — Acho que vai te fazer bem. Você finalmente vai poder conhecê-lo.

— Ok, e quanto você ofereceu para ele voltar a Lima Reis? — pergunto.

De todas as notícias que poderiam abalar essa cidade que sofre da síndrome de falta de novidades, essa me pegou completamente desprevenido.

Tio Eduardo é o único irmão da minha mãe. Ele também nasceu e cresceu aqui, mas diferente de todas as pessoas sem perspectiva dessa cidade, foi embora para São Paulo na primeira oportunidade que teve.

A gente não tem muito contato. Quer dizer, minha mãe liga para ele pelo menos uma vez por mês para jogar conversa fora. Às vezes é só um "oi, só queria ouvir sua voz e saber se está tudo bem. Está tudo bem? Então tá, tchau", e em outras é uma ligação de quarenta minutos com os dois fofocando sobre o passado, acompanhada pelas gargalhadas da minha mãe, que enchem a casa de vida. Quase sempre ela passa o telefone para mim, dizendo "dá um oi para o seu tio". Cresci falando pouco mais do que ois para ele. Tio Eduardo às vezes até faz umas perguntas impessoais, do tipo "o que tem feito de bom?", "quais são as novidades?" etc. etc., mas minhas respostas geralmente circulam entre "nada de mais" e "tudo na mesma".

Acho que ele deve ser meio quadradão. Já dei uma olhada no Instagram e ele quase não posta. Só umas fotos conceituais de paisagens, plantas e gatos em preto e branco.

— Deixa de ser bobo, André — diz minha mãe. — Ele vai vir porque estou precisando de ajuda e vai ficar até o fim da eleição.

— Eu ainda não entendi como você vai convencer essa cidade futriqueira a comprar a ideia de que o tio Eduardo não pode ficar aqui nessa casa com a gente. Tipo, olha o tamanho desse lugar!

— Eu já pensei em tudo — responde ela, e vejo seus olhos se iluminarem como se ela fosse uma mestra do crime. — E é aqui que vou precisar da sua ajuda. Seu tio sempre foi um homem orgulhoso e meio que não é segredo para ninguém que ele e seu pai não se bicam, então a desculpa de que ele não vai ficar aqui em casa vai ser convincente. E, para que ninguém fique batendo na nossa porta toda hora, seu tio concordou em fingir que está se recuperando de uma cirurgia.

— Cirurgia? — pergunto, surpreso. — De quê?

— De... — Ela olha para cima, raciocinando por uma fração de segundo. — Coração! Por causa de uma doença cardíaca!

Ela definitivamente não pensou em tudo.

Só a encaro, tentando encontrar uma forma delicada de dizer que isso pode dar muito errado.

— Não é a melhor ideia do mundo, mas é uma ideia — responde ela rapidamente, vendo minha expressão duvidosa. — Espero que vocês dois possam se dar bem. Eu ainda não acredito que você e seu tio nunca se viram pessoalmente.

— A desnaturada é você, que nunca nos apresentou.

— Você me lembra muito dele quando era mais novo.

— Nossa, e você realmente *gosta* dele?

— Deixa de ser idiota, André. — Ela me dá um tapinha na parte de trás da coxa antes que eu consiga desviar. — Ei... eu te amo, tá?

A declaração me pega de surpresa. Olho para trás, com a mochila nas costas, pronto para subir as escadas, e não consigo evitar um sorriso.

— Sei que eu e seu pai temos nossas brigas e você fica no meio de tudo isso — continua ela, gesticulando com os braços ao se referir a *tudo isso* —, mas você não tem nada a ver com nossos problemas. Você é a melhor coisa que eu e seu pai fizemos juntos.

Continuo sorrindo. E não deixo de pensar em tudo o que posso perder quando minha mãe descobrir que não sou o filho que ela acredita ter criado. As coisas vão continuar do mesmo jeito depois que ela constatar que seu filho vai contra tudo aquilo que sua religião professa?

— Eu também te amo, mãe — respondo meio sem jeito, espantando os pensamentos ruins.

Talvez ela possa continuar me amando quando eu finalmente tomar coragem e fazer com que minha sexualidade não seja mais um segredo.

Talvez ela seja melhor do que todas as outras pessoas dessa cidade.

5

A sede do *Diário de Lima Reis* fica a quatro ruas de distância da minha. Na verdade, é a garagem da casa de Felipe. Ele transformou o espaço em um escritório com duas mesas apertadas, dois computadores muito antigos e uma infinidade de papéis espalhados por todos os lados. Edições passadas do jornal se acumulam em um canto e disputam espaço com caixas vazias, embalagens de salgadinho abertas, canetas que não funcionam mais, cadernos rabiscados e pastas arquivo abarrotadas de documentos dos quais Felipe não tem o menor controle.

A desorganização desse lugar me deixa tonto, mas nunca mais cometo o erro de tentar limpar as estantes e jogar fora as coisas inúteis. Da última vez que fiz isso, Felipe quase me demitiu.

Assim que saí da escola, passei em casa só para almoçar e tomar banho, montei na minha bicicleta e fui direto para o jornal. Aqui, o ritual é sempre o mesmo: a primeira coisa que faço é olhar por sobre a minha mesa, onde praticamente todos os dias há um bilhete de Felipe me orientando sobre os conteúdos das matérias que precisam ser feitas para o próximo dia. A pauta hoje é a que mais odeio: esportes. Por isso, estou concentrado na frente do computador, encarando a tela em branco do Word enquanto penso em qual é a melhor maneira de redigir uma matéria sobre o campeonato de futebol de várzea em Lima Reis.

Às vezes eu acho que Felipe faz isso de propósito: sempre que pergunto se posso fazer uma matéria sobre filmes, discos ou livros na seção de cultura, ele diz que o importante é falar sobre o que acontece na cidade. O problema é que as únicas atividades musicais daqui são o coral da igreja e o sanfoneiro que toca na praça com um chapéu no chão (e que já ganha uma matéria anual no dia da sanfona). A única vez que houve algo parecido com uma movimentação cinematográfica foi quando alguns atores vieram gravar cenas de uma novela de época em uma fazenda da cidade vizinha, quatro anos atrás.

Quando continuo explorando minhas possibilidades e peço para assinar alguma matéria sobre os problemas da cidade, ele me responde, categórico, que eu nunca conseguiria ter uma visão imparcial sendo o filho do prefeito e que, por isso, ele escreve todas as notícias de política.

O que me deixa com a coluna de esportes. Que só não escrevo, é claro, quando algum time resolve fazer um ato de protesto, como quando todos se uniram e levantaram cartazes perguntando sobre a construção do hospital de Lima Reis. Quando algo assim acontece, Felipe toma a frente, porque isso se enquadra no caderno de política.

Ainda não escrevi nenhuma palavra quando Felipe entra pela porta do jornal como um furacão.

— Por que você não me disse que seu tio estava vindo para Lima Reis?

Olho para ele, impressionado com a rede de informações que possui.

— Como você sabe disso?

— Então você sabia! André, qual é a primeira regra do *Diário de Lima Reis*?

— Eu…

— Qual é a primeira regra do *Diário de Lima Reis*? — ele volta a perguntar, exasperado.

— "As notícias devem ser dadas em primeira mão para despertar o interesse dos leitores" — respondo em uma voz monótona.

— Exatamente! Então por que raios você não me falou sobre a visita do seu tio?

— Porque ele é só… meu tio?

— *Só* seu tio? Eduardo Monteiro, a joia de Lima Reis, o maior cidadão desta cidade e orgulho da cultura local?! Isso é informação relevante, André! Isso é uma matéria para o caderno de cultura que você poderia estar escrevendo!

Olho para ele com uma expressão confusa.

— Do que você está falando? Nós estamos falando do mesmo Eduardo?

Felipe sopra o ar dos pulmões e puxa a cadeira da sua mesa, abrindo o editor de textos.

— Eu preciso escrever alguma coisa para a edição de amanhã porque *alguém* deixou de me passar uma notícia importante e amanhã isso já não vai ser mais novidade!

— Felipe, pelo amor de Deus, se acalma! Primeiro: por que você acha que isso é uma matéria relevante para o jornal? Segundo: como você descobriu que o tio Eduardo está vindo para cá?

— Primeiro porque o caderno de cultura está com um rombo de mil e duzentas palavras que não será preenchido mais uma vez pela propaganda da sinuca do seu Joaquim. E, segundo, ele não está chegando. Ele acabou de chegar na sua casa, de acordo com minhas fontes.

Felipe gosta de parecer mais importante do que é. Por "minhas fontes" ele provavelmente está se referindo ao grupo de WhatsApp da igreja do qual participa na esperança de que ninguém perceba seu número entre os integrantes. Quem o colocou lá foi minha avó, em troca de uma matéria falando sobre suas habilidades no crochê.

Ele também é muito bom em usar o poder da mídia como ferramenta de negociação.

Assim que Felipe termina de falar e começa a bater furiosamente nas letras do teclado, puxo o celular do bolso e começo a checar minhas mensagens.

Vejo que minha mãe me deixou algumas. Como de costume, são áudios. Por que as pessoas mais velhas cismam em mandar áudios?

Coloco o telefone na orelha com o volume baixo o suficiente para Felipe não ouvir.

Mãe: Boa tarde, filho! Quando chegar em casa, tem uma surpresa te esperando aqui!
Mãe: A surpresa já chegou!
Mãe: Ok, eu sou péssima em fazer mistério. É o seu tio. Ele já está aqui.
Mãe: Espera a gente se organizar para falar com o Felipe, ok?
Mãe: Quem eu quero iludir? É claro que o Felipe já sabe. Sua avó já ameaçou vir

aqui e ficou perguntando por que Eduardo
não ligou avisando que estava vindo.
Mãe: Só não fala que ele fez a "cirurgia", ok?

— Como assim ele está se recuperando de uma cirurgia? — grita Felipe. Quando viro, ele está encarando o próprio telefone. — Isso com certeza tem que entrar na matéria! Você sabe o que ele operou, André?

Respondo rapidamente com uma mensagem de texto, porque eu tenho princípios e odeio enviar áudios.

André: Ok, mãe. O Felipe já está a mil por aqui. Eu sugiro que você arranque o celular da mão da vovó. Ele está recebendo as informações antes de mim.

Minha mãe fica online imediatamente e me envia um áudio em resposta.

Mãe: Já parei de dar mais informações pra
ela. Quando você chegar em casa, a gente
conversa. Seu tio está ansioso para te conhecer!

Coloco o telefone de volta no bolso.

— Não faço ideia, Felipe.

— Por que você não falou nada? — ele volta a perguntar.

— Eu só soube que ele viria para cá ontem. E eu não fazia ideia de que meu tio era a joia dessa cidade e o orgulho local. Ele é famoso?

— Ele não é famoso *famoso* — diz Felipe. — Mas é definitivamente famoso para os padrões de Lima Reis. Qualquer pessoa que consegue aparecer em uma matéria de jornal de grande circulação é famoso para mim. Olha aqui.

Felipe já está com uma segunda aba do computador aberta no Google, onde uma simples busca ao nome "Eduardo Monteiro" resulta, depois das informações de um pianista muito mais famoso que meu tio, em uma entrevista de oito anos atrás na *Folha de S.Paulo*, contando como um morador da pequena cidade de Lima Reis havia se tornado produtor musical de inúmeras bandas e artistas brasileiros nacionalmente relevantes.

Leio a matéria com admiração, encarando a foto do tio Eduardo exatamente do jeito que ele sempre me vem à cabeça: os braços cruzados, a pele marrom-escura iluminada por uma luz boa e possivelmente corrigida pela maquiagem e algum tratamento digital, os cabelos curtos e penteados para o lado, a camiseta rosa-clara que aperta os músculos dos seus ombros e os olhos quase fechados com o sorriso largo de dentes claros como os meus. É a foto que ele usa no seu perfil do Instagram. Onde, a propósito, eu nunca tinha visto nenhuma informação sobre essa ou outra matéria que falasse qualquer coisa sobre sua carreira.

Na verdade, não sei se eu nunca soube o que meu tio fazia da vida por ele ser reservado e não compartilhar muito do seu dia a dia ou simplesmente por isso não me interessar. Se ele fosse famoso *famoso*, como um cantor de sucesso ou um ator de novela, seria impossível não saber. O trabalho de produtor, no entanto, não era algo que o projetasse tanto a ponto de despertar meu interesse.

Mas, para Felipe, tio Eduardo parece tão relevante quanto o Papa é relevante para a vovó.

— Eu quero que você me consiga uma entrevista com ele — diz Felipe. — A gente pode fazer uma abordagem questionando por que ele saiu da cidade e como se sente voltando para cá, além de falar como é a vida em São Paulo. A propósito, ele é solteiro, casado, viúvo? Tem algum filho? Será que isso pode ser interessante? — Felipe estende as mãos na altura da cabeça e abre os braços com o polegar e indicador esticados, como se estivesse visualizando uma manchete. — "O filho pródigo volta para casa: como um cidadão Lima Reizense conquistou o país." Isso, essa é uma ótima chamada! Se você me der uma matéria com ele, consigo colocar em destaque no jornal de domingo!

— Eita, se acalma, Ancelmo Gois. Eu nem conheço o tio Eduardo! Tipo, a gente só conversa por telefone, mas eu não tenho intimidade para chegar e pedir um monte de coisa assim do nada.

— Você não conhece seu próprio tio?

Dou de ombros.

— Minha mãe me disse que ele foi embora daqui e nunca teve muito motivo para voltar. Você chegou a conhecê-lo?

Felipe pisca meia dúzia de vezes, como se sua mente estivesse voltando no tempo.

— Nossa, é verdade. Eu não me lembro do seu tio voltar aqui desde que ele foi embora.

— Pois é. Ele nunca teve muito interesse em me conhecer pessoalmente. — Não quero soar amargo, mas, bem... isso me deixa um pouco amargo.

Felipe olha para mim e tenta ignorar meu comentário, porque sempre fica desconfortável quando tem que consolar alguém. Ele é o tipo de pessoa que bate no ombro dos outros em um enterro e fala "foda, né?" antes de se distanciar.

— A gente se falava quando tinha a sua idade, só que nunca fomos próximos — responde ele. — Seu tio era um cara muito na dele. Não gostava muito de deixar as pessoas se aproximarem. Por incrível que pareça, quem mais andava com ele eram sua mãe, Pedro Torres e Paula, esposa do Pedro.

— O Pedro Torres? O candidato a prefeito?

— Uhum. Os quatro pareciam aqueles grupinhos que todo mundo olha de longe com vontade de fazer parte. Não eram horríveis nem nada disso, só eram muito, não sei... centrados no próprio mundo deles.

Felipe parece lembrar a época da escola com saudosismo, e percebo que há muitas informações sobre o passado das quais não faço ideia.

— Seu tio era um cara bacana, mas as pessoas sempre foram muito cruéis com ele — continua Felipe, olhando para cima e esticando os braços para se espreguiçar. — Acho que ele ter ido embora foi muito mais por se sentir deslocado do que qualquer outra coisa. Uau, faz muito tempo que não penso no Eduardo.

— Cruéis? — A informação me pega de surpresa. — Por que seriam cruéis com ele? Todo mundo é amigo da minha mãe e da minha avó por aqui.

— Ah, seu tio era... diferente. — Felipe coça a cabeça, visivelmente constrangido por estar falando aquilo. — As pessoas nessa cidade não estão acostumadas a conviver com quem é diferente.

— Diferente como?

— Para alguém que está encarregado do caderno de esportes, você tem muitas perguntas!

— Você sabe que tenho um pé na investigação.

Felipe se levanta da cadeira e vai até a cafeteira elétrica, onde faz todo o ritual de filtro, pó de café, água e botão de ligar enquanto completa:

— Seu tio era maior do que essa cidade tem a oferecer, André — ele se resume a dizer. — Assim como você. Eu acho que vocês dois vão se dar muito bem. Quem sabe ele possa te inspirar a como se enxergar além de Lima Reis.

O cheiro de café perfuma a sala quando ele se vira e sorri, me deixando com o pequeno desconforto que sinto sempre que alguém começa a falar sobre meu futuro.

Felipe é como um pai para mim. O que é meio bizarro de dizer, porque, bem... eu *tenho* um pai. Mas com Felipe é diferente. Ele consegue conversar comigo de igual para igual e não como se eu fosse alguém a ser moldado à sua imagem e semelhança. Quando falamos sobre alguma matéria que está sendo escrita para o jornal, percebo que ele pede minha opinião e a escuta ativamente, adequando sua experiência ao que tenho a acrescentar àquela história. Nunca é condescendente comigo, mas aponta meus erros e me mostra por que aquela ideia talvez não seja a melhor do mundo. Nem sempre concordamos, e é um saco porque a palavra final sempre é dele, mas na maior parte das vezes estamos em sintonia.

O telefone dele soa com uma nova mensagem, e quando ele pega o aparelho e lê o que está escrito, sua expressão muda. É quase imperceptível, mas quando a gente convive tempo demais com uma pessoa, passa a perceber os sinais: os lábios dele se contraem levemente, seus olhos se estreitam, ele começa a coçar a ponta do polegar com o dedo médio e a umidade do suor inevitavelmente marca a sua camisa, não importa a temperatura do dia.

— Preciso ir para uma reunião — diz ele. — Se quiser escrever a matéria de esportes mais tarde, pode me enviar até o fim do dia. Eu sei que você quer ir para casa conhecer seu tio. Só tranca tudo antes de ir, ok?

Sem esperar pela minha resposta, ele pega a carteira e o celular, enfia os dois no bolso da calça surrada e desaparece pela porta do jornal, sem nem mesmo beber um pouco do café fresquinho na cafeteira.

Eu me pergunto que tipo de mensagem pode ter gerado essa reação em Felipe, mas decido me concentrar na página em branco à minha frente. Não é a primeira vez que ele age dessa forma, então não deve ser nada de mais.

Continuo olhando para a tela, pego um pouco de café, digito um parágrafo terrível, apago tudo, continuo olhando para a tela, enfio os dedos entre os meus cabelos e tenho quinze segundos de desespero e, sabendo que aquela é uma batalha impossível de ser vencida, desligo o computador, pego minhas coisas e vou conhecer tio Eduardo.

6

Minha cabeça está a mil, em um misto de ansiedade e medo por conhecer meu tio. Há muitas perguntas que quero fazer para ele: por que decidiu ir embora e nunca nos visitou? Como é viver em uma cidade grande? Quais são as possibilidades que existem além das fronteiras dessa cidade e como fazer para ser alguém admirado por todos?

Mas será que meu tio vai conseguir me responder tudo? Será que se manter distante de Lima Reis durante esses muitos anos é sinal de todo o seu desprezo pela vida de uma cidade pequena e, por associação, por todas as pessoas que vivem nela? Será que ele vai ser um desses esnobes que olham para adolescentes e pensam "ele realmente não sabe nada sobre a vida e não sou eu que vou ensinar"?

Será que meu tio Eduardo é um cara legal?

Quando viro a esquina em direção à minha casa, percebo que há um novo carro estacionado no meio-fio: é uma Land Rover laranja. Algumas pessoas param para admirá-la enquanto passam pela rua, as crianças colocando o rosto no vidro e tentando vê-la por dentro, como se o carro fosse, por si só, a nova atração da cidade.

Abro a porta de casa e percebo que a presença de apenas mais uma pessoa já deixou o lugar muito mais movimentado. Ouço a voz da minha mãe, empolgada e cheia de vida.

— Olha quem chegou! — diz ela, aparecendo na sala com um pano de prato pendurado em um dos ombros e uma expressão feliz irradiando de seu rosto. — Vem aqui, André, conhecer seu tio.

Minha mãe me dá as costas e a sigo timidamente, primeiro porque a experiência de conhecer pessoas novas sempre é um pouco esquisita e estressante, e segundo porque não tenho a menor ideia do que esperar de tio Eduardo.

Ele está sentado na mesa encostada em uma das paredes da cozinha, bebendo uma xícara de café e comendo alguns biscoitos que, pelo cheiro, tenho certeza de que acabaram de sair do forno. Minha mãe sempre prepara sequilhos quando há alguma ocasião especial.

— André, como é bom finalmente te conhecer!

Ele tem uma voz musical. Acho que é a melhor maneira de descrevê-la. Parece cantarolar as palavras, tornando-as mais vívidas do que elas seriam quando faladas por qualquer outra pessoa.

Tio Eduardo levanta e percebo que ele provavelmente passa tempo demais na academia, com seus músculos saltando nas mangas apertadas de sua camisa preta, a estampa da Madonna me encarando de volta com estrelas saindo de sua cabeça. Percebo traços de maquiagem em seu rosto recém-lavado, a pele levemente avermelhada como se tivesse esfregado as bochechas com força, mas não faço muitas perguntas. Seu sorriso é largo, sua expressão é de genuína felicidade e ele emana uma energia expansiva, como se pudesse preencher qualquer lacuna apenas com seu bom humor.

Conhecer tio Eduardo me faz chegar a duas conclusões inevitáveis: a primeira é que ele parece ser uma pessoa muito simpática.

E a segunda é que ele, com toda a certeza do mundo, também é gay.

Todos os sinais de alerta apitam ao mesmo tempo dentro do meu corpo. Minha primeira reação é acertar minha postura, estufar o peito, pigarrear e torcer para que minha voz não saia tão fina e esquisita quanto de costume.

— Oi.

Ridículo. Eu não consigo falar absolutamente nada. Tantas perguntas, tanto ensaio mental para só conseguir falar uma sílaba com os olhos arregalados.

Mas meu tio não se importa. Ele se levanta, limpa as mãos cheias de farelo de biscoito nas calças jeans e me envolve em um abraço apertado.

Seu sorriso é maior do que minha preocupação.

— Então finalmente posso conhecer meu sobrinho! Olha só para você! Meu Deus, Selma, quando a gente ficou tão velho?

Dou um risinho sem graça, porque tio Eduardo parece muito com todas as tias da igreja que falam a mesma coisa depois de voltar de um mês de férias. Como os mais novos cresceram, como a roda do tempo não para de girar, como estão mais próximas da morte etc.

— Ai, Edu, eu não acredito que você virou a mamãe — responde minha mãe, com o pensamento sincronizado ao meu.

Tio Eduardo me solta do abraço e seu sorriso é ainda maior.

— Mas é sério! Envelhecer é horrível! — Ele olha para mim e complementa. — Você tinha que ter me visto quando cheguei. Fiz uma maquiagem de doente só para ninguém desconfiar, e ela escondeu um pouco as rugas. Mas olha só para isso! — Ele estica as bolsas dos olhos para mascarar as linhas de expressão, mesmo que, sinceramente, não exista absolutamente nada ali. — A casa dos quarenta anos é praticamente um atestado de terceira idade para gays. Parece que foi ontem que sua mãe tinha só vinte e cinco e me ligou para avisar que estava grávida e agora você está aqui, maior do que eu!

Continuo sem saber o que dizer. Talvez eu tenha arregalado ainda mais os olhos quando ele falou assim, casualmente, que era gay, como se dissesse que o céu é azul ou que galinhas botam ovos.

Tudo está embaralhado na minha cabeça, então digo a primeira coisa que me vem à mente:

— Aquele carro lá fora é seu? Ele é bem legal.

— Então você gosta de carros, é? — responde tio Eduardo. Só encolho os ombros, sem saber como ele chegou àquela conclusão e agradecendo aos céus porque, se ele pensar que sou interessado por coisas tão óbvias ao mundo heterossexual, talvez não perceba que as palmas das minhas mãos estão suadas e estou prestes a ter um infarto bem ali, na frente dele.

— Eu só queria saber como você vai convencer todo mundo de que está doente, se veio dirigindo de São Paulo até aqui.

Tio Eduardo olha para minha mãe e coça a parte de trás da cabeça, porque é claro que nenhum dos dois pensou naquele detalhe.

— Sua mãe me disse que você era interessado por jornalismo, mas não sabia que tinha veia de detetive. — Ele parece sem graça. — Na verdade, eu... não pensei nisso. Só peguei o carro e vim para cá quando sua mãe disse que precisava da minha ajuda.

— A gente ainda não acertou todos os detalhes, mas isso não é importante agora! — interrompe minha mãe. — O importante é que seu tio está aqui e, agora, vocês têm a oportunidade de finalmente se conhecerem. Ah, André, eu estou tão feliz! Acho que vocês vão se dar bem. Por que não mostra seu quarto para o Eduardo?

Encaro minha mãe com uma expressão de pânico, porque ela sabe que meu quarto é um território particular e caótico. Ela me dá uma piscadinha e derrama um pouco de café em uma caneca.

— Eu fiz o favor de organizar as coisas — diz ela. — Depois de tanto tempo, não quero que o Edu pense que essa casa é uma bagunça.

— Você... entrou no meu quarto? — pergunto para tio Eduardo, exasperado.

Não é que meu quarto seja território proibido. É claro que não. Mas uma coisa é minha mãe e meu pai entrarem ali, porque consigo manter meus objetos à mostra sem a menor preocupação de que eles possam ligar os pontos e entender quem são meus ídolos da cultura pop. Os dois vivem tão centrados em seus próprios mundos que nunca tiveram muito interesse nos meus gostos, então nenhum dos dois me perguntou qual é a história de *Os garotos do cemitério* ou qual é o casal principal de *Quinze dias* quando me viram lendo os livros, e também não questionaram quem é aquela mulher de cabeça para baixo no pôster colado na parede (Ariana Grande) e, quando perguntaram quem era aquele boneco com cabelo rosa e um círculo na testa, acreditaram sem questionar muito que a Lady Gaga era um Power Ranger.

Mas tio Eduardo não é minha mãe. Ele vai sacar imediatamente. Se tio Eduardo entrou no meu quarto, ele já sacou há muito tempo e está ali, com cara de paisagem, fazendo algum jogo mental comigo. E daí para ele puxar minha mãe para uma conversa desconfortável, que irá se desenrolar em uma conversa desconfortável entre mim e minha mãe, vai ser um pulo.

Ele vai sacar que eu gosto de garotos. Vai contar para minha mãe. Minha mãe vai querer conversar comigo, aí vai falar para o meu pai, que vai dizer como aquilo pode ser um risco à reeleição dele, e todos na cidade vão saber e, em um piscar de olhos, tudo vai desmoronar.

Meu coração está ainda mais acelerado.

O infarto é inevitável.

— Ainda não, mas estou empolgado! — responde ele.

Dou um suspiro de alívio. É tão alto que com certeza todo mundo reparou.

— Ok, mas eu preciso arrumar algumas coisas antes! — digo.

O suor escorre por minha testa, tenho a expressão do mais puro pânico estampada na cara e toda a pretensão de minha voz não soar esganiçada foi para o espaço.

— Eu já arrumei tudo, André! — responde minha mãe, mas já dei as costas para os dois e estou correndo pelas escadas em direção ao meu quarto.

Tranco a porta atrás de mim só para me certificar de que ninguém vai entrar sem aviso. Respiro fundo, tentando controlar meus batimentos cardíacos. Meu tio e minha mãe devem estar pensando que perdi o juízo, ou que tenho drogas escondidas em algum lugar, mas não me importo. Lembro que meu avô uma vez me disse que preferia ter um filho drogado a ter um filho gay. Só estou correspondendo às expectativas.

Rapidamente, vasculho a estante de livros e puxo todos os que podem ser um risco. David Levithan, Abdi Nazemian,

Vitor Martins, Adam Silvera, Giu Domingues, Becky Albertalli, Ilustralu: todos vão para baixo da cama, jogados de qualquer jeito e abrindo buracos na estante que deixam meu coraçãozinho viciado em organização em agonia. Depois, arranco o pôster da Ariana Grande da parede e os postais de Taylor Swift e Troye Sivan colados na minha escrivaninha e jogo tudo dentro do armário. Dou um beijo no funko da Lady Gaga e também o coloco no armário, fechando-o com o coração ainda acelerado, olhando para o resultado da organização e me certificando de que a única faceta em exibição da minha personalidade seja o pôster de mapa-múndi indicando lugares que quero conhecer quando for mais velho.

Quando olho para o quarto mais uma vez e me convenço de que fiz um bom trabalho, destranco a porta e desço a escada, satisfeito com minha velocidade.

— Prontinho, está tudo no lugar! Obrigado por tornar minha vida mais fácil, mãe! — respondo com um sorriso forçado, tentando a todo custo não deixar o desespero transparecer na minha cara. — Por aqui, tio.

Tio Eduardo olha para minha mãe com uma expressão bem-humorada. Tenho certeza de que perguntou para ela se quer que ele converse comigo para saber se estou usando alguma substância ilegal. Ou talvez esteja empolgado para conseguir um pouco para si. Ainda não sei que tipo de pessoa ele é.

A primeira coisa que meu tio repara quando entra no meu quarto é na estante de livros. Mesmo com os buracos pelo desfalque momentâneo, ela ainda está abarrotada de volumes, que vão do romance contemporâneo aos clássicos, às fantasias e às ficções científicas. Tudo separado por cores das lombadas, criando um arco-íris em que cada prateleira possui uma cor.

Merda. Arco-íris. Não pensei nisso.

— Você tem uma coleção e tanto aqui — diz ele, ignorando a disposição das cores e puxando um livro mais surrado que herdei da minha mãe e nunca cheguei a abrir. — Olha aqui. Esse era meu.

— A maior parte deles foi recomendação da Larissa — digo casualmente. — Ela é minha melhor amiga — acrescento, porque percebo que ele não faz ideia de quem é Larissa.

Ele sorri, colocando o livro que pegou de volta na estante.

— Como vocês vão fazer? — pergunto para ele, sentando na cama enquanto meu tio continua perdido entre as lombadas coloridas. — Porque nada acontece nessa cidade sem todo mundo comentar. Eu tenho certeza de que já devem estar falando de você no bar do seu Joaquim.

— Sua mãe me disse que conversou com seu pai e os dois decidiram que a melhor alternativa era ficar na casa dos seus avós.

Ele desvia a atenção dos livros e olha para o mapa preso na parede ao lado da estante, mudando de assunto.

— Esses são os lugares que você quer conhecer ou que já conheceu? — pergunta, apontando para os alfinetes presos no mapa-múndi.

— Quero conhecer. O mais longe que já fui em uma viagem foi para o Rio de Janeiro — respondo. — Mas isso é bobeira.

Ele desvia os olhos da parede e olha para mim.

— Não diz isso. Não é bobeira querer conhecer o mundo.

Não tenho uma resposta para isso, então me mantenho em silêncio.

Tio Eduardo sorri.

— Eu também achava que nunca ia conseguir sair dessa cidade. — Ele continua percorrendo meu quarto e agora olha para minha escrivaninha, com a tela do computador ligada e uma infinidade de Post-its colados na parede, com as obrigações do jornal que tenho que concluir até o final da semana e as matérias que preciso estudar para o simulado do vestibular no mês que vem. — E te confesso que, depois que saí, a última coisa que pensei foi que precisaria voltar algum dia.

— Por que você nunca veio visitar a gente?

A pergunta sai tão naturalmente que chego a me assustar, mas o tempo no jornal me ensinou que a única forma de conseguir respostas diretas é fazendo perguntas diretas.

Ele não responde de imediato. Imagino que não tenha ouvido minha pergunta, mas de repente suspira e diz:

— É complicado. Eu sei que Lima Reis é a cidade onde você vive, mas eu só... — Ele para por alguns segundos e parece organizar os pensamentos. — Eu não consigo olhar para cá e sentir saudades da minha infância. As pessoas nunca foram muito gentis comigo.

Agora a conversa com Felipe faz mais sentido. Se ele fosse metade tão gay quanto é hoje, tenho certeza de que a cidade fez da vida dele um inferno.

Quando tio Eduardo percebe que estou encarando-o fixamente, parece reerguer suas barreiras e sorri.

— Mas chega de falar de mim. Estou feliz de finalmente ter vindo aqui e te conhecido em pessoa. Eu sei que toda essa história de seus pais se separarem pode ser um pouco frustrante, então se quiser conversar comigo, estou aqui para o que precisar.

— Não estou tão preocupado com isso, na verdade — respondo, tentando fazer pouco caso de toda aquela situação. — Acho que eles só precisam resolver o que querem da vida.

— É um saco ficar no meio desse fogo cruzado, não é?

Encolho os ombros.

— A pior parte são os dois insistindo em continuar juntos e dizendo que precisam manter a família unida. Como se essa fosse a maior das minhas preocupações.

Tio Eduardo senta ao meu lado.

Ficamos em silêncio e, nesse meio tempo, muito se passa pela minha cabeça. É meio desconfortável ficar ali ao lado de alguém que acabei de conhecer, mas, ao mesmo tempo, quero perguntar tanta coisa para ele.

Como ele conseguiu crescer em Lima Reis?

Como ele conseguiu *sair* de Lima Reis?

Como consegue ser tão seguro ao afirmar com todas as letras que é gay sem que isso pareça estranho ou faça minha mãe revirar o pescoço e encará-lo em choque?

Por que minha mãe não olhou para ele chocada assim que falou aquilo, sendo tão católica do jeito que é?

— O que você precisa saber — tio Eduardo corta o silêncio e me dá um tapinha no ombro — é que seus pais só estão tentando fazer o que é melhor para você.

Penso naquilo por alguns segundos. Acho que é a coisa certa a se dizer, por mais que não seja a realidade.

— Você não conhece meu pai tão bem assim. — É tudo o que consigo responder.

— É claro que conheço! Ou você acha que não revirei os olhos durante todas as investidas que o digníssimo prefeito fez para namorar sua mãe quando a gente tinha a sua idade? Eu sempre falei para ela: "Selma, esse homem é bonito demais para não ser problema", mas ela me escutou? Ela alguma vez me escuta? É claro que não!

Dou uma risada com a espontaneidade dele. Tio Eduardo fala com um ritmo parecido com o de alguém que, mesmo sem querer, acaba sendo o centro das atenções. A cadência de suas palavras faz parecer que ele está sempre prestes a concluir seus pensamentos com algum desfecho bem-humorado.

— Você achava meu pai bonito? — pergunto.

Meu tio olha para mim com um meio-sorriso no rosto. Parece analisar alguma coisa em mim, o que faz meu coração sair do compasso mais uma vez.

— E tem problema em achar um homem bonito? — pergunta ele. — Da mesma forma que você acha carros bonitos, eu acho homens bonitos.

— Eu não… — Percebo que ele entendeu tudo errado. — Desculpa, eu não quis te ofender.

Mas ele apenas sorri, nem um pouco ofendido.

— Eu estou te sacaneando, garoto. É claro que eu achava seu pai bonito. Se tem uma coisa que tenho saudade de Lima Reis, é de como ela sempre foi abençoada com homens bonitos. Deve ser alguma coisa na água daqui. Infelizmente, não funcionou comigo. — Ele dá de ombros. — Ele era lindo, mas também era filho do prefeito e estava na cara que tinha muita ambição. Eu só nunca soube se era o tipo de ambição como a minha e a sua, de quem quer conquistar o mundo, ou o tipo que quer continuar sendo o líder de um pequeno reinado.

— Claramente a última opção. E eu não acho carros bonitos — acrescento. — Não entendo nada sobre carros.

— Meu bem, eu só comprei aquele carro porque era o mais caro da loja. E porque era laranja.

Dou uma risada.

— Estou vendo que vocês dois estão se dando muito bem — diz minha mãe, enfiando a cabeça dentro do quarto e olhando para nós dois, lado a lado. Seu rosto é a definição de ternura.

— Até que você se saiu bem e criou um filho bem legal, Selma — diz tio Eduardo. — Mas agora chega de conversa. A gente tem que começar a se arrumar se quiser fazer essa cidade inteira acreditar nessa história de doença. A casa já está pronta?

— Hoje o senhor vai dormir aqui — responde minha mãe. — O Ulisses está preparando tudo para irmos lá amanhã bem cedinho. Hoje, quero matar a saudade do meu irmão antes de todo mundo começar a fofoca.

— Essa cidade continua do mesmo jeito, não é? — pergunta ele.

— Você não faz ideia — respondo.

Tio Eduardo se levanta da cama.

— Bom, vou deixar você em paz, André — diz ele. — Daqui a pouco seu pai chega e, se eu bem me lembro do Ulisses, ele vai querer me passar um milhão de recomendações antes disso tudo começar. — Minha mãe sai do quarto e, antes de tio Eduardo também sair, ele se vira para mim e conclui: — Espero que a gente possa se conhecer melhor. Vou te contar do dia em que conheci a RuPaul quando fui para os Estados Unidos.

Ele aponta para a estante de livros, dá uma piscadinha e sai do quarto.

Olho para uma moldura com um postal onde está escrita a frase clássica de RuPaul: "Se você não se ama, como diabos vai amar outra pessoa?" Um desenho que eu mesmo fiz e coloquei ali, em um cantinho ao lado de uma foto minha com Larissa e Patrícia. Esqueci de jogá-lo no armário junto com todas as outras tralhas espalhadas pelo quarto.

Ah, merda!

7

Minha mãe faz um banquete naquela noite, como se quisesse mostrar todas as suas habilidades culinárias de uma vez só: arroz, feijão, couve-flor gratinada, batatas fritas, vinagrete, farofa de ovos e carne frita na manteiga, tudo colocado nas travessas de cerâmica que ela deixa escondidas no armário mais alto e fala que são só para as visitas importantes. Tio Eduardo diz que nada daquilo é necessário, e que se fosse por ele era só pedir uma pizza, mas depois minha mãe o lembra de que não existem pizzarias decentes em Lima Reis e ele se lembra de que não está mais em São Paulo, onde pode comer tudo o que quiser à hora que quiser. Sem fazer muita cerimônia, ele agradece e começa a encher seu prato, e meu pai ergue uma sobrancelha como se estivesse se perguntando onde estão os modos de alguém que se serve antes do dono da casa.

Meu pai tem esse jeito autoritário às vezes. São nas pequenas coisas: quando grita e pede um copo de água, mesmo que seja totalmente capaz de se levantar e pegar por si mesmo; quando reclama da casa bagunçada, mas mal repara que larga seus objetos em qualquer lugar e bagunça tudo; quando faz algum comentário sobre minhas roupas amassadas ou as cores das roupas que minha mãe usa quando vai ao mercado (não que isso faça muita diferença, porque minha mãe só responde com um ocasional "cuide da sua vida" antes de sair porta afora). Minha mãe me fala que aquele é o jeito dele, acrescenta que todos têm defeitos e devemos conviver com as partes boas e ruins se quisermos ter uma relação longa com alguém, mas tenho certeza de que ela também se incomoda.

E, com tio Eduardo ali, parece que o ar fica mais pesado. É um jogo fascinante de observar: é como se meus pais estivessem em uma partida de xadrez na presença do meu tio. Todos os movimentos deles parecem calculados e artificiais. Meu pai tenta ser simpático, mas depois de abraçar tio Eduardo quando chegou em casa, a primeira coisa em que reparou foi na aparência dele.

— O que é isso no seu rosto? — perguntou quando percebeu que parte do rosto de tio Eduardo ficou carimbada em sua camisa social branca.

Tio Eduardo estava testando maquiagens para ficar com uma aparência mais pálida.

— Tenho que parecer convincente, não é, Ulisses?

Percebi quando meu pai engoliu em seco, visivelmente irritado.

De todas as suposições que tenho sobre meu pai, a principal delas é que ele odeia qualquer coisa que seja diferente do que considera "normal". E tio Eduardo não tem absolutamente nenhum constrangimento com seus trejeitos nem se esforça para parecer menos feminino ou masculino do que é. Aquilo me deixa admirado, mas tenho certeza de que meu pai não gosta nadinha.

Agora, quando estamos todos sentados na mesa de jantar, vejo meu pai dividindo sua atenção entre as mil mensagens que chegam a cada segundo em seu celular e o rosto de tio Eduardo, como se sua cabeça estivesse se esforçando muito para assimilar aquela nova pessoa ali, toda sorrisos e maquiagem no rosto, compartilhando o seu jantar.

— Você está diferente, Eduardo — diz meu pai, cortando a carne e fazendo a faca riscar o prato com um barulho irritante. — A capital te mudou.

Tio Eduardo sorri, subitamente consciente dos olhares do meu pai sobre ele.

— Para melhor, espero.

— A cidade inteira já está comentando sobre sua chegada — diz meu pai. — Estão perguntando se você veio me ajudar na campanha.

— Se precisar de alguma coisa, estou a postos.

— Já tenho bastante gente me ligando a cada cinco minutos e pedindo por coisas diferentes, mas obrigado por oferecer — complementa ele, talvez mais para mostrar trabalho do que para iniciar qualquer tipo de conversa. — Só essa semana eu já conversei com fazendeiros, com professores, com operários e até com a porcaria da associação de moradores do bairro. Não sei de onde esse pessoal tira tanto problema e tanta reclamação para minha cabeça.

Meu pai está inegavelmente menos paciente do que o normal. Ele mal parou em casa nessas últimas semanas, e mesmo agora, quando está jantando, seu celular está ao lado do prato e ele conversa ao mesmo tempo em que rola o indicador pela tela. Seus olhos leem as mensagens e seus dedos ágeis abrem e fecham aplicativos.

Minha mãe pigarreia quando percebe que meu pai foi sugado pela tela do telefone. Mesmo sabendo que ele e tio

Eduardo não são exatamente melhores amigos, ela quer que meu pai dê o mínimo de atenção para a visita. Afinal, bons modos independem de cargos políticos e todo mundo aqui em casa sabe disso.

Meu pai percebe a deixa, pressiona mais quatro ou cinco vezes a tela do celular e então a bloqueia, virando-a contra a mesa e sorrindo.

— Em que você está trabalhando agora, Edu? — pergunta minha mãe apenas para preencher o silêncio, porque é claro que, pelo meu pai, a trilha sonora seriam os cliques do telefone e os talheres batendo sobre os pratos.

— A gente terminou a pós-produção de um disco da Lana Love no mês passado. Seu convite veio no momento certo, porque posso acompanhar a campanha de lançamento a distância. O mês passado foi uma loucura, então estar aqui vai ser como tirar férias.

Arregalo os olhos quando ele fala aquilo.

— Você trabalha com a Lana Love? — pergunto, maravilhado.

Lana Love é uma das minhas cantoras favoritas.

Não que alguém saiba disso. Sempre tenho que desabilitar a função "o que estou ouvindo" quando coloco alguma música dela para tocar no Spotify, porque tenho certeza de que todo mundo comentaria sobre o filho do prefeito ouvindo sem parar as músicas de uma drag queen.

— Desde o começo da carreira. Ela é uma das minhas melhores amigas — responde tio Eduardo.

Volto a atenção para o meu prato, porque não quero que ele perceba o brilho nos meus olhos. Não quero que ele comece a perguntar se eu conheço alguma música dela, porque Lana Love é uma artista que não anda apenas no nicho de músicos queer. Ela vai a programas de auditório na TV aberta, participa de campanhas publicitárias de grandes marcas e está em lugares onde, em outros tempos, nunca seria bem-vinda.

Ela representa a esperança de que é possível transitar nesses lugares com a mesma confiança de um homem branco e heterossexual.

— Deus me livre... — murmura meu pai, balançando a cabeça.

São apenas três palavras ditas de um jeito casual, mas me machucam. Como tio Eduardo está ali, percebo que meu pai se esforça para não começar a emitir suas opiniões sobre como é uma aberração que um homem se vista de mulher e se apresente para milhares de pessoas.

Tio Eduardo só olha para o meu pai e dá uma risadinha.

— Você continua igual, Ulisses. O mundo não é Lima Reis, meu amigo.

— É esse tipo de modernidade que está acabando com o mundo — responde ele. — Todas as pessoas com quem falo nas ruas dizem o mesmo: essa modernidade ainda vai nos destruir. O que vem depois disso? Obrigar nossos filhos a conviver com esse tipo de coisa como se fosse normal? Esse pessoal tinha que ter vergonha na cara e não ficar expondo nossas crianças a esse tipo de coisa.

Engulo em seco.

Tio Eduardo olha para mim com uma expressão cansada.

— A gente passou tempo demais expondo as crianças a acharem que é certo xingar e humilhar quem é diferente. Eu prefiro que elas sejam expostas a aceitarem o que é diferente e não serem tão cabeças fechadas quanto você.

— Eu, cabeça fechada? Esse tal de Lana Love pode fazer o que quiser com a vida dele. Mas eu sou obrigado a concordar?

— Eu também não sou obrigado a concordar com quem acha que os artistas para quem trabalho são aberrações, mas aqui estamos nós. E o pronome certo é *ela*.

— Ei, vocês dois, vamos já parando com isso! — responde minha mãe quando percebe que a conversa está começando a enveredar por caminhos que ela não será capaz de controlar. — Ulisses, o Eduardo está aqui para nos ajudar. Eduardo, você conhece seu cunhado há muito tempo para saber como ele é. Vamos só deixar essa conversa para lá e ter um jantar sem esses assuntos, pode ser?

Não é justo crescer ouvindo esse tipo de coisa. E não importa o quanto me digam que o mundo está mudando e as coisas são diferentes de como eram no passado. Agora, é isso o que tenho que ouvir. É com isso que tenho que conviver diariamente. Por mais que meu tio seja uma faísca de esperança sobre meu futuro, ainda preciso me lembrar frequentemente de que pessoas como meu pai estão por aí, disseminando seus preconceitos em jantares a portas fechadas, talvez para outras pessoas tão preconceituosas quanto ele.

Eu quero ser corajoso. Quero poder andar com uma camisa da Madonna, conhecer a RuPaul em uma viagem para os Estados Unidos e usar maquiagem quando me der na telha, mas será que isso é possível? Será que sempre vou ter que fazer isso com a preocupação de as outras pessoas estarem prontas para falar o que quiserem da minha vida, sem nem se importarem se me machucam ou não?

Quero ser como o tio Eduardo. Quero conseguir falar para o meu pai que não é aceitável emitir essas opiniões, quero sacudir minha mãe e dizer que a melhor forma de lidar com aquilo não é deixando para lá. Mas minha reação às palavras deles é sempre a mesma: fico quieto, porque não quero que o assunto se volte contra mim. Não quero falar sobre como meu pai é horrível quando diz coisas como aquelas porque, assim, ele vai perguntar por que estou sendo tão sensível.

Já criei cenários na minha cabeça em que saio do armário, e em nenhum deles meu pai aceita aquilo bem. Em relação a minha mãe, tenho algumas dúvidas, mas acho que ela ficaria estranha por algum tempo até digerir a informação. Já meu pai não saberia lidar. Na melhor das hipóteses, ele se manteria resignado, fingiria que não ouviu nada e, como uma criança, desconversaria até que eu ficasse cansado e ignorasse o assunto para o resto da minha vida. Na pior das hipóteses, ele diria que sou uma vergonha e que não aceitaria aquilo dentro da casa dele. Eu só tenho uma certeza: em todos esses cenários vejo ele me ameaçando para eu nunca contar sobre minha sexualidade para alguém, porque se as brigas com minha mãe já poderiam colocar o cargo dele em risco, ter um filho gay com certeza o faria perder a eleição.

Então, depois que minha mãe fala, vejo tio Eduardo concordar com um sorriso cortês e meu pai parecer mais mal-humorado do que nunca.

E eu só pego uma batata frita e a enfio na boca, sem ousar dizer qualquer coisa que possa tornar a discussão ainda mais desconfortável.

Eu me enfio no quarto assim que o jantar termina. Meu pai arranja alguma desculpa para sair, dizendo que precisa terminar de arrumar a casa onde tio Eduardo ficará hospedado com minha mãe.

A ausência dele deixa os dois à vontade para falar alto. Consigo ouvir o tom de voz divertido de tio Eduardo perguntando por que minha mãe não tinha enviado a carta pedindo pelo resgate pelo menos cinco anos antes. Ulisses era daquele jeito o tempo todo ou só estava assim pela presença dele?

Pego meu celular e vejo que Larissa me deixou três mensagens:

Larissa: Eeeeeei, eu soube que seu tio chegou em um carrão!
E aí, como ele é?
André, me responde! Meu Deus, por que você nunca me responde rápido?

Dou uma risada com a urgência constante dela antes de responder.

André: A gente acabou de ter o jantar mais desconfortável da história de Lima Reis.
Mas o tio Eduardo é incrível.
Ele trabalha com a Lana Love!!!

Larissa: MENTIRA!
Olha que eu vou ficar com ciúmes, hein kkkk
Eu não trabalho com a Lana Love nem nada, mas também sou incrível.

André: Nunca disse que você não era. Nós somos as gays unidas contra os homofóbicos de Lima Reis.

Larissa: Uau, você é gay?
Porque eu não sou.

André: Desculpa. Lésbica.
Gay é termo guarda-chuva.

Larissa: Eu tô te sacaneando, idiota.
Mas fala do tio Eduardo.

André: Ai, amiga, ele é tudo! A gente ainda não conversou muito, mas deu pra ver que ele conhece muita coisa.
Tipo, ele já viajou para outros países.
E trabalha com música.
E ele é gay. Muito gay.

Larissa: !!!!!!!

André: Eu tô morrendo de medo.
Tentei disfarçar, mas ele sacou na hora.
Ele vai falar com minha mãe, tenho certeza.

Larissa: Deixa de neura, André. É claro que ele não vai fazer isso.

André: Ele e minha mãe conversam sobre tudo! Ele vai falar com ela, e aí ela vai falar com meu pai e vou me foder.

Larissa: Relaxa! Se ele é tão legal quanto você diz, tenho certeza de que não vai fazer isso. Acho que na real isso pode ser até bom pra você.

André: Bom? Eu tive até que arrancar o pôster da Ariana Grande da parede do quarto!

Larissa: Pobre Ariana.
Mas ele conhece sua mãe melhor do que ninguém. Ele cresceu nessa cidade. Ele sabe exatamente o que você está passando agora, porque já passou pelo mesmo.
E, pelo que você me disse, ele se saiu super bem. Tipo, a Lana Love!!! Imagina sair de Lima Reis e hoje trabalhar com uma das maiores cantoras do Brasil!

Demoro algum tempo para responder à mensagem de Larissa porque estou remoendo todos esses pensamentos dentro de mim.

Tio Eduardo é o primeiro homem gay que conheço em carne e osso. Diferente de todas as minhas referências, ele é alguém que morou nessa cidade e sabe o que há de melhor e de pior nela, alguém para quem posso perguntar sobre o passado e tudo o que fez para conseguir ser tão bem-sucedido.

Vê-lo falando abertamente sobre ser gay como se aquilo fosse apenas uma parte casual de sua vida me faz questionar se a *minha* vida será mais fácil no futuro ou se ele foi uma exceção. Talvez tudo o que me espera daqui para a frente seja mais dessa ansiedade, que me faz regular cada palavra na esperança de não dar muito na cara que essa parte de mim não vai mudar.

E ainda tem outra questão: será que posso perguntar o que quero para ele sem colocar tudo a perder? Será que, a partir do momento que tio Eduardo ver que sou exatamente como ele, vai decidir ter uma Conversa Séria e me fazer confrontar todos os meus medos, mesmo contra minha vontade?

Minha cabeça gira em uma espiral de pensamentos, e a maior parte deles não é saudável. Não sei o que fazer.

Pego o celular e digito uma resposta para Larissa.

André: Ainda preciso conhecer ele melhor. Ele acabou de chegar na cidade. Vamos ver como tudo se desenrola.

Larissa: No fim das contas, é uma decisão sua. Mas pensa que, se ele fizer alguma idiotice com você, o quartinho da bagunça aqui de casa ainda está te esperando de braços abertos.

André: Idiota.

8

No dia seguinte, minha avó Sebastiana exige que tio Eduardo passe na casa dela para matar as saudades antes de se hospedar de vez na casa que era dos meus avós paternos. Minha mãe não gosta muito da ideia, mas sabe tão bem quanto qualquer um que não se nega uma exigência de dona Sebastiana.

Antes de irmos, no entanto, tio Eduardo puxa uma cadeira e se senta na frente do espelho. Munido de seu estojo de maquiagem, começa a fazer o trabalho de se transformar em uma pessoa doente.

— Você tinha que ver quando seu tio chegou aqui — diz minha mãe, vendo meu tio passar uma base que dá um aspecto pálido a sua pele. — O povo todo espiando para ver de quem era aquele carrão laranja e quem estava saindo dele.

— Eu devia ter tirado uma foto antes de lavar o rosto — responde tio Eduardo. — Foi um dos meus melhores trabalhos.

Ele realmente faz uma maquiagem primorosa: destaca olheiras que deixam seus olhos mais fundos e faz um sombreamento nas bochechas, que dá a ele um aspecto abatido. Hoje, está vestindo uma camisa alguns números maior para mascarar o fato de que não está magro ou debilitado por nenhuma cirurgia imaginária. Quando termina, ensaia uma expressão de dor e se levanta com dificuldade, fingindo mancar de uma perna.

— Você tinha que ser ator — diz minha mãe, sorrindo com todo o teatro. — E então, todos prontos?

Tio Eduardo vai mancando até uma estante e pega a chave do carro.

— Pode passando para cá que eu vou dirigir — responde minha mãe. — Seu sobrinho está certo. Não dá pra convencer ninguém de que você está se arrastando se for pego dirigindo aquele carro.

— Ele é automático! Quase não dá trabalho!

— Passa a chave pra cá.

— Se você machucar o meu bebê, eu...

— Eu não acredito que você se transformou em pai de carro depois de velho. — Minha mãe pega a chave e abre a porta de casa. — Agora vamos logo.

Antes de entrar no carro, percebo que algumas pessoas esticam o pescoço assim que saímos de casa. Vejo as cortinas dos vizinhos entreabertas e tenho certeza de que há gente espiando a movimentação para começarem o dia com fofocas quentinhas.

— Como vai, dona Selma? Oi, André! — diz dona Rosana, uma das nossas vizinhas. Ela tem uns quinhentos anos de idade e nada escapa aos seus olhos. Convenientemente, está passeando com o cachorro de sua vizinha pela calçada da nossa casa. O que é uma surpresa, porque dona Rosana odeia aquele cachorro e deixa isso claro a toda oportunidade.

E estou certo de que só nos cumprimenta por cordialidade, porque logo suas atenções se voltam para o meu tio. — Meu Deus do céu, Eduardo, há quanto tempo! A dona Sebastiana me disse que você veio aqui se recuperar de uma cirurgia. Está tudo bem, meu anjo?

Tio Eduardo olha para dona Rosana e, subitamente, começa a tossir. Ele coloca a mão no peito e parece ter dificuldade para respirar, mas depois de uma sessão extremamente exagerada de tosse, inspira fundo e sorri fracamente antes de dizer:

— Olá, dona Rosana. Pois é... vou ficar aqui só por um período... a Selma já fez tanto por mim, mas continua insistindo em ser uma boa irmã. — Ele tosse mais uma vez, mas agora se contenta em ser mais breve. — Vamos visitar minha mãe antes de eu me instalar em definitivo por aqui.

— Oh, pobrezinho! Do que foi a cirurgia?

Tio Eduardo olha para minha mãe e para mim com uma expressão de surpresa no rosto.

O problema de planos feitos em cima da hora é exatamente esse: nenhum deles discutiu os detalhes. Eles acham que as pessoas daqui não conseguem farejar mentiras a quilômetros de distância.

— Foi uma... insuficiência cardíaca... congestiva — responde tio Eduardo.

Ele está literalmente falando palavras aleatórias.

— Foi grave? — pergunta dona Rosana.

— Gravíssimo — responde tio Eduardo, antes de outra tossida discreta. — Fiquei entre a vida e a morte. Os médicos chegaram a considerar um transplante de coração. Tiveram que inserir um... um dispositivo para ajudar meu coração a continuar batendo.

— Um LVAD — acrescento quando percebo a clara referência a Grey's Anatomy. Olho para dona Rosana enquanto meu tio dá um pequeno sorriso e minha mãe só levanta uma sobrancelha, intrigada. — Um dos médicos era contra, mas outra médica colocou mesmo assim, sem autorização. Foi o que salvou a vida dele.

— Nossa! Pobrezinho... — Dona Rosana dá um tapinha no ombro de tio Eduardo. — Espero que tudo fique bem durante sua recuperação.

— Vai ficar, vai ficar... agora, se nos dá licença. — Tio Eduardo sorri com cortesia, e aquilo é o suficiente para dona Rosana balançar a cabeça e puxar a coleira do cachorro para continuar andando pela calçada. Com certeza vai entrar na primeira casa disponível para falar sobre a cirurgia de coração bem-sucedida do meu tio.

— Parece que não sou o único fã de Grey's Anatomy por aqui — comenta ele assim que entra no carro.

— Eu sempre falei para minha mãe que assistir seriados não era perda de tempo — respondo, satisfeito.

A casa da minha avó fica a cinco minutos de distância, no final de uma rua cheia de mangueiras cujos frutos ameaçam constantemente as latarias dos carros. Por causa da eleição, vemos cartazes em tons de laranja espalhados pela cidade, estampando o número de candidato e o sorriso forçado do meu pai por todos os muros, e até mesmo em algumas das árvores. Mas, diferente da eleição de quatro anos atrás, quando meu pai parecia unanimidade na escolha popular, dessa vez consigo ver placas azuis salpicadas aqui e ali, onde Pedro Torres aparece de braços cruzados e uma expressão confiante nos olhos arredondados e escuros.

Quando minha mãe estaciona a Land Rover e abrimos a porta do carro, vejo uma quantidade absurda de santinhos — todos do meu pai — emporcalhando o chão, junto aos pedaços de manga madura que caem sem aviso das árvores. Tio Eduardo também observa o estado caótico do chão e diz para minha mãe que ela vai pagar por qualquer eventual dano à lataria do carro, mas ela não dá muita bola para ele.

Minha avó sai de casa assim que ouve o motor. Sempre admirei muito a capacidade que ela tem de ouvir a menor movimentação do lado de fora, é melhor do que qualquer sistema sofisticado de segurança. Ela é uma mulher baixinha e magra, assim como minha mãe, com a pele marrom no mesmo tom mais escuro de tio Eduardo e os cabelos curtos e grisalhos. Hoje, veste uma camisa com uma estampa de Nossa Senhora de Fátima e ostenta seu crucifixo pendurado no pescoço, mantendo sua expressão preocupada quando tio Eduardo entra no "modo doente" e sai do carro como se estivesse sentindo dor.

— Oh, pobrezinho. Está melhor? — pergunta ela antes de lhe dar um abraço.

— Melhorando... — responde tio Eduardo, com um sorriso fraco. Ele com certeza merece uma indicação ao Oscar. Será que está se sentindo culpado ou se divertindo por estar enganando a própria mãe? — Mas finalmente conheci o André ontem. Por que ninguém me disse que eu tinha um sobrinho tão legal?

Minha avó larga tio Eduardo e me abraça em seguida, me envolvendo com seus braços ossudos antes de nos mandar entrar.

A casa, como sempre, tem cheiro de lavanda e está impecavelmente limpa. Vovó é o tipo de pessoa que, se precisasse de uma faxineira, limparia a casa antes de ela chegar só para ninguém a chamar de bagunceira. Sobre a mesa da sala, um bolo de fubá com erva-doce e uma cesta de pães nos esperam junto com queijo branco, presunto e manteiga, e as louças que ela só expõe para as visitas, mantendo a tradição da família, também estão dispostas em frente às cadeiras.

Com pouco mais de sessenta anos, minha avó faz tudo sozinha: vai à feira, limpa a casa, cozinha e ainda prepara marmitas para vender aos que dizem que o tempero dela é o melhor de Lima Reis. Também encontra tempo para fazer cafés da tarde com suas amigas da igreja, costurar casacos bregas de crochê e organizar toda a contabilidade de uma pastoral que distribui mantimentos para as pessoas mais pobres da cidade.

Ela é como minha segunda mãe. Quando eu era mais novo, minha avó tomava conta de mim para minha mãe poder trabalhar, e sempre me encheu de comidas gostosas e histórias sobre meu avô, que nem cheguei a conhecer. Muito pouco mudou de lá para cá: ela ainda passa as tardes ouvindo seus programas religiosos no rádio da cozinha enquanto prepara alguma comida ou, quando finalmente decide se sentar e descansar um pouco, pega o telefone e passa horas conversando com suas amigas da igreja. Ultimamente também têm passado muito tempo explorando as possibilidades do celular e descobriu as imagens de bom-dia nos grupos de mensagem, além de ter aumentado, e muito, sua eficiência em descobrir e repassar boatos ocorridos na cidade. Tem sido uma transição interessante.

— Ai, Eduardo, por que você não me falou nada sobre essa cirurgia? — pergunta minha avó assim que nos instalamos na mesa. Ela, sem pensar duas vezes, começa a colocar café em nossas xícaras e a nos servir. Me sinto um pouco incomodado porque sou capaz de pegar uma garrafa com minhas próprias mãos, mas nessa casa é minha avó quem faz as regras. E a regra principal é: permita-se ser mimado.

— Eu não queria te preocupar, mãe — responde ele.

— Mas você podia ter morrido! E como eu ia ficar? Só ia descobrir no seu enterro?

— Foi uma cirurgia simples. E eu finalmente tive uma desculpa para voltar para essa cidade e conhecer meu sobrinho.

Ele olha para mim e me dá um sorriso cúmplice, que retribuo.

— Você não precisava de desculpas para visitar sua família, Eduardo — responde minha avó, uma nota de pouca paciência na voz. — Nós sempre estivemos aqui, mas você precisou quase morrer para lembrar que a gente existe.

Ah, a culpa católica.

— É muito difícil conseguir uma folga do meu trabalho, mãe.

— O importante é que o Eduardo está aqui agora, não é? — interrompe minha mãe, tentando apaziguar o que pode vir a ser o início de uma discussão.

Minha avó estende uma das mãos e pega a de Eduardo, suspirando.

— Eu só estava com muita saudade, meu querido.

Tio Eduardo sorri mais uma vez, não sei se de desconforto ou se apenas mais uma parte da sua atuação como pessoa debilitada.

Ele recolhe a mão e a coloca entre as pernas, encolhendo os ombros.

Percebo que uma sombra passa pelo rosto da minha avó muito rapidamente, mas ela logo dá outro sorriso.

— Mas me conta tudo! — pede ela. — Como é finalmente conhecer o nosso André?

— Eu estava com medo de a Selma ter criado um monstro, mas até que ela fez um bom trabalho — responde ele, e minha mãe só revira os olhos e dá um sorriso. Já percebi que a relação deles parece a mesma de dois irmãos adolescentes. — O André é bem legal.

— Ele também quer ir embora de Lima Reis, igualzinho você — diz minha avó, olhando para mim. — Ele já te disse que é o jornalista da cidade?

— Eu fiquei sabendo. É meio difícil fazer suspense com qualquer coisa por aqui. Continua a mesma coisa. — Tio Eduardo se volta na minha direção e pergunta: — No que o jornal está trabalhando agora?

— O Felipe não me deixa escrever o que realmente quero — respondo. — Ele diz que é conflito de interesse ser filho do prefeito e querer escrever sobre a reeleição. Na verdade, ele quer que você dê uma entrevista para o jornal.

— O quê? Eu? — pergunta tio Eduardo, um pouco mais alto agora, gesticulando de forma mais rápida do que qualquer cirurgia permitiria. Para mascarar seus gestos, ele se encolhe e tosse uma dúzia de vezes. Quando volta a falar, tenta parecer rouco e fraco. — O que ele... quer saber?

Encolho os ombros.

— Ele me disse que você é, e essas são palavras dele, "a joia de Lima Reis e orgulho da cultura local".

— Uau. Eu não sabia que era tão famoso.

— Para os padrões de Lima Reis, você é praticamente o Timothée Chalamet.

— Aquele Felipe não perde uma oportunidade — resmunga minha avó, franzindo a testa porque não faz a menor ideia de quem é Timothée Chalamet. — Onde já se viu, usar o *meu* neto para conseguir uma entrevista com o *meu* filho para o jornal?

— Você toparia, tio? — pergunto.

Tio Eduardo parece um pouco desconfortável.

— Esse jornal realmente não tem nada melhor para falar?

— Tem a eleição desse ano, mas o Felipe vetou minha ideia de fazer um perfil do meu pai ou do Pedro Torres, e é terminantemente contra falar qualquer coisa sobre a construção do hospital que assombra meu pai desde sempre.

— Então o Pedro Torres realmente está concorrendo à prefeitura dessa cidade? — pergunta tio Eduardo. — Eu tinha quase certeza de que era ele nas propagandas espalhadas por aqui, mas pensei que estava vendo errado! Uau...

— E as pesquisas indicam que ele tem boas chances de ganhar do meu pai — complemento.

Tio Eduardo balança a cabeça, os olhos fixos em sua caneca de café.

Lembro de Felipe me dizendo que meu tio, minha mãe, Pedro Torres e a esposa dele eram próximos.

— Faz tanto tempo que não penso no Pedro — diz tio Eduardo. — Achei que ele também estivesse morando em outra cidade.

— Que nada, menino. — É minha avó quem responde. — Depois que você foi embora, ele engatou o noivado com a Paula e os dois se casaram. Você se lembra da Paula?

— É claro que lembro! — Tio Eduardo vai parecendo cada vez mais admirado com aquela súbita visita ao passado. — Então ele finalmente parou de enrolar e os dois se casaram?

Ele dá uma risada e, rapidamente, a converte em uma tosse fingida.

— Ai, meu pobrezinho... a gente não pode nem te fazer rir! — diz minha avó. — Você deve estar cansado da viagem. Ainda não sei como foi que conseguiu vir dirigindo sozinho até aqui.

— O carro é automático — respondo para dar cobertura ao meu tio.

Minha avó parece não ouvir e continua:

— Vá descansar um pouco no seu quarto, meu filho. Está do mesmo jeito que era quando você foi embora. Sabe que eu nunca mudei nada de lugar?

— A gente precisa organizar as coisas na casa dos pais do Ulisses, mamãe — responde minha mãe.

— Meu filho não aparece tem quase vinte anos e agora vocês estão com pressa? É claro que não. Dá uma deitadinha lá no quarto. Vocês só vão sair daqui depois do almoço!

Os pedidos de dona Sebastiana são uma ordem. Minha mãe só suspira antes de falar:

— Está bem, mas eu ajudo na cozinha. Vai lá com ele, André. É bom que vocês conversam um pouco mais.

Todo mundo se levanta da mesa e acompanho tio Eduardo pelo corredor em direção ao quarto dele.

Quando eu era criança e vivia correndo pela casa da minha avó, aquele quarto sempre vivia de porta fechada. Minha mente infantil, cheia de imagens das lendas urbanas que compartilhávamos em conversas na escola e na praça, me fazia acreditar que havia alguma coisa sobrenatural ali. Mas, depois que vi a porta aberta e minha avó lá dentro, sentada na cama enquanto olhava para o nada, percebi que não era nada daquilo: o quarto só guardava memórias. Enquanto crescia, aprendi que não era um lugar proibido, mas vovó preferia que eu não entrasse ali. Até desobedeci às regras algumas vezes quando era mais novo e estava entediado, porque o quarto do tio Eduardo é o único com um computador naquela casa, mas confesso que, na maior parte das vezes em que estive ali, acabei perdendo o interesse pelo lugar.

Então, quando ele abre a porta, tenho um sentimento esquisito, como se estivesse mais uma vez fazendo algo proibido. Mas ele não faz cerimônia: se joga na cama de solteiro encostada a uma parede e estica o corpo, talvez se lembrando de como era fazer aquilo durante a adolescência.

Na outra parede, há apenas um armário de madeira e uma escrivaninha com duas gavetas, onde o computador velho e desativado descansa como uma peça de museu. Sobre a escrivaninha impecavelmente limpa, há alguns livros amarelados, um porta-lápis cheio de canetas coloridas e um porta-retratos onde uma versão mais nova do meu tio e da minha mãe dividem espaço com outros dois adolescentes fazendo careta.

Nunca tinha reparado, mas agora percebo que são Pedro e Paula Torres.

— Está igualzinho — diz tio Eduardo, olhando para o teto. — Parece que eu entrei em uma máquina do tempo.

— Bateu saudades de morar aqui? — pergunto, sentando na cadeira em frente à escrivaninha e olhando para as lombadas dos livros. Agatha Christie. Jorge Amado. James Baldwin. Nelson Luiz de Carvalho.

Dou uma breve risadinha ao ver o último livro ali. *O Terceiro Travesseiro*. Diz a lenda que todo gay brasileiro nos anos 1990 e 2000 já leu esse livro escondido. Tio Eduardo, assim como eu, mantém suas influências literárias à vista de todos.

Estendo a mão e puxo o livro, olhando para a contracapa.

— Já leu esse? — pergunta meu tio, me observando.

Sinto as orelhas quentes.

— Não é muito minha praia — minto.

É claro que já li.

— Nem a minha — responde ele. — Muito triste. Hoje em dia é tão mais fácil encontrar histórias com gays sem um final horrível, mas na minha época isso era tudo o que a gente tinha. Era bom saber que alguém estava reparando na gente, nem que fosse para ter um final horrendo.

— Diz aqui que é baseado em experiências reais.

— Pois é. Então você imagina como deve ter sido ler essa história e morrer de medo do seu futuro ser igual ao dos personagens, principalmente depois de descobrir que era baseado em pessoas de verdade. Minha sorte é que não deixei essa ou nenhuma outra história definir quem eu queria ser.

— Como você conseguiu?

Minha curiosidade é óbvia. É uma pergunta genérica, mas meu tio percebe do que estou falando.

Como você conseguiu sobreviver a essa cidade?

Como conseguiu voltar e parecer tão bem para qualquer um que te observe de longe?

Como você conseguiu ser feliz?

Sinto meu estômago revirar ao mesmo tempo em que as palavras saem da minha boca, mas não consigo evitar a pergunta.

Meu tio se arrasta pela cama até ficar com as costas apoiadas na cabeceira. Ele cruza as pernas e, por baixo daquela maquiagem que o deixa com um aspecto doente, percebo que me olha com compreensão.

— A gaveta da direita — diz ele subitamente, olhando para a escrivaninha. — A chave está dentro do porta-lápis. Sua avó disse que deixou tudo do mesmo jeito, então ainda deve estar aí.

Pego o porta-lápis e o viro, espalhando as canetas pela escrivaninha e descobrindo uma chave pequena no fundo dele. Pego a chave e a enfio na fechadura da gaveta, abrindo-a.

Lá dentro, há um caderno com capa de couro marrom.

Pego o caderno e, sem abrir, estendo-o até ele. Se está tão bem guardado por quase vinte anos, provavelmente tem algo importante nele.

— Pode ler. Não tem mais nada aí que seja segredo.

Abro o caderno e encaro a primeira página escrita, depois de pular umas cinco em branco. Logo no topo, vejo o título rabiscado.

Como ser gay em Lima Reis:
um manual de sobrevivência

Há uma série de frases escritas em tópicos, mas não continuo lendo. Em vez disso, ergo o olhar e encaro tio Eduardo.

Ele só sorri de volta.

Quero dizer que ele está enganado. Aquilo tudo é um grande mal-entendido. Não sou gay. Não estou interessado em saber como é ser gay. Quero dizer que só estou puxando assunto para fazer a estadia dele na cidade ser mais confortável, pois meu interesse é por carros e mulheres.

Mas alguma coisa dentro de mim diz o contrário. Essa parte já está cansada de mentir e regular cada gesto que faço, cada passo que dou. Tio Eduardo se mantém em silêncio, apenas esperando que eu fale alguma coisa. Não me pressiona a dizer nada e em nenhum momento parece estar tentando arrancar alguma coisa de mim.

Não sei explicar, mas sinto que posso confiar nele. Posso falar sobre tudo o que está acontecendo dentro de mim porque, pela primeira vez, estou vendo alguém que passou exatamente pelo que estou passando agora.

Antes que consiga perceber, sinto meus olhos se encherem de lágrimas. Minha respiração fica entrecortada e sinto dificuldade para respirar. O quarto gira e minha cabeça é um turbilhão de pensamentos diferentes, contraditórios, destrutivos. Ao mesmo tempo em que quero confiar em tio Eduardo, penso que ele pode me achar um idiota por ter preocupações tão simples; talvez ele não me acolha, mas comece a dizer como tudo aquilo é uma má ideia e ele não deseja que eu tenha o mesmo futuro que ele; talvez ele corra e conte tudo para minha avó, e ela fale sobre isso com o padre Castro, e logo, logo toda a cidade vai começar a comentar sobre como o filho do prefeito é uma vergonha para todos.

— Ei, ei, ei... — Ouço a voz de tio Eduardo no meio de todos os pensamentos. — Respira, André.

Ele se levanta da cama e aperta meu ombro, mas sinto que não sei mais respirar e vou morrer sufocado. Ele se aproxima ainda mais e me abraça enquanto enterro meu rosto em seu peito e começo a chorar descontroladamente. Ele só fica ali, em silêncio, passando a mão pelas minhas costas enquanto deixo todos esses sentimentos conflitantes saírem na forma de lágrimas.

Aos poucos, consigo me acalmar. Tento controlar minha respiração com os olhos fechados, dizendo a mim mesmo como toda aquela situação é ridícula.

— Por favor... — digo, me afastando do meu tio. — Não conta nada para os meus pais.

— É claro que não vou falar nada — responde ele, sorrindo. — Pode confiar em mim.

Enxugo as lágrimas e tio Eduardo me encara.

— Mais calmo? — pergunta.

Faço que sim com a cabeça.

— Desculpa — digo.

— Não tem do que se desculpar. Essa cidade pode ser muito cruel com a gente.

A *gente*. Mesmo que as minhas amigas saibam sobre mim e eu possa confiar nelas, sinto que com tio Eduardo é diferente. Ele não é apenas a expectativa de um futuro que talvez esteja ao meu alcance, mas sim a confirmação de que posso, sim, crescer e ser do jeito que sou, mesmo contra todas as possibilidades de aceitação dessa cidade.

É a primeira vez que tenho esse sentimento de que alguém será capaz de me entender completamente.

— É tão óbvio assim? — pergunto.

— A frase da RuPaul ajudou bastante a confirmar — responde ele, com um sorriso. — Mas fica tranquilo. Isso fica entre a gente.

— Foi por isso que você foi embora, não é? — pergunto.

É engraçado como deixo tudo nas entrelinhas. Parece que existe alguma barreira que me impede de dizer a palavra "gay" com todas as letras.

— Todo mundo parece bastante interessado em mim agora que não estou mais aqui, mas nem sempre foi assim — diz ele. — Sua mãe foi a única pessoa que me ajudou a passar pelo inferno que foi a adolescência nessa cidade. Ela e aqueles dois ali — complementa ele, apontando para o porta retrato na escrivaninha.

— A vovó sabe sobre você?

— Sabe. Finge que não, mas sabe. Acho que é a forma dela de lidar com tudo isso. Hoje eu já aprendi a conviver, mas não posso dizer que tenha sido fácil.

Penso em como ele recolheu as mãos quando ela tentou segurá-las.

Penso em como todo esse silêncio é cruel.

— Eu não sabia que você era... sabe... — As letras ainda ficam presas na minha garganta. — Antes de você chegar e falar.

— Gay. Que eu era gay — responde ele. — Pode falar. A gente não precisa ter medo das palavras. É bom fazer delas nossas aliadas.

— Isso — respondo, sem repetir as três letras. — Todos os... gays... que eu conheço estão na televisão ou vivendo suas vidas longe de cidades como essa.

— Não tem nenhum clubinho, pelo menos não que eu saiba, aqui em Lima Reis, mas tenho certeza de que você não é o único nessa cidade. Estatisticamente falando, é meio que impossível. As pessoas preferem se preservar em lugares como esse, e eu entendo. Mas acredite em mim quando digo que ser quem você é alivia muito o peso nos seus ombros.

— Deve ser mais fácil em uma cidade grande onde ninguém repara em você. Aqui, impossível. Ainda mais sendo o filho do prefeito.

— É difícil, mas não é impossível — responde meu tio. — O que eu quero dizer, André, é aquilo que você provavelmente já ouviu em pelo menos um milhão de vídeos no YouTube: as coisas melhoram. Você pode achar que não, mas depois que a gente cresce, tudo vai ficando mais fácil.

— Mas o que eu faço enquanto está difícil?

— Você nunca falou sobre isso com ninguém?

— Só com minhas amigas — respondo. — Elas são as únicas que sabem.

— Já é um bom começo. Agora você tem mais um amigo que sabe. — Ele aponta para o caderno. — Eu não lembro mais a ordem das regras, mas nunca me esqueci da primeira. Lê para mim.

Abro o caderno e olho para a frase escrita com caneta preta.

Regra nº 1: Você não está sozinho.

— Sua mãe foi minha melhor amiga — continua ele. — Ela, a Paula e o Pedro. Eles eram as pessoas em quem eu podia confiar. Você já pensou em conversar com sua mãe?

— Nunca! — respondo. — Eu não sei se sua irmã e minha mãe são a mesma pessoa, porque eu cresci com uma mulher que me levou para a igreja desde pequeno e sempre me pergunta quando eu vou arranjar uma namorada.

— Nossos pais sempre criam expectativas em cima da gente. Eu não posso te dizer como sua mãe vai reagir, mas minha irmã sempre foi muito boa comigo.

— Eu ainda não estou pronto — digo. Ele me encara em silêncio. — Você não vai contar para ela, vai?

— André, eu amo fofocas, mas não vou falar nada. Essa é a sua vida. Você decide quando, para quem e *se* vai contar isso algum dia da sua vida. Eu não vou tirar esse direito seu. Inclusive, essa é uma das regras. Acho que é a treze ou a dezenove.

Olho para o caderno.

Regra nº 13: Faça pegação onde ninguém pode ver. Todo mundo fala da sala 39, mas o segredo é a 44, no último andar da escola. Está sempre vazia.

— Definitivamente não é a número treze — respondo depois de ler em voz alta e sentir as orelhas esquentando.

Leio a regra número dezenove.

Regra nº 19: Só saia do armário quando for a hora certa.

— Por que você escreveu essas coisas? — pergunto, passando as páginas e descobrindo que, depois da lista de regras, há mais textos escritos, entre rabiscos e desenhos feitos com uma letra pequena e bonita. — Você tem certeza de que posso ler? Parece ter coisas bem... particulares.

Abro uma página onde o nome *Guilherme* está escrito do início ao fim, sempre seguido por um coração, e a viro para tio Eduardo.

— Argh, eu tinha muito tempo livre e ninguém com quem conversar — resmunga ele. — Foi basicamente por isso que escrevi essas coisas. Era um lembrete para mim mesmo de que eu ia sobreviver a Lima Reis. E o nome desse garoto escrito um milhão de vezes é só a confirmação de como eu era apaixonadinho por ele.

— Tem muitas juras de amor aqui? — pergunto com um tom bem-humorado.

— As mais bregas possíveis. Mas pode ficar à vontade.

— Vocês... namoraram? — pergunto, me referindo ao tal Guilherme.

— *Namorar* é um conceito muito amplo. Mas a gente se pegou bastante na sala 44, porque nem eu nem ele queríamos que outras pessoas soubessem — responde ele. — Mas eu nunca mais soube dele. E você? Já beijou alguém por aqui?

Enrubesço imediatamente.

— Nessa cidade? Minha única alternativa é usar a imaginação. — Não acrescento que imagino Diego com mais frequência do que gostaria. No banheiro. Com a porta trancada.

— Mas tem alguém, não é? Geralmente tem alguém.

Encolho os ombros.

— Não tem ninguém.

Tio Eduardo semicerra os olhos.

— Está bem, tem alguém — admito. — Mas é uma daquelas histórias onde o garoto esquisito fica olhando para o garoto mais bonito da escola e imaginando como seria dar um beijo nele. Ou vários. E o garoto esquisito sou eu, se não está claro.

— Nós dois somos muito mais parecidos do que eu imaginava — responde ele, sorrindo. — Esse garoto aí, o Guilherme, também era o cara mais bonito da escola. Mas isso era só a minha opinião. Talvez esse menino que você goste nem seja tudo isso, mas você está tão deslumbrado que só enxerga as partes boas. Então não fique achando que, sei lá, conversar com um garoto bonito é impossível. Se vale um conselho, só te digo que as pessoas podem nos surpreender se a gente souber como se aproximar delas. E você não é nada esquisito, André. Se não consegue perceber como é um garoto bonito, estou aqui dando meu aval de tio e dizendo que qualquer garoto seria muito sortudo de ter você como namorado. Por mais que me doa dar um aval de tio. Eu ainda não acredito em como estou velho.

A palavra soa estranha para mim. Namorado. Eu tendo um namorado em uma cidade como Lima Reis? Até parece.

— Como foi crescer aqui? — pergunto, mudando de assunto porque tudo o que não preciso agora é de alguém que me incentive a alimentar minhas eternas fantasias de beijar Diego.

Tio Eduardo dá um suspiro.

— Difícil. Se você acha que hoje é difícil, e não estou dizendo que não é, pensa que na minha época as únicas pessoas abertamente gays na mídia eram os estereótipos nos programas de humor. E aí você soma ter crescido em uma cidade católica onde o padre vivia dizendo que homens nasceram para encontrar mulheres e procriarem para a obra e graça do Senhor. Eu cresci acreditando que ser diferente era errado, e demorei muito para entender que a gente pode ser como bem entender. O problema não somos nós. A gente pode falar grosso, fino, alto ou baixo, usar maquiagem, fazer fofoca ou ficar calado, mas, no fim das contas, tudo o que todo mundo quer é o mesmo: que as pessoas nos respeitem. Mas isso criou um monte de barreiras em mim. Por isso preferi ir embora. Eu ia pirar se tivesse que continuar medindo todos os meus gestos ou tentando parecer menos quem eu sou só pra agradar as pessoas ao meu redor.

— Você nunca teve vontade de voltar? — *Nem mesmo para me conhecer?*, quero acrescentar, mas fico quieto.

Mas tio Eduardo percebe o que quero dizer.

— Essa cidade me machucou muito, André. Ela ainda me machuca de várias maneiras. Então voltar para cá sempre foi um assunto muito delicado. Por mais que eu quisesse ter vindo quando você nasceu ou quando era só um moleque, eu ainda precisava colocar as coisas em ordem dentro de mim. Levou muito tempo, sabe. E aí, quando eu finalmente achei que estava pronto, comecei a pensar em como seria esquisito simplesmente aparecer aqui sem nenhum motivo específico. O tempo foi passando, e eu continuava em contato com sua mãe e sua avó, e nunca me pareceu muito necessário voltar para cá. Acho que, na verdade, eu queria voltar, mas precisava de uma desculpa. Foi por isso que não recusei o convite da sua mãe quando ela me propôs essa ideia maluca. É exatamente o tipo de ideia que só funciona em Lima Reis.

— Mas ela também pode dar muito errado se a gente não tomar cuidado — acrescento. — Imagina que agora a gente tem a pracinha, o bar do seu Joaquim e os grupos de mensagem. É impossível fazer qualquer coisa nessa cidade sem que todos fiquem sabendo imediatamente.

— Eu pensava a mesma coisa. Na minha época não havia redes sociais, mas a vontade do povo de fofocar continua a mesma. Mas sabe de uma coisa? Passar esse tempo longe me fez perceber como isso é tão pequeno perto de tudo que o mundo tem para oferecer. Se você algum dia quiser ir embora para saber como é a vida longe daqui, pode contar comigo.

Dou um sorriso sem graça. Meu tio me passa uma paz de espírito que nunca imaginei possível ter.

Ele é a primeira projeção positiva que tenho do meu futuro.

— Mas, enquanto você está aqui… — conclui ele, me entregando de volta o diário. — Aproveite bastante a sala 44.

9

Por mais fome que tivesse, tio Eduardo não pôde comer a lasanha à bolonhesa e o pudim de leite que minha avó fez naquele sábado. A refeição dele é uma canja de galinha meio rala, que dona Sebastiana insiste em dizer que é tiro e queda para agilizar qualquer tipo de recuperação. Enquanto eu e minha mãe nos esbaldamos na massa fumegante e cheia de carne e concluímos a refeição com a delícia gelada e cheia de calda de açúcar, meu tio faz careta a cada garfada e, quando pede um pouco de sobremesa, recebe uma maçã farelenta como resposta. Quando ele reclama, minha avó só responde que não quer que tenha uma indigestão. Acho que ele nunca pareceu tão arrependido de ter topado se passar por doente.

Depois do almoço, minha avó finalmente nos deixa ir embora. Ela afirma que tio Eduardo vai precisar de mais daquela canja, colocando-a em um pote para viagem. Ele só aquiesce, derrotado por saber que aquele cardápio triste vai acompanhá-lo durante sua estadia, mas quando ninguém está vendo, eu sussurro para ele que pode ficar tranquilo, porque posso levar alguns doces quando for possível.

Pegamos o carro — por algum milagre, ainda intacto apesar de as mangas se espalharem abundantemente pelo chão — e minha mãe vai dirigindo até a casa onde tio Eduardo e ela ficarão hospedados durante o período eleitoral. No caminho, consigo ouvir o carro de som contratado pela campanha do meu pai tocando o jingle irritante enquanto se desloca lentamente pelas ruas de Lima Reis. Antes que consiga perceber, já estou cantarolando "*Ulisses Aguiar é o melhor prefeito de Lima Reis, ele vai ganhar com o apoio de vocês*" no ritmo de arrocha.

— Argh, que música horrível — murmura tio Eduardo.

— Péssima — concordo. — Mas gruda na cabeça.

A casa fica um pouco mais distante, sem muita vizinhança, e já estou pensando que vou ficar com as coxas tão torneadas quanto as de Diego com o vai e volta até o centro da cidade. Continua praticamente igual a como era quando eu tinha dez anos: sua parte externa é pintada de branco, as janelas com veneziana são de madeira, e um pequeno jardim ganhou vida própria e cresce descontroladamente na parte da varanda que não está cimentada. Na parte de trás, as árvores se espalham pelo quintal, frutas maduras cobrem o chão e um pneu amarrado em uma corda continua pendurado em um galho grosso, onde eu vivia me balançando quando era mais novo.

Meu pai nos espera no carro dele, e só sai do veículo ao perceber a aproximação da Land Rover. Diferente do dia a dia, quando veste roupas sociais e parece sempre alinhado, hoje ele usa uma camisa furada e manchada de tinta, uma bermuda larga e chinelos de dedo.

Tio Eduardo limpa os cantos da boca depois de devorar todo o pudim que havíamos levado da casa da vovó e, ao se aproximar do meu pai, os dois trocam um abraço meio desajeitado.

— Desculpa a bagunça, Eduardo. Não tive muito tempo para arrumar as coisas antes de você chegar — diz meu pai ao se afastar dele, sempre cordial. — E não posso demorar muito aqui. Ainda tenho que passar em casa para me trocar e falar com os comerciantes do centro. Minha equipe de campanha disse que as últimas semanas são cruciais para virar o voto dos indecisos e converter os brancos e nulos.

Não me lembro de ver meu pai preocupado assim na campanha das últimas eleições. O apoio do meu avô era tudo do que ele precisava para vencer. Mas agora, sem o hospital finalizado e com a ameaça concreta de Pedro Torres conseguir mais votos do que ele, é impossível não perceber como ele parece ainda mais ansioso. E cansado. E, talvez, um pouquinho desesperado com a perspectiva real de perder o cargo de prefeito de Lima Reis.

— Não se preocupa com isso, Ulisses — responde meu tio. — Estou aqui para ajudar, não para ficar reparando na bagunça.

Ajudo minha mãe com as malas pesadas dela e de tio Eduardo enquanto meu pai sobe os cinco degraus antes da entrada da casa e abre a porta.

Assim que entro, parece que voltei ao tempo em que corria por ali quando era criança: as paredes ainda têm o mesmo tom de verde que sempre odiei; um oratório de Nossa Senhora Aparecida ainda está pendurado na parede, logo acima da mesa de jantar; ao lado, há um quadro em sépia, com meu avô e minha avó de pé enquanto seus filhos, entre eles meu pai, estão enfileirados do mais velho ao mais novo; as medalhas e prêmios que meu avô recebeu quando era prefeito da cidade se acumulam em uma estante perto do sofá de couro; uma cristaleira ainda mantém as louças pintadas à mão que meu avô vivia dizendo que pertenciam aos antepassados dele; e o tapete está mais empoeirado do que nunca, fazendo meu nariz coçar.

— Bom, eu não lembro se você chegou a conhecer essa casa — diz meu pai para tio Eduardo —, mas seja bem-vindo de qualquer forma. Seu quarto fica no andar de cima e tem alguns livros se quiser se distrair. Também consegui reativar a linha de telefone e já ligaram a internet para você conseguir trabalhar ou se precisar nos contatar para alguma emergência. E também já mandei abastecerem a geladeira e a dispensa com comida. — Meu pai dá um suspiro. — Eu sei que você conhece todo mundo daqui e todo mundo te conhece, mas eu só queria pedir que… se você puder ficar nessa casa o maior tempo possível, eu ficaria muito agradecido.

— O Eduardo não é uma criança, Ulisses — diz minha mãe, ríspida. — Ele sabe o que veio fazer aqui. E vou estar o tempo todo com ele.

E lá vamos nós.

— Eu sei, Selma. E eu, mais do que ninguém, estou muito feliz por termos conseguido chegar a uma solução momentânea. Mas a eleição é daqui a três semanas e minha agenda está uma loucura. Muita coisa pode acontecer até lá.

Tio Eduardo olha ao redor e levanta um dedo antes que minha mãe possa rebater o comentário do meu pai.

— Pode deixar que vou me comportar, Ulisses. Eu sei muito bem que as notícias correm mais rápido aqui do que em qualquer outro lugar.

— Obrigado, Eduardo. — Meu pai soa aliviado. — Se precisar que a gente traga alguma coisa da cidade, me avisa. O André pode vir aqui quando você quiser.

Olho para minha mãe e para o meu pai, franzindo o rosto.

— Eu pensei que... eu pudesse ficar aqui com o tio Eduardo e com minha mãe — respondo, tentando fazer aquela situação toda não desencadear mais uma briga. — Quer dizer... eu posso ficar aqui, não posso?

— É claro que sim — diz minha mãe.

— Eu não acho uma boa ideia — responde meu pai, ao mesmo tempo.

Os dois se entreolham. Meu pai continua falando.

— É mais fácil você continuar em casa, André. Suas coisas estão lá. É mais perto da escola. Não faz sentido você passar esse tempo todo aqui.

Não quero afirmar que também não faz muito sentido, para mim, continuar lidando com ele e com toda a loucura dessa campanha quando posso ficar em paz aqui, com minha mãe e meu tio, conhecendo-o melhor.

Não quero dizer para o meu pai, com todas as letras, que conviver com ele é difícil.

Então só uso meu poder de evitar conflitos e me restrinjo a esperar pela resposta da minha mãe.

— Você já tem dezessete anos, André. Faça como achar melhor — diz ela ao perceber que ainda estou mudo, esperando que algum dos dois tome a decisão por mim.

— Ninguém precisa decidir nada nesse momento — intervém tio Eduardo. — Agora eu quero tomar um banho, tirar essa maquiagem e comer o resto daquela lasanha que minha mãe deixou com vocês. — Ele pega a maior das duas malas que trouxe consigo e, com uma força muito pouco condizente com sua aparência artificialmente abatida, a ergue e começa a subir as escadas.

Deixo os adultos na sala discutindo todos os detalhes de como serão as próximas semanas e me enfio no quarto de hóspedes, encarando o crucifixo gigante que fica pendurado na parede onde a cabeceira da cama está encostada. Me jogo na cama com o caderno de tio Eduardo, na esperança de finalmente conseguir lê-lo. Antes de abri-lo, no entanto, pego o celular, me conecto ao Wi-Fi da casa e mando uma mensagem para Larissa.

André: ATUALIZAÇÕES: Tio Eduardo já está instalado. Estou doido pra você conhecer ele.

Larissa: Estou morrendo de curiosidade!

André: Você consegue passar aqui hoje? Posso apresentar vocês.

Larissa: Hoje não dá. Tenho um compromisso.

André: Misteriosa...

Larissa: Nada de mais. Um jantar com o pessoal da empresa do meu pai. Preferia muito ir aí, mas duvido que ele deixe.

André: Não tem problema. A gente vai ter tempo até a eleição.

Você sabia que o tio Eduardo era amigo do Pedro Torres?

Larissa: Uau?

André: Pois é. Parece que ele, minha mãe, meu tio e a esposa do Pedro eram, tipo, melhores amigos. Tem até uma foto dos quatro no quarto do tio Eduardo e eu nunca tinha percebido.

Larissa: Ele é mesmo legal que nem você disse?

André: Mais do que legal.
É meio idiota dizer isso, eu sei, mas sei lá... eu acho que ele me entende?

Larissa: Eu também te entendo.

André: Eu sei, sua boba. Mas é diferente. Ele passou exatamente pelo que eu estou passando agora.
Eu obviamente não consegui fingir ser hétero. Ele sacou na hora.

Larissa: Eu também estou passando pelo que você está passando agora.
Ou você esqueceu que eu gosto de garotas?

André: Eu sei, só que... sei lá? Seu pai é de boa com você, já se o meu descobrir...

E a gente conversou e isso me deu um gás para achar que existe mais do que as coisas que conheço dessa cidade.

Larissa: Ok, eu vou deixar passar só porque
você está empolgado com seu novo amigo.
Mas se você me trocar por ele, eu
espalho cartazes com arco-íris e
sua foto pela cidade inteira.
Me conta logo como foi essa conversa!

André: Tóxica.
Ah, nossa conversa foi... tranquila?
Tipo, foi exatamente como deveria ser.
Eu não precisei fazer nenhum discurso.
Foi muito natural.
Que nem quando eu contei para você.

Larissa: Eu falei que também te entendo.

André: Não precisa ter ciúme.
Tem espaço para os dois.

Larissa: Estou doida pra conhecer ele.
Mas agora eu preciso ir.
Depois a gente se fala mais.

A despedida é minha deixa para largar o telefone, abrir o caderno e começar a ler as primeiras páginas com as regras elaboradas por tio Eduardo.

Como ser gay em Lima Reis:
um manual de sobrevivência

Regra nº 1: Você não está sozinho.

Regra nº 2: Seus pais e a Igreja não te definem.

Regra nº 3: Tenha bons amigos.

Regra nº 4: As pessoas que tentam te diminuir não sabem o quão incrível você é.

Regra nº 5: Tenha orgulho de todas as suas partes.

Regra nº 6: O Inferno não existe. Você não vai parar lá porque quer amar e ser amado.

Regra nº 7: Não desconte sua tristeza em pessoas que não sabem o que está acontecendo.

Regra nº 8: A melhor forma de evitar fofocas sobre você é fazer fofocas sobre os outros.

Regra nº 9: As pessoas podem te surpreender, então não carregue todo o peso do mundo sozinho.

Regra nº 10: As pessoas também têm o potencial de te decepcionar. Nesses momentos, saiba perdoar.

Regra nº 11: Perdoar não é esquecer.

Regra nº 12: Beije o máximo de bocas que puder.

Regra nº 13: Faça pegação onde ninguém pode ver. Todo mundo fala da sala 39, mas o segredo é a 44, no último andar da escola. Está sempre vazia.

Regra nº 14: Você pode flertar na igreja. Se te obrigam a ir à missa, pelo menos aproveite o terreno. Deus não vai te julgar.

Regra nº 15: Quando chegar a hora, não se esqueça de usar camisinha.

Regra nº 16: Você vai encontrar alguém incrível para estar ao seu lado. Por mais que não pareça, essas pessoas existem, mesmo em cidades como essa.

Regra nº 17: Ok, muitos conselhos amorosos/sexuais. Partindo para outro assunto: ame seus ídolos. Às vezes, eles são tudo o que temos.

Regra nº 18: Lembra que você não está sozinho? Não esqueça de confiar nesses amigos.

Regra nº 19: Só saia do armário quando for a hora certa.

Regra nº 20: Não seja pego.

Leio e releio as regras, que parecem muito mais conselhos escritos para ele mesmo do que qualquer outra coisa. Elas foram escritas com canetas diferentes, como se o tio Eduardo tivesse demorado muito tempo para elaborar a lista. Algumas delas são boas (se eu tivesse alguma boca secreta para beijar, é claro), enquanto outras, como a de espalhar fofocas, não parecem ser muito a minha cara.

Estou pensando muito na regra nº 16. Não que esteja pensando especificamente em Diego nesse momento (ok, a quem eu quero enganar? Estou pensando *exatamente* nele agora), mas será que isso é verdade? Mesmo que eu não encontre alguém para estar ao meu lado, será que essa cidade permite a existência de outras pessoas como eu? Será que existem outras pessoas se perguntando se também estão sozinhas? Ou somos apenas eu e Larissa, dois adolescentes deslocados e diferentes de todos os outros mais de oito mil habitantes de Lima Reis?

Eu sei que existem curiosos. Ou pessoas que, por um motivo ou outro, estão de passagem. Não sou tão ingênuo assim. Eu já baixei aplicativos. Mas, quando vi que era necessário colocar uma foto de perfil, preferi deixá-lo vazio só para ver quem estava nas redondezas. Encontrei apenas outros perfis como o meu, todos sem foto ou descrição, e o mais próximo deles estava há dois quilômetros de distância, então não sei se as pessoas não usam aplicativos ou se realmente estou sozinho por aqui.

Não quero ser o tipo de cara que tem um perfil sem foto em um aplicativo. Não quero que seja necessário me esconder para conversar com alguém, ou que precise mascarar minha sexualidade para conseguir fazer parte de um grupo. Não é esse o futuro que imagino para mim. Para falar a verdade, eu nunca parei para imaginar um futuro nesse sentido. Acho que quero ter amigos que não se preocupam com quem eu durmo. Quero, inclusive, ter amigos que me incentivem a dormir com outros caras. Quero mais pessoas como Larissa, Patrícia ou tio Eduardo na minha vida.

Mas como posso fazer para tê-los em minha vida, estando preso nessa cidade minúscula?

Olho de novo para a regra nº 16. "Essas pessoas existem, mesmo em cidades como essa." Depois releio a regra nº 9: "As pessoas podem te surpreender."

Será mesmo?

10

Passo o tempo inteiro enfurnado no quarto. Tiro um cochilo e nem percebo quando a noite cai. Só me dou conta das horas quando o silêncio da noite é interrompido pelo barulho alto do escapamento de uma kombi velha.

Imediatamente, me levanto da cama e olho pela janela. Vejo os faróis amarelos se apagando e, nas sombras da noite, ouço o deslizar da porta da kombi e uma série de pessoas com roupas brancas saindo dela em direção à porta da casa, como se uma convenção de fantasmas estivesse com horário marcado para aparecer ali.

Ai, meu Deus.

Desço para a sala correndo, mas não preciso anunciar a chegada das visitas inesperadas: tio Eduardo já está trancado no banheiro enquanto minha mãe joga toda a louça de qualquer jeito na pia, desliga a televisão onde ela e meu tio assistiam a um programa de comédia e empurra as malas dela para dentro da despensa na cozinha. Percebo que meu pai não está mais ali.

— O que essas pessoas estão fazendo aqui? — pergunto, falando baixo para não arriscar ser ouvido pela audição perspicaz que todos os moradores de Lima Reis desenvolveram ao longo dos anos.

— Eu não sei! — sibila minha mãe em resposta, exasperada e com os olhos arregalados, ao mesmo tempo em que alguém bate na porta.

— Ô de casa! — chama uma voz grossa do outro lado. — É o padre Castro!

Minha mãe fica pálida na hora. Ela poderia facilmente se passar pela pessoa doente da casa.

— O que a porra do padre está fazendo aqui? — sibila ela, correndo até o banheiro, se esquecendo de qualquer recato católico para se referir ao sumo sacerdote da cidade. — Edu! Edu! É o padre Castro!

— Um minuto e meio! — responde ele, provavelmente passando maquiagem no rosto do jeito mais rápido possível, como se estivesse em uma gincana valendo sua vida.

— Ô de casa! — volta a gritar padre Castro, dessa vez batendo palmas.

— Ele não veio sozinho — acrescento. — Deu pra ver pela janela lá de cima. Ele veio de kombi. Acho que trouxe mais gente com ele.

— Mas que inferno...

A frase da minha mãe fica incompleta quando tio Eduardo abre a porta do banheiro e procura pela sua camisa larga, que está pendurada em uma cadeira. Ele espalhou base pelo rosto e pescoço, e quando coloca a camisa que vai até a metade de suas coxas, finalmente completa sua fantasia de moribundo prestes a desencarnar.

Ele corre até o sofá e se deita nele, colocando um dos braços sobre o rosto, fazendo uma careta de dor.

— Pode abrir a porta — sussurra ao ver que eu e minha mãe ainda estamos congelados pelo nervosismo.

Sou o primeiro a me movimentar. Ainda sem saber muito bem por que aquelas pessoas decidiram aparecer de surpresa depois das oito da noite, vou até a porta e abro uma fresta apenas para ver padre Castro me encarando com um sorriso no rosto.

Padre Castro é um senhor branco de olhos verdes, descendente de alemães, com pintas de idade por todo o seu rosto e um sorrisinho tão ingênuo que você provavelmente o tomaria por um homem bondoso se não prestasse atenção. Ele é pior do que qualquer cidadão fofoqueiro de Lima Reis, porque sabe muito bem usar seus contatos na cidade para conseguir o que quer. Eu não confio nele. Desde o dia em que ele disse, em plena homilia, que meu pai era o candidato certo para aquela eleição porque era o escolhido de Deus, eu sabia que era o tipo de pessoa que usava seu poder e influência de uma maneira completamente avessa aos ensinamentos da Igreja.

Ele não está sozinho: atrás dele há pelo menos oito pessoas. Quase todas são senhorinhas de Lima Reis — entre elas, minha avó — vestindo batas brancas que provavelmente estavam na sacristia, com terços enrolados nas mãos, cabelos presos e expressões de preocupação no rosto.

E, além delas, Diego também está ali.

Meu Deus, Diego está ali.

Ele também veste branco, e segura um turíbulo nas mãos, balançando-o para a frente e para trás enquanto a fumaça do incenso exala um cheiro sufocante. Parece tão desconfortável quanto eu, parado ali com aquele troço prateado gigantesco nas mãos.

— Boa noite, André — diz o padre Castro, esticando o pescoço para olhar por cima do meu ombro. — Sua mãe está aí?

Estou congelado na frente da porta. Não me movo porque não sei o que fazer. Devo fechar a porta na cara do padre? Dar um passo para trás e deixar aquela quantidade absurda de gente entrar aqui?

— Ora, André, deixe o padre passar! — Minha avó fala atrás do padre e finalmente alguma coisa estala dentro de mim e me faz recobrar os sentidos.

— Ela... está, sim — digo, dando espaço para todos passarem enquanto minha mãe olha para o séquito de velhinhas de branco e logo depois aponta para a janela. Eu entendo o recado e abro o vidro para que a fumaça do turíbulo não nos mate sufocados.

— Padre Castro, mas que... surpresa! — diz minha mãe, sem graça, passando as mãos pelas próprias roupas amassadas. — Se eu soubesse que você viria, teria vestido algo mais apropriado. Ai, meu Deus, quanta gente! Só um minutinho! Vocês querem uma água, um café, um chazinho?

Senhoras e senhores, minha mãe, sempre cordial, até nos momentos do mais genuíno pânico.

— Não é necessário, minha filha. — Padre Castro adentra a casa como se estivesse sendo esperado. Tem as mãos postas por baixo da batina e, assim que dá os primeiros passos para o meio da sala, todas as velhinhas o seguem e formam um semicírculo ao seu redor. — Ficamos sabendo que seu irmão Eduardo está de visita para se recuperar de uma cirurgia de coração. Sua mãe pediu que viéssemos até aqui para orarmos na intenção dele.

Minha mãe encara minha avó, que parece extremamente orgulhosa de seu poder de convencimento. Porque é claro que, na hierarquia social da Igreja de Lima Reis, qualquer casa que mereça a visita do padre na noite anterior ao domingo é a casa de uma pessoa de respeito.

— Ele está aqui, padre — diz minha avó, indo até o sofá e olhando para o meu tio. Ele sorri fracamente, coloca uma das mãos no peito e finge se esforçar para se sentar.

— Ah, não, não, não... — diz padre Castro. — Não precisa se levantar, meu filho. Fique onde está. Como está se sentindo?

— Sabe como é, padre... — responde meu tio, evasivo. — Me recuperando devagar.

— Uma cirurgia cardíaca não é brincadeira — responde o padre Castro. — Mas você tem sorte de ter uma mãe que intervém por você para a maior de todas as mães. Que o manto sagrado de Nossa Senhora caia sobre você com todas as suas bênçãos.

— Amém, padre — responde meu tio.

— Amém — murmura minha mãe.

Ela me dá uma cotovelada.

— A-amém... — respondo imediatamente.

Padre Castro afunda o polegar em um vidrinho de óleo e o passa na testa de tio Eduardo, desenhando o sinal da cruz, e depois imita o gesto nas palmas das mãos. Todas as minhas orações são para que a maquiagem seja boa o suficiente para não desmanchar com aquele toque.

— Diego, venha aqui — pede o padre.

Olho com desespero para Diego enquanto ele, obediente, vai na direção de tio Eduardo e começa a balançar o turíbulo na sua frente.

— Por esta santa unção e por sua infinita misericórdia, o Senhor venha em teu auxílio com a graça do Espírito Santo, para que, liberto de teus pecados, Ele te salve e, em sua bondade, alivie os teus sofrimentos.

— *Amém* — respondem todas as velhinhas ao mesmo tempo, fazendo suas vozes ecoarem pela casa e quase me matando de susto.

Vejo os olhos do meu tio adquirirem um tom avermelhado e irritadiço, e ele tenta, sem sucesso, sufocar um acesso de tosse que, inevitavelmente, vem com força total.

— Isso, isso, isso — sussurra padre Castro, levando uma das mãos para a testa de tio Eduardo. — Coloque para fora todas as impurezas.

Tio Eduardo continua tentando respirar, mas só tosse. Padre Castro faz um movimento e Diego dá um passo para trás, aproximando-se da janela com uma expressão de quem tem certeza de que está participando de uma sessão de tortura.

— Leve o turíbulo lá para fora, garoto — murmura minha avó. Diferente do padre Castro, ela parece genuinamente preocupada com o bem-estar de seu filho.

Diego aquiesce e percebe que aquela é realmente a melhor alternativa. Discretamente, dá a volta pela sala e sai da casa. Percebo que fica esperando perto da janela, onde parte da fumaça continua entrando de forma mais discreta.

Eu e minha mãe não fazemos a menor ideia do que está acontecendo ali, mas ela pega minha mão e me arrasta para perto do semicírculo de velhinhas, todas de mãos dadas e olhos fechados.

— Os caminhos do Senhor são misteriosos, mas sabemos que seus desígnios sempre são corretos — diz padre Castro. — Que essa provação faça com que você, Eduardo, perceba que não existe ninguém superior a Deus e aos seus desejos. Hoje estamos aqui, unidos, em oração ao filho que esteve distante, mas que clama a Deus no momento de dificuldade. Rezemos para que Ele olhe por você. É por isso que dizemos: Pai Nosso, que estais no céu...

Todo mundo começa a rezar o Pai Nosso em uníssono. Minha mãe murmura as palavras e também me vejo repetindo-as, ainda sem entender como chegamos até aqui. Percebo que, assim que o Pai Nosso acaba, padre Castro emenda uma Ave Maria, e depois outra, e só então me dou conta de que as velhinhas estão acompanhando as orações nas bolinhas dos seus terços.

Elas vão rezar o terço *inteiro* ali, assim do nada, sem ninguém as ter convidado?

Discretamente, solto a mão da minha mãe e percebo que ela entreabre os olhos antes de voltar a fechá-los e continuar em sua ladainha aparentemente infinita. Com passos leves, saio do semicírculo e olho para tio Eduardo, que mantém os olhos abertos e murmura um *socorro* sem emitir som algum. Eu só encolho os ombros, sem saber como ajudar, e olho na direção da janela, onde Diego continua balançando o turíbulo para a frente e para trás do lado de fora da casa, aparentemente entediado.

Ninguém percebe quando escapo para fora de casa e vou falar com ele.

— Seu tio está bem mal, né? — Diego fala baixo o bastante para não atrapalhar as orações.

Mesmo dentro daquela roupa que tem cheiro de naftalina e esconde todos os seus atributos físicos, é impossível não querer lamber a cara de Diego: ele tem aquele cabelo onduladinho que cai para o lado e esconde parte da testa, e seu rosto tem uma barba desenvolvida o bastante para preencher a maior parte de suas bochechas. Seus olhos, um pouco avermelhados pela fumaça, são cor de mel, faiscando contra as luzes incandescentes da varanda daquela casa antiga.

Ignoro o fato de que o padre está na sala, de que Diego está com uma roupa benzida e de que, ainda assim, sinto o sangue pulsando para o meio das minhas pernas, e indico a kombi com a cabeça. Seguimos para perto dela, onde podemos falar mais alto.

Diego larga o turíbulo ao lado da kombi, e tenho quase certeza de que isso é algum tipo de pecado, mas prefiro ficar calado.

— Cirurgia cardíaca — minto. — O que todo mundo está fazendo aqui a essa hora?

— Eu sei lá? — O garoto parece tão confuso quanto eu. Pela sua expressão, estar na casa que pertenceu ao ex-prefeito balançando um turíbulo não era a ideia que tinha de diversão para um sábado à noite. Mesmo se tratando de Lima Reis. — Minha mãe me mandou vir. Disse que o padre ficaria feliz.

— Desculpa te atrapalhar.

— Não é culpa sua. Minha mãe disse que sua avó pediu pela unção dos enfermos para o seu tio. Ela falou que ele estava muito mal.

Pelo que me lembro da catequese, a unção dos enfermos é dada para pessoas em estado terminal.

— Minha avó está exagerando — respondo. — Ele não está à beira da morte, só precisa de um lugar tranquilo para repousar por uns dias.

Diego parece não acreditar em mim.

— Desde que seu tio chegou, todo mundo só fala dele aqui na cidade — diz ele. — Me disseram que ele tinha se arrependido de ter passado tanto tempo longe e, agora que está precisando de ajuda, voltou para ser enterrado aqui.

Arregalo os olhos com aquele boato. Meu tio está há menos de quarenta e oito horas em Lima Reis e já parece ser a atração principal de todas as rodas de conversa.

Balanço a cabeça, incrédulo.

— As fofocas dessa cidade são absurdas. Ele está bem. Quer dizer, a cirurgia foi um sucesso. Ele vai sobreviver.

— Você sabe que… não, não é nada. Esquece.

— O quê?

Diego parece um pouco sem graça para continuar falando. Olho dentro dos olhos cor de mel dele e sinto um arrepio subindo pelas minhas costas. Ele tem olhos tão bonitos. É a primeira vez que o vejo assim, cara a cara, sem seu grupo de amigos cercando-o ou sem que ele não passe de um borrão correndo pela quadra atrás de uma bola de futebol.

— O pessoal fala muito — admite ele, tentando dar mais voltas sem, contudo, dizer com todas as palavras o que quer dizer. — Estão dizendo que ele ficou doente porque… sabe… porque…

Diego não consegue concluir seu pensamento.

— Porqueeee… — arrasto a última palavra em forma de incentivo, já que não sei aonde a conversa vai chegar.

E então me dou conta.

É claro.

Merda, é claro.

— Porque ele é gay, não é? — pergunto, sentindo um nó no estômago.

A palavra deixa Diego subitamente sem graça. Ele desvia o olhar do meu, encara o chão, arrasta os pés por cima da grama e se mantém em silêncio por segundos incômodos.

— Eu sei que são só boatos, mas acho que… sei lá, você devia saber o que estão falando por aí. — Ele tenta apaziguar a situação quando finalmente fala alguma coisa.

— Você sabe que são só boatos, mas ainda assim você quer confirmar o boato. — O arrepio que eu sentia na espinha muda. Cruzo os braços em uma posição defensiva. Nesse momento, sinto só raiva e cansaço. — Meu Deus do céu, as pessoas dessa cidade…

Balanço a cabeça e dou um passo para trás, prestes a me virar e ir embora, de volta para casa, mas Diego coloca a mão no meu ombro e me segura.

— Não quero confirmar nada! — justifica ele, parecendo se desculpar pelo simples ato de abrir a boca e começar a conversar comigo. Me viro e volto a encará-lo. — Eu não sou ignorante. Eu só quero dizer que… as pessoas estão falando. É só isso.

— É claro que estão falando. Porque para elas é muito difícil ver um cara gay chegando aqui em um carrão se ele não estiver arrependido dos seus pecados ou à beira da morte, não é? Se for as duas coisas, melhor ainda. É a história perfeita para contar: o pecador arrependido que tentou fugir de Deus e agora vai morrer no Inferno porque resolveu dar as costas para a Igreja. Isso é patético.

— Eu sei! É justamente isso o que eu acho! — A voz de Diego soa um pouco mais alta, e nós dois percebemos que estamos nos excedendo. Olhamos na direção da casa. As orações continuam a todo o vapor, e ninguém parece ter prestado atenção em nós. — Eu só estou falando isso porque… sei lá, quero que você saiba que as pessoas estão sendo babacas quando começar a ouvir os comentários!

Vejo que Diego parece sincero. Mas, ainda assim, estou puto com toda essa história.

— Eu acabei de conhecer meu tio e ele é um cara incrível — falo para ele. — Ele só está aqui para se recuperar de uma cirurgia que, a propósito, não tem absolutamente nada a ver com a sexualidade dele. Então fala para o padre, para essas velhas fofoqueiras e para os seus amigos que nenhum gay vai morrer aqui em Lima Reis nos próximos dias.

Diego só me encara, sem saber como consertar a situação.

Então, para minha surpresa, ele diz:

— Eu só queria saber se ele estava bem. Se quer minha opinião, eu acho que seu tio é corajoso pra caralho.

Diego continua me encarando, a expressão dura no rosto, as mandíbulas pressionadas fazendo suas maçãs do rosto saltarem, e percebo que dizer aquilo parece ter sido um esforço sobre-humano para ele.

Depois de alguns segundos, ele finalmente desvia o olhar e dá um passo para o lado, saindo da minha frente e voltando para casa.

Muita coisa passa pela minha cabeça ao mesmo tempo.

Talvez Diego seja apenas mais um morador de Lima Reis que vê no meu tio a possibilidade de ir embora dessa cidade e ter uma carreira de sucesso em outro lugar.

Talvez ele acredite que passar por uma cirurgia faz do meu tio uma pessoa forte, e o período de convalescença o torne alguém ainda mais forte.

E talvez, mas só talvez, ele esteja falando algo nas entrelinhas que não sei se devo ou não considerar.

A regra nº 1 do diário do meu tio parece ter outro significado agora.

"Você não está sozinho" talvez tenha menos a ver com pessoas em quem confiar e mais em saber que, em uma cidade de oito mil duzentos e treze habitantes, não é possível que exista apenas um adolescente gay de dezessete anos.

11

O que eu tenho é apenas isso: uma suspeita infundada. Um pensamento que talvez seja um desejo. Uma suposição que não passa de uma ideia da minha cabeça e não significa absolutamente nada.

Mas não consigo pensar em outra coisa.

O que Diego quis dizer quando falou que meu tio era corajoso?

Depois que a comitiva da igreja terminou suas orações para tio Eduardo, lá pelas dez da noite, aproveito a carona na kombi velha e volto para casa, deixando minha mãe e meu tio sozinhos. Meu pai ainda está acordado, o telefone no viva-voz enquanto discute alguma coisa relativa ao orçamento do laboratório de informática instalado na escola, que está prestes a ser inaugurado. Não presto muita atenção, mas percebo que ele parece irritado o suficiente para só me receber com um aceno e continuar esbravejando com a pobre alma que está do outro lado da linha.

Passo todo o tempo do banho pensando em Diego. Veja bem, foi um banho longo, mas não teve nada a ver com minha imaginação criando cenários em que passo as mãos pelos músculos dele, beijo aquela boca e ele sussurra no meu ouvido que somos feitos um para o outro. Ok, talvez um pouco do banho tenha sido assim, mas na *maior parte* do tempo fico me questionando sobre aquela frase e o que ela poderia significar.

Diego é um garoto popular. Ele passa o tempo inteiro rodeado de pessoas, participa da vida na igreja e sempre tem um sorriso no rosto. Não é exatamente o garoto mais inteligente da sala, mas se esforça para conseguir manter as notas, e não é como Iago ou Mateus, que simplesmente não se importam com nada. Não é possível que exista outra parte dele que as pessoas não conheçam. Ou será que é?

Bem, na verdade, é. Porque comigo é exatamente assim: sem contar com Larissa e Patrícia, tudo o que as outras pessoas dessa cidade veem quando olham para mim é o filho do prefeito. O garoto que trabalha no jornal da cidade, que está sempre grudado em suas amigas e não fala muito sobre a própria vida.

Que outras partes existem em Diego?

Depois de subir para o meu quarto e finalmente esticar as costas para ter uma noite decente de sono, ouço meu pai bater à porta e, sem esperar por alguma resposta, abri-la sutilmente.

— Temos um evento amanhã de tarde — diz ele. — A diretora da escola quer agradecer pelo laboratório e preparou uma recepção para a prefeitura.

— No domingo? — pergunto, cansado.

— Eu não faço as regras, só aceito os convites. Será que a gente consegue uma matéria no jornal do Felipe?

— Você está usando seu filho para conseguir favores da imprensa?

Ele dá um risinho bem-humorado.

— Esse é o único motivo pelo qual incentivei você a aceitar um emprego não remunerado.

Faço que sim com a cabeça.

— Vou falar com ele.

— Valeu, filho.

Ele só fecha a porta e me deixa sozinho.

Minha relação com meu pai é assim: há momentos em que parecemos dois países diferentes, mas que se tratam diplomaticamente. Ele não é uma pessoa tão calorosa quanto minha mãe, e por muito tempo isso me fez questionar se ele era muito ocupado, só desinteressado ou um pouco dos dois. Aos poucos, fui percebendo que ele é assim mesmo, e não só comigo. Todas as relações dele — com minha mãe, com seus assessores e com seus amigos — são um pouco distantes. Ele parece criar uma barreira invisível entre as pessoas, e até hoje me pergunto se é uma barreira erguida por medo de deixar os outros se aproximarem ou se sempre esteve ali e ele não sabe muito bem como abaixá-la.

Mas, às vezes, existem momentos em que parecemos países em guerra. É quando percebo outras facetas do meu pai: quando ele tenta, sem sucesso, ser autoritário com minha mãe, ou quando solta algum comentário horrível sobre outras pessoas, diminuindo-as, ou quando tem uma atitude que não tem nada a ver com a parte boa da personalidade dele. Nesses momentos, tento levar em conta que ele é meu pai, a pessoa que me criou, e que todos têm a obrigação de conviver com as diferenças. Mas, ao mesmo tempo, será que sou obrigado a conviver com diferenças que me machucam tanto só porque vêm do meu pai? Como conseguir separar essas partes dentro da minha cabeça, já que gosto tanto de umas e desprezo tanto outras?

Tudo se potencializa quando penso nele como prefeito dessa cidade. A figura de Ulisses Aguiar se aproveitou da onda conservadora que assolou o país como um tsunami. Em seus discursos, ele não deixa de falar sobre como seu governo não tem obrigação de sustentar vagabundos com projetos de assistência social, sobre como não vai permitir que as escolas conversem sobre sexo, já que esse é um assunto a ser tratado em família, e sobre como sua administração é eficiente, uma vez que, segundo ele, nenhum vereador do seu partido alguma vez roubou os impostos dos contribuintes. E, quando vozes como a de Pedro Torres se opõem a esse discurso e começam a apontar todas as hipocrisias dele, a resposta do prefeito Ulisses é dizer que pessoas como Pedro Torres querem destruir a família, destruir a economia, destruir tudo que, ironicamente, está sendo destruído pela administração que está no poder.

Meu pai sustenta um discurso que se baseia na raiva pelo que é diferente. E isso me confunde. Como é possível que o homem que diz tantas coisas horríveis seja o mesmo que me criou? Como eu e ele podemos ser tão diferentes? Será que ele fala aquilo porque realmente acredita em suas palavras, ou na verdade tudo não passa de uma estratégia para se manter no poder?

Eu devo apoiá-lo, já que sou seu filho?

Vou dormir com os pensamentos alternados entre Diego e meu pai. Tenho muitas perguntas sobre os dois, e sobre mim mesmo, e queria acordar com todas as respostas. Mas, quando acordo, não consigo chegar a nenhuma conclusão.

Em vez disso, me levanto da cama e me arrumo para ir à igreja.

* * *

Crescer em uma casa católica praticante faz dos domingos dias agitados. Enquanto Larissa e Patrícia passam o dia inteiro dormindo e só me encontram mais tarde para falar da vida alheia ou organizar algum trabalho a ser entregue na segunda-feira, eu acordo cedo e me arrumo para ouvir as palavras do padre Castro. A essa altura, se tornou muito mais um hábito do que um programa agradável. Ir à igreja está longe de ser divertido, ainda mais nos últimos meses, porque tudo o que padre Castro sabe fazer em suas homilias é falar sobre o quanto a cidade vai perder caso meu pai não seja reeleito. Ao mesmo tempo, não quero que minha mãe comece com seu discurso sobre como nossa presença nas missas é importante, sobretudo por sermos a família do prefeito. E minha avó também fica feliz, então prefiro fazer as vontades delas e não acabar sendo o garoto revoltado que está negando Deus (já ouvi isso da minha mãe quando tive preguiça e resolvi dormir até mais tarde em um domingo do mês passado).

Lima Reis é uma cidade católica, o que faz com que a igreja esteja sempre cheia aos domingos. As crianças correm no estacionamento enquanto as senhoras se espalham pelas mesas da lanchonete, falando das vidas de quem acham que não está ouvindo, sem saber que sempre há ouvidos para espalhar as fofocas com mais ou menos precisão. Também há o grupo de adolescentes em um canto mais reservado, e sei bem que a igreja é apenas uma desculpa para eles flertarem uns com os outros e explorarem lugares onde podem se beijar sem serem notados.

Já tentei me enturmar com esses garotos, mas, depois de duas vezes, acabei desistindo. Na primeira, minha avó se enfiou na sala de reuniões da igreja à minha procura, logo quando a Ana e o Ricardo estavam atrás da cortina se beijando; e, na segunda, meu pai apareceu no meio de todo mundo e falou que eu tinha que ir para casa imediatamente, sem me dar nenhum bom motivo além da sua vontade autoritária. Isso desencadeou uma discussão que deixou todos muito constrangidos e, a partir desse dia, passei a ser tratado com a frieza de quem não é bem-vindo. Todos olham para o filho do prefeito como um risco às suas atividades mais ou menos lícitas, com medo de que eu possa, de alguma forma, denunciá-los para o prefeito e, em consequência, para o padre Castro.

Mas hoje, enquanto estou sentado em um banco de pedra no estacionamento, mexendo no meu celular, vejo que um dos adolescentes do grupo se desgarra e se aproxima de mim.

— Ei… será que a gente pode conversar? — diz Diego.

Ele está usando o paramento típico de coroinha: um blusão branco que vai até seus punhos e um pouco abaixo da cintura por cima de outra roupa, ainda maior e vermelha, que desce até seus tornozelos e cobre suas mãos. Ele é o mais velho entre os auxiliares do padre, o que lhe dá um tipo implícito de autoridade entre os outros meninos.

Mal ele fala comigo, vejo que sua mãe se aproxima. Já a vi algumas vezes nas missas, conversando com as outras mulheres na expectativa de se enturmar, mas a verdade é que não sei muito sobre ela. Tudo o que sei é que dona Martha trabalha como professora particular e passa mais tempo dentro de casa do que fora. Também sei que não parece existir um pai de Diego, porque o garoto e a mãe se mudaram para Lima Reis há menos de um ano e sempre foram apenas os dois. Os boatos na cidade falam que ele a largou por outra mulher, mas nunca tive intimidade o bastante com Diego para confirmar essa informação.

Dona Martha é uma mulher baixinha e sorridente, com os cabelos curtos e pintados de castanho, que anda arrastando os pés e parece sempre preparada para um desastre nuclear, olhando em todas as direções como se tivesse olhos de camaleão. Não deve ter nem quarenta anos, mas há alguma coisa em seu jeito de agir que dá a ela um ar de mãe. Ela aparece de súbito, com uma expressão de urgência no rosto.

— Meu filho, a missa já vai começar! — alerta, apontando para o relógio de pulso e depois para a porta da igreja, onde alguns coroinhas já começam a se organizar na fila da procissão de entrada.

— Só um minutinho, mãe — responde ele com a voz suave. Eu conheço aquele tipo de entonação, porque é exatamente a que uso quando preciso ser educado com meu pai na frente de outras pessoas. — Eu só preciso falar uma coisa com o André aqui.

— Tudo bem — responde ela, a voz também com a mesma nota de doçura/impaciência. — Mas seja rápido.

E, antes de ir embora, me dá um tapinha no ombro e acrescenta.

— É um prazer conhecê-lo, meu filho. Seu pai tem feito muito por essa cidade. Pode contar com meu voto para a reeleição.

Dou um sorriso sem graça, porque não sei se é adequado fazer campanha na casa de Deus, mesmo que o padre Castro pareça usar o altar como seu próprio comício particular.

Assim que ela se afasta, Diego olha para mim e continua falando:

— Olha, eu só... queria me desculpar por ontem à noite.

Sou pego de surpresa e, como resposta, apenas dou um sorriso fraco ao mesmo tempo em que balanço a cabeça.

— Está tudo bem.

Não é uma resposta convincente e Diego percebe isso.

— Não está. Eu sei que fui um babaca. Só não quero que você ache que sou assim o tempo todo. Juro que não foi por mal. Eu achei seu tio bem divertido, para falar a verdade. Aquela hora em que ele arregalou os olhos e pediu socorro foi hilária.

Encaro ele, sem saber o que responder.

Será que ele já sacou que meu tio está mentindo?

— Ele só ficou desesperado porque todo mundo apareceu sem avisar — tento justificar. Depois emendo: — E você não foi babaca. Só estava, sei lá... tentando me alertar sobre como essa cidade é horrível, acho.

— Eu também ficaria aterrorizado. Imagina só, passar anos sem vir para cá e ser recebido desse jeito. — O sino da igreja começa a badalar, o que faz com que as poucas pessoas ainda dispersas do lado de fora entrem pelas portas laterais e procurem pelos últimos lugares onde possam ver a missa sentados. — E nem todo mundo dessa cidade é babaca. Pelo menos, eu acho que não sou. — Quando os coroinhas passam assobiando por ele, Diego só dá de ombros. — Bom, acho que essa é minha deixa. E então? Me desculpa?

— É claro que sim — respondo, sentindo minhas orelhas esquentarem. E não sei o que dá em mim, mas quando percebo, já estou falando. — Hoje à tarde vai ter um evento lá na escola para inaugurar o laboratório de informática. Vai ser meio chato, mas deve ter comida de graça. Vou tirar umas fotos para uma matéria do jornal. Se quiser, aparece lá.

Ele sorri. Talvez esteja feliz pelo convite, ou por ter percebido que não estou irritado com ele pelos comentários da noite passada.

— Comida de graça é sempre um grande incentivo — diz.

— É melhor do que ficar fofocando na praça — complemento.

— Beleza. Vou aparecer lá, sim. — Ele me dá as costas, mas, antes de seguir para a entrada da igreja, se vira novamente e acrescenta: — Valeu. Você é mais legal do que eu imaginava.

— As pessoas podem te surpreender — respondo com um sorriso, e só depois de alguns segundos percebo que estou repetindo uma frase do diário de tio Eduardo.

Ele alarga o sorriso, balança a cabeça e finalmente corre em direção à igreja.

Minhas pernas viram gelatina com aquele sorrisinho.

12

No começo da tarde, minha mãe deixa tio Eduardo e volta para casa para irmos juntos à inauguração do laboratório de informática, compondo a imagem de família perfeita que meu pai insiste em continuar sustentando.

Ele, como de costume, está ao telefone, a gravata sem nó pendurada entre os ombros e a barba desgrenhada em todas as direções.

— … não, eu já disse o valor! — esbraveja. Ainda com o celular grudado à orelha, pega as chaves em cima da mesa e faz um gesto para que o acompanhemos até o carro. — Coloca os números que eu te passei no documento. Qual é a dificuldade? Tá, tá... depois eu te ligo de novo, agora estou atrasado para um compromisso.

Ele desliga o telefone, irritado.

— Idiotas — resmunga.

Minha mãe olha para ele e, talvez por hábito, estende as mãos e dá um nó em sua gravata, acertando-a, e depois passa os dedos por suas bochechas e passa a mão pela sua barba.

Aquilo parece acender algo dentro do meu pai, que a encara meio sem jeito.

— Obrigado — diz ele, o tom de voz mais suave. — Vamos?

Espero que minha mãe não esteja reconsiderando sua decisão de se separar. Não quero parecer cruel ou alguém que está torcendo contra a felicidade de um casal, mas só eu sei como esse processo inevitavelmente termina em outro ciclo de brigas. E mesmo que minha mãe e meu pai só estejam distantes há dois dias, sinto paz quando estou com um ou com o outro. Quer dizer, meu pai continua gritando, mas pelo menos não é com minha mãe, e passa mais tempo fora do que dentro de casa. Finalmente consigo ler meus livros sem precisar apelar para fones de ouvido e playlists instrumentais. Acho que, se eles se preocupam tanto assim com minha qualidade de vida, talvez devessem considerar seriamente levar a separação adiante.

Antes de sair, me olho pela última vez no espelho: meus cabelos foram penteados para o lado, deixando minha testa grande demais à mostra. Estou enfiado em uma camisa social branca, ensacada e larga no meu corpo, deixando um cinto de couro à mostra. As mangas da camisa se estendem até meus punhos, e as marcas de suor já começam a aparecer, mesmo que a temperatura esteja agradável.

Ok, estou sendo autodepreciativo.

O que consigo ver de bom? Dentes perfeitos. Ok, sempre me concentro muito nos meus dentes, então vou focar em outra coisa.

A fivela do cinto não é das piores. Quer dizer, se você gosta de rodeios ou coisas desse tipo.

Meus sapatos estão bem engraxados e até que são confortáveis, mas, honestamente, não é um bom elogio dizer "os sapatos que sua mãe escolheu até que não são ruins". E o mesmo se aplica ao cinto com fivela dourada.

Quando me viro e encaro minha própria bunda dentro daquela calça social, percebo que ela ficou bem valorizada.

Olha só, eu até que tenho uma bunda bonitinha!

Dou um suspiro meio cansado quando desvio meus olhos do espelho, desistindo daquele exercício. Odeio roupas sociais. Odeio eventos sociais. Me vestir daquele jeito para ir à escola é, no mínimo, lastimável.

Quando chegamos à escola, a sensação de deslocamento só aumenta. É claro que já estou acostumado a participar de eventos assim. Os últimos três anos e meio foram cheios deles. Sempre com roupas espalhafatosas como aquela, sorrindo mecanicamente quando tudo o que eu mais queria era voltar para casa e continuar assistindo aos meus seriados. Só que essa é a primeira vez que meu pai faz um evento onde estudo. E, diferente de outros eventos, esse está movimentado e tem bastante investimento: logo que chegamos somos recebidos por uma fileira de pessoas nos dois lados da rua, segurando bandeiras com a cara sorridente do meu pai estampada, todas feitas com o logo do partido político e seu número de candidato. As pessoas que as hasteiam usam bonés, camisas e calças personalizadas, e sei que há uma parcela que está ali porque realmente acredita na campanha, mas outra só veio porque meu pai pagou.

Assim que saímos do carro, vejo que, além das bandeiras, há pessoas distribuindo panfletos elaborados pela equipe de comunicação do meu pai, com propaganda das supostas melhorias que ele trouxe à cidade. É tudo exagerado, com letras garrafais e frases de efeito, e parece um espetáculo que tenta distrair pelo barulho e desviar a atenção do que realmente importa.

No meio da quadra, a banda da escola se arruma como pode e tenta tocar uma versão instrumental do jingle de campanha do meu pai (é ilegal fazer campanha dentro de uma escola pública, eu sei, e tenho certeza de que meu pai também sabe, mas não daria em nada tentar denunciá-lo). O professor de música parece um pouco irritado por estar trabalhando em pleno domingo e fazendo seus alunos tocarem um arrocha enquanto o coral canta: "*Ulisses Aguiar é o melhor prefeito de Lima Reis, ele vai ganhar com o apoio de vocês.*" Ele não gosta do meu pai, pelo que ouvi dizer. A banda da escola não teve nenhuma verba nos últimos anos, e mesmo assim se desdobra em vinte para participar de eventos como o desfile anual no aniversário da cidade e as celebrações nas datas comemorativas da igreja.

Quando subo as escadas em direção à área de convivência, vejo uma tenda enorme cobrindo uma mesa longa e repleta de comida. E não é a comida típica das festas que geralmente acontecem aqui no colégio: nada de cachorro-quente, minipizzas ou batatas fritas. Dessa vez há canapés finos de salmão, canudinhos de frango e uma mesa de queijos diversos e frutas secas, além de pequenas tigelas chiques de louça, cheias de risotos perfumados ou sopas de cores diferentes. Os garçons, com seus uniformes brancos e pretos, levantam jarras imensas de suco, garrafas de refrigerante ou vinho e enchem copos e taças antes de colocarem-nas em travessas e andarem distribuindo as bebidas. Tudo parece ao mesmo tempo muito caro e desnecessário.

Dá pra perceber que meu pai investiu muito nessa festa. Ele parece olhar para todos os detalhes antes de dar o próximo passo, e tenho certeza de que está desesperado. Parece muito diferente do jeito meio descompromissado com que se apresentou na campanha anterior, quando tinha o apoio do meu avô. Três anos e meio atrás, a campanha mais pareceu uma sucessão ao trono, porque meu avô já estava doente e velho demais para continuar na prefeitura, e colocar seu filho no poder pareceu a escolha óbvia. Naquela época, as pesquisas apontavam uma vitória com mais de 80% de aprovação, e o resultado não foi diferente do esperado.

Mas, dessa vez, percebo que meu pai está desconfortável. Pedro Torres é uma ameaça concreta à sua vitória.

Quando dona Marcela, a diretora da escola, nos vê passando, para de conversar imediatamente e vem até nós. Ela é uma mulher alta e longilínea. Usa um terninho laranja com um lenço amarrado no pescoço, talvez de propósito, porque essa é a cor de toda a identidade visual da campanha do meu pai, e corre para nos recepcionar.

— Vejo que trouxe o fotógrafo oficial de Lima Reis! — diz ela, um sorriso grande demais no rosto, quase assustador, quando me vê com a câmera pendurada no pescoço.

— Posso tirar uma foto? — É o que respondo, porque não sei bem como reagir ao comentário.

Ela tenta parecer sem graça, mas dá para ver que está empolgada. Se posiciona ao lado do meu pai enquanto minha mãe dá um passo para trás, provavelmente querendo que um buraco se abra no meio do chão e a engula para não ter que aparecer em nenhuma foto que vá parar no jornal.

Assim que tiro duas fotos da diretora com o prefeito, dona Marcela puxa minha mãe e a segura pelas mãos, olhando bem fundo nos olhos dela antes de falar.

— Fiquei sabendo que seu irmão está na cidade. Desejo muita força para vocês nesse momento difícil.

Minha mãe a encara, sem entender.

— Ele está bem — responde minha mãe. — Só precisa descansar e daqui a pouco estará pronto para voltar a São Paulo.

— É claro que sim, é claro que sim… — responde a diretora com uma nota de pesar na voz. — Espero que ele use esse tempo para pensar no que realmente importa. A família é nosso único porto seguro nos piores momentos. Uma doença tão devastadora…

— Ele não está doente — digo, porque já estou cansado de perceber que as fofocas sobre a presença do meu tio na cidade se espalham como um incêndio. — Só… se recuperando.

— Ah, sim, é claro, só se recuperando. — Dona Marcela se volta novamente para minha mãe. — Não se preocupe, Selma, a cidade inteira está em oração pela saúde dele. — Ela dá um suspiro como quem quer superar aquele assunto, dá um tapinha na parte de cima da mão da minha mãe antes de largá-la e acrescenta: — Agora quero uma foto com toda a família! Ei, Diego! Tira uma foto da gente?

Olho para trás e percebo que Diego está perto de mim. Quando ouve chamar pelo seu nome, ele se vira, olha para a diretora, para a câmera no meu pescoço, e ergue as sobrancelhas em surpresa antes de finalmente entender o pedido.

Agora, sem as roupas espalhafatosas de coroinha, ele está mais lindo do que nunca. Não está tão formal quanto eu: veste uma calça jeans escura e uma camisa de botões com mangas curtas que ficam meio frouxas nos braços, com um bolso na altura do coração que se destaca por mostrar um desenho de flores que parecem ter sido pintadas à mão. Seu cabelo ondulado está penteado para o lado assim como o meu, e quando o sol bate em sua pele, vejo-a brilhar.

Assim que fixo meus olhos nos dele, recebo um sorriso como retribuição. Meio sem jeito, tiro a câmera do meu pescoço e a estendo até ele.

— Já está no automático. É só apertar aqui e pronto.

Ele aquiesce e dá um passo para trás quando me junto à diretora e aos meus pais. Como um profissional, Diego coloca um dos joelhos no chão e mira a lente para nós. Dispara três fotos seguidas, depois posiciona a câmera na vertical e tira mais duas.

— Obrigada, querido — diz Marcela. — E então, prefeito, animado para a inauguração?

Deixo meu pai conversando com a diretora e pego a câmera de Diego, olhando para o resultado.

— Ficaram ótimas — digo. — Tenho que tomar cuidado para não perder meu emprego.

— Que nada — responde ele, sorrindo.

— Gostei da camisa — aponto para o bolso.

Diego parece sem graça.

— Valeu. Fui eu que pintei.

— Uau. Não sabia que você era artista.

Ele fica subitamente vermelho.

Não sei bem o que conversar com ele. Apesar de segui-lo no Instagram e talvez ser um pouquinho obcecado com seu *feed*, ele não é o tipo de pessoa que expõe muito da sua vida. Algumas selfies, fotos de plantas, paisagens meio fora de enquadramento, coisas desse tipo.

— Não é nada de mais. Ajuda a passar o tempo.

Coloco a câmera de volta no pescoço e seco o suor que começa a se acumular em minhas mãos.

— Não tem muita coisa para fazer por aqui, né? — Continuo na minha tentativa de não permitir que o silêncio incômodo se instale entre nós. Só espero que eu não entre no meu modo aleatório e comece a falar sobre assuntos extremamente específicos. — Eu passo a maior parte do tempo lendo. O último livro que li era sobre dois bruxos se apaixonando. Bem divertido.

— Legal — responde ele, aparentemente com o mesmo nível de traquejo social que eu: nenhum.

Legal? Será que ele só falou isso porque foi a primeira coisa que veio à mente ou porque realmente se interessa por livros de bruxos se beijando?

É claro que estou dando sinais. Minha vergonha só não é maior que minha curiosidade, e eu preciso saber se o que Diego falou sobre a coragem do tio Eduardo foi apenas um comentário casual ou se existe algo além disso. Se ele respondesse "Que pecado mortal!" quando falei do livro, eu certamente saberia que estava lendo todos os sinais de forma errada, mas aquele "Legal" me indicava que, no mínimo, ele não era um babaca completo.

Diego sempre foi uma pessoa neutra para mim. Sabe quando a gente acaba categorizando as pessoas, definindo-as como incríveis ou horríveis? Pois é. Nessa escala, Diego está bem no meio, muito mais pelo que acho dele do que pelo que sei sobre ele.

O que acho de Diego: que ele gosta de esportes, então obviamente só deve pensar em maneiras de manter seu corpo bonito para as garotas. Que ele anda com outros garotos, todos barulhentos e irritantes, portanto obviamente também é um garoto barulhento e irritante. Que ele veio de outra cidade depois de os pais se separarem, mas isso é só um boato que ninguém pode confirmar.

O que *sei* sobre Diego: acabei de descobrir que ele gosta de pintar, e aparentemente tem talento para isso. Ele também consegue conversar comigo sem ficar olhando por cima do meu ombro com impaciência, como se minha presença fosse incômoda. E, em todo esse tempo que frequentamos a mesma escola, eu ainda não ouvi nenhum comentário horrível que ele tenha feito sobre mim ou sobre o fato de eu andar sempre com garotas.

Regra nº 9: As pessoas podem te surpreender.

Ele então completa, casualmente:

— Parece divertido. Ler não é muito minha praia.

Droga. Continua neutro na minha escala, mas perdeu alguns pontinhos depois dessa declaração.

Por obra do destino — porque eu realmente não quero fazer outra pergunta aleatória —, sou salvo por Larissa, que me puxa pelo ombro antes de me dar um abraço.

— Ai, até que enfim te achei! — Ela olha para o lado e percebe que não estou sozinho. — Ah... oi, Diego.

Larissa parece intrigada com o fato de estarmos conversando.

— Oi, Larissa. — Nenhum de nós três parece saber bem o que falar. — Bom, eu vou indo lá... tchau, André.

— Não! — digo subitamente. Larissa ergue uma sobrancelha. — Quer dizer... você pode ficar com a gente. Se quiser, é claro.

Diego olha para Larissa.

— É claro — confirma ela. — Vamos ver o que tem de bom para comer?

Juntos, nós três analisamos a mesa e começamos a atacá-la. Larissa enche a boca com os canudinhos de frango e eu enfio um canapé de salmão inteiro na boca. Diego parece mais comedido a princípio, pegando só um quadradinho de queijo gorgonzola, mas depois percebe que ninguém ali está fazendo cerimônia e vira uma tigela de sopa de uma vez, sem nem usar a colher.

— Isso aqui está muito bom! — diz ele. — As festas aqui são sempre assim?

— Só quando meu pai quer ganhar a eleição — respondo, pegando outro canapé e comendo-o em velocidade recorde. Está realmente maravilhoso.

— Ele está se esforçando, não é? — pergunta Diego.

— Ele está morrendo de medo, isso sim — responde Larissa. — Esse evento por si só é um risco, porque tenho certeza de que é contra a lei fazer campanha em uma escola pública, mas, sinceramente, quem se importa com isso em Lima Reis? — Ela se volta para Diego e pergunta: — Você já tirou seu título de eleitor?

— Uhum. Minha mãe falou que é importante votar. — Depois acrescenta com um sussurro: — Eu acho que ela é apaixonada pelo seu pai, André.

Larissa solta uma risada muito espontânea. Parece que a comida vai voltar pela sua garganta.

— Ela vota no Ulisses, não é? — pergunta.

Diego parece assustado com a indagação tão direta. Olha para mim, coça a cabeça e então responde:

— Ela, sim.

Ele faz questão de enfatizar que não é uma decisão conjunta.

— E você? — pergunta ela.

Diego só me encara mais uma vez.

— Está tudo bem — digo, assim que percebo o desconforto. — Se quer uma confissão, eu ainda não decidi se vou votar no meu próprio pai.

Ele parece aliviado.

— Um grande drama shakespeariano — comenta Larissa.

— Eu só cheguei aqui no começo do ano, mas... enfim... desculpa dizer isso, André, mas seu pai não é exatamente o meu tipo favorito de político — conclui Diego.

Ele espera ansioso pela minha resposta. Dou pontos pela sinceridade e pela forma direta com que fala, porque Larissa só começou a falar mal do meu pai depois de termos firmado nossa amizade e ele já está ali, falando o que pensa.

Gosto de pessoas que falam o que pensam.

— E eu aqui pensando que você era só um rostinho bonito. — A falta de filtro de Larissa ainda vai arrumar problemas para ela. — Bonitinho e com consciência política.

— E bom com arte também — acrescento, apontando para o bolso da camisa. — Ele que desenhou.

Larissa arregala os olhos. Diego fica meio sem graça, mas não me sinto culpado.

— Ficou lindo — diz ela.

— Obrigado — responde ele. — Eu meio que... gosto de fazer essas coisas.

Nossa conversa é interrompida pela voz grave de Patrícia.

— Eu não acredito que vocês começaram sem mim! — diz ela, aproximando-se da mesa. — Ah, oi, Diego.

— Esse queijo é muito bom — responde ele, apontando para o gorgonzola. — E a sopa está ótima também.

— Do que vocês estão falando?

— De como nossas decisões políticas impactam a vida de Lima Reis — responde Larissa prontamente. Quando Patrícia faz cara de quem não compra aquela conversa profunda, ela acrescenta: — Está bem... só estamos fofocando em quem votar para prefeito.

— Se eu fosse um pouco menos inteligente, seria facilmente comprada por todo esse banquete — diz Patrícia, pegando uma coxinha e saboreando-a.

— Eu acho muito louco que todos nós pensamos muito parecido sobre em quem votar na eleição, mas ainda assim... — Diego não conclui o pensamento, mas só olha ao redor.

Meu pai está rodeado de pessoas. De alguma forma, consegue dar atenção por alguns segundos a todos os que o param para conversar, e quem o olhasse de longe pensaria que ele estava fazendo aquilo porque realmente se preocupa com seu eleitorado. Mas é uma obrigação de campanha. Só eu sei o quanto ele odeia que as pessoas lhe peçam coisas aleatórias. Ele não é todo sorrisos desse jeito quando não está em campanha. É cheio de "fale com meus assessores" e "ligue para a prefeitura", sempre encontrando desculpas para não ouvir a população. Agora, está quase prometendo o próprio braço em troca de alguns votos.

— A gente não tem a percepção de como as pessoas pensam, mesmo em uma cidade tão pequena como essa — diz Patrícia. — Tem horas que eu vejo todo mundo no Twitter falando as mesmas coisas e penso: como é possível que existam pessoas com pensamentos tão diferentes do meu se todo mundo que eu sigo pensa tão parecido?

— A Patrícia anda filosofando sobre bolhas desde que viu aquele documentário sobre redes sociais na Netflix — Larissa murmura para Diego.

— Mas é sério! Eu e meu pai pensamos muito parecido, mas olha para o André, por exemplo! Eu não faço ideia de como a gente é amigo, porque o pai dele representa literalmente tudo o que eu mais abomino na política. Ele é machista, homofóbico, adora essa história de privatização e vive falando que bandido tem tudo que morrer.

— Seu pai é uma exceção, Patrícia — respondo. — A gente passa muito tempo conversando lá no jornal e uma coisa que ele sempre me disse é que essa cidade sempre foi assim. Se as pessoas não acreditassem nesse discurso, duvido que votassem na minha família durante todos esses anos. E a pior parte é que, ao mesmo tempo em que ele fala todas essas atrocidades, ele ainda é o meu pai.

— Então você defende ele? — pergunta Patrícia.

— É claro que não! Só que… o que eu posso fazer?

Esse sempre é o ponto-chave: mesmo vivendo sob o mesmo teto do meu pai e discordando de basicamente tudo o que fala, ele ainda é o meu pai. O homem que me criou e me fez tão diferente dele.

— Eu entendo o André — diz Diego, para a minha surpresa e a das garotas. — Minha mãe também é fã desse discurso, mas eu não suporto. E parece que não adianta nada tentar conversar. Ela só fica mais agressiva e começa a falar sobre como a mídia influencia a mente dos jovens com mentiras e como ela e seus grupos de mensagens é que sabem a verdade que ninguém mostra.

— A gente cresceu acreditando que estaria colonizando Marte e agora precisa explicar para os nossos pais que a Terra não é plana e que o nazismo não é um movimento socialista — murmura Larissa. — Eu honestamente não sei mais o que está acontecendo.

Nossa conversa é interrompida pelo som da diretora Marcela chamando todos para a frente do laboratório de informática. A mesa de comidas tem um pequeno princípio de aglomeração, mas logo todos pegam seus petiscos e a seguem pelo corredor em direção aos fundos da escola.

Lá dentro, a cena é ainda mais ridícula: na frente da porta há um cordão com um laço vermelho impedindo a passagem das pessoas. A distância, vejo que Felipe está com seu caderninho em mãos, anotando todas as peculiaridades daquele evento para sua matéria no jornal. Tiro algumas fotos e aceno para ele, que retribui com um gesto antes de continuar riscando freneticamente no papel.

— Com a palavra, o prefeito Ulisses Aguiar!

Dona Marcela puxa um coro de palmas animadas. Minha mãe está ao lado do meu pai mas eu, com a desculpa de estar cobrindo o evento, consigo me manter mais distante.

Meu pai levanta as mãos, o sorriso sempre no rosto, dispensa o microfone e decide falar a plenos pulmões.

— Muito obrigado pela presença de todos! Foi com muita luta que conseguimos conquistar esse novo espaço para a juventude de Lima Reis. Todos sabem da importância da inclusão digital, e agora, com esse novo laboratório de informática com computadores de última geração, finalmente conseguiremos dar andamento ao programa que traçamos desde o início dessa gestão: a de formar os melhores profissionais que essa cidade pode ter!

Com outro coro de palmas, Marcela estende uma tesoura para minha mãe que, com um sorriso educado, a dispensa. Meu pai olha para ela e percebo uma sombra passando rapidamente pelo seu rosto. Ele mesmo pega a tesoura e corta o laço vermelho sob a ovação dos presentes.

Felipe está bem à frente do laboratório e é um dos primeiros a entrar quando a diretora abre as portas.

Está realmente incrível: as paredes foram pintadas, toda a mobília foi trocada e pelo menos quinze computadores estão dispostos sobre as mesas, alguns ainda com as películas de proteção nas telas dos monitores. Tiro algumas fotos enquanto as pessoas circulam pelo espaço.

— Será que a gente finalmente vai conseguir ter uma aula sem que esses computadores fiquem reiniciando toda hora? — pergunta Larissa, empolgada.

— Todos os computadores que vocês veem aqui são de última geração — consigo ouvir meu pai dizendo para um grupo que o cerca, talvez um pouco mais alto do que o necessário. — A prefeitura fez uma parceria com a empresa fornecedora e conseguiu os melhores preços para os nossos alunos. O melhor custo-benefício do mercado!

Por curiosidade, aperto o botão para ligar um dos computadores, mas percebo que todos eles estão desconectados das tomadas.

— Será que a gente consegue ver algum deles em ação? — pergunto, menos pela minha veia jornalística do que pela empolgação de usar um computador que não se pareça com uma carroça velha nas próximas aulas de informática.

A diretora me ouve e responde prontamente:

— Por enquanto, não, meu querido. Eles ainda não foram configurados, mas guarde sua empolgação para as aulas! Vocês finalmente vão usar algo que esteja à altura do nosso nível de educação.

Bem, isso é anticlimático.

Antes que eu possa fazer mais alguma pergunta, a diretora bate palmas e chama a atenção de todos.

— Não vamos ficar aqui a tarde toda, não é? Aproveitem a música e o bufê que a prefeitura nos ofereceu para celebrar este dia especial!

Ela não precisa dizer duas vezes. Aos poucos, as pessoas começam a sair da sala de informática e voltam para o pátio central da escola.

— Você não vem, André? — pergunta Larissa, percebendo que ainda estou olhando para os computadores.

— Já estou indo — respondo, tirando mais algumas fotos e me perguntando por que tenho a sensação de que algo está errado.

13

Ficamos na recepção da escola até o pôr do sol. Conseguimos descolar um pouco de vinho, já que um dos garçons é amigo de Patrícia. Ele despeja o conteúdo nos copos de refrigerante e os entrega para nós com uma piscadinha, e logo me vejo falando muito mais do que normalmente falo. Eu, Diego, Patrícia e Larissa ficamos sentados na arquibancada, conversando sobre política, sobre a cidade, sobre nossos pais. Faz tempo que não me divirto tanto assim em um domingo.

Assim que anoitece e quase todas as pessoas já foram embora, ouço minha mãe me chamar. Isso é a deixa para todos se levantarem e também começarem a se arrumar para voltar para casa.

— Até amanhã. — Eu me despeço de todos, dando um beijinho nas bochechas de Patrícia e Larissa e, de forma espontânea, envolvendo Diego em um abraço. Não tenho muito costume de abraçar pessoas com as quais não tenho intimidade, mas talvez o vinho tenha diminuído um pouco as minhas inibições.

Sentir o cheiro dele me dá o alerta sobre o que estou fazendo. Larissa olha para mim com uma expressão meio surpresa, e só depois de encará-la é que, meio sem jeito, solto Diego. Mas sinto que ele ainda me segura por dois segundos a mais antes de também me soltar.

Talvez o vinho tenha falado alto para nós dois.

Sigo em direção ao estacionamento ainda meio tonto, tentando a todo custo não superanalisar aquele abraço como algum sinal secreto. Um abraço é só um abraço.

Não é?

Tanto minha mãe quanto meu pai me esperam de pé na frente de seus respectivos carros. Quando olho para os dois, coço a cabeça, um pouco incomodado com a situação.

— Vamos, André — diz meu pai.

— Quer dar um oi para o seu tio Eduardo antes de voltar para casa? — pergunta minha mãe ao mesmo tempo.

Eu me inclino em direção ao carro da minha mãe.

Meu pai não parece satisfeito.

— Eu levo ele para casa mais tarde, Ulisses — diz ela.

— Não demore muito, André. — Meu pai não se dirige a minha mãe, o que só aumenta minha frustração com ele. — Não esquece que amanhã tem aula.

— Pode deixar — respondo.

Ele, ainda meio contrariado, só balança a cabeça e entra no carro.

Será que vai ser sempre assim agora?

Quando chego na casa onde minha mãe e tio Eduardo estão hospedados, percebo que há um carro desconhecido parado na frente do terreno.

— Quem será dessa vez? — murmura minha mãe, mais para si do que para mim.

Consigo ver as luzes acesas, as janelas abertas e, quando saímos do carro, é impossível não ouvir o som alto das vozes ecoando para fora da casa.

São risadas. De tio Eduardo e, pelo menos, mais duas pessoas.

Assim que entramos, vejo que meu tio não está usando suas roupas largas de doente falso nem a maquiagem que deixa seu rosto abatido. Em vez disso, está com uma camisa verde com uma estampa do Scooby-Doo e uma bermuda azul, segurando uma taça de vinho tinto enquanto parece discutir algum assunto super relevante com o casal sentado no sofá à frente dele.

— ... exatamente! É por isso que as pessoas olham para a Lady Gaga e falam: olha como ela é revolucionária! Por acaso esqueceram que a Madonna já fez tudo isso, e muito melhor? — Ao perceber nossa presença, ele ergue a taça de vinho e sorri. — Olá! Se não é a minha irmã e o meu sobrinho favoritos!

Olho para o sofá e vejo que quem acompanha meu tio são Pedro Torres, o candidato concorrendo à eleição contra meu pai, e sua esposa, Paula Torres. Os dois também erguem suas taças e sorriem, muito menos bêbados do que meu tio.

— Somos os únicos que você tem — responde minha mãe, ao mesmo tempo meio preocupada com o estado alcoólico dele e com aquelas visitas inesperadas. — Você esqueceu que está se recuperando de uma cirurgia, Eduardo?

— Ah, pelo amor de Deus, Selma! Olha quem está aqui! — Ele aponta para os dois. — Eu sei que a gente tem que sustentar essa história porque essa cidade não consegue parar de falar da vida dos outros, mas eu nunca me perdoaria se voltasse para esse fim de mundo e não ligasse para as únicas pessoas boas daqui. A gente ainda pode confiar neles, não é? Diz que sim!

Minha mãe balança a cabeça e revira os olhos, mascarando sua impaciência com bom humor artificial.

— É claro que sim. Como é bom ver vocês de novo, seus sumidos!

Minha mãe segue com as boas-vindas e abraça os dois, e me chama para fazer o mesmo.

Pedro Torres deve ter a mesma idade do meu tio e, diferente das imagens promocionais de sua campanha, agora está usando uma roupa esportiva e mais confortável. Ele tem a pele negra de tom escuro, os cabelos raspados e um porte atlético. Já o vi correndo pela cidade no meu caminho para a escola e posso confirmar: provavelmente muito do seu eleitorado está mais preocupado em procurar por fotos dele sem camisa (eu talvez seja um deles) do que por ouvir suas propostas de campanha (ok, eu também me interesso por essa parte). Sua esposa parece o par perfeito para ele: também é atlética, sua parceira de corridas matinais, tem a pele negra de tom mais claro e cabelos crespos e cheios, que hoje estão longe de sua testa por conta de um lenço amarrado na nuca. Ela é mais alta do que tio Eduardo e envolve minha mãe em um daqueles abraços de amigos de longa data que não se veem com tanta frequência quanto gostariam.

— Eu estava aqui contando para esses dois como foram os anos em São Paulo — diz tio Eduardo. Ele está sentado ao lado de Pedro Torres. Encosta sua mão no ombro dele e logo o envolve em um abraço de lado. — E como eu estava morrendo de saudade das nossas conversas.

— E olha só para você, André! — comenta Pedro, olhando para mim com seu sorriso diplomático. — Eu sei que eu e seu pai somos meio que rivais nessa cidade, mas não posso deixar de dizer como sua mãe e seu tio foram especiais para mim quando eu tinha a sua idade. Você tem muita sorte de ter os dois por perto.

Dou um sorriso sem graça e balanço a cabeça, um pouco constrangido como sempre fico na presença de tantos adultos que parecem querer colocar a conversa em dia.

— Bom, a noite tem sido ótima, mas acho que já passamos da hora — diz Pedro, olhando para o relógio de pulso. — Temos que ir embora.

— Ah, não! — resmunga tio Eduardo. — Fiquem um pouco mais.

— Ah, Edu, você sabe como o Pedro é — diz Paula. — Amanhã vai querer acordar às seis da manhã e sair correndo por aí.

— Você fala como se não levantasse primeiro e me arrastasse para fora da cama — comenta Pedro.

Os dois trocam um sorriso de quem parece estar sempre em sintonia.

— Selma, foi um prazer vir aqui — diz Pedro. — Desculpe sair assim, mas já ficamos mais do que pretendíamos. Foi ótimo ver o Eduardo de novo.

— Obrigada pela visita. — Ela olha para Pedro e continua sorrindo quando acrescenta em um tom de voz mais baixo: — Olha, eu sei que você e o Ulisses estão em campanha, mas se for possível não... comentar nada sobre o Eduardo para ninguém... — Ela parece preocupada.

— É claro, é claro. Se recuperando de uma cirurgia, eu sei. Ele me ligou e disse que estava na cidade, então só viemos fazer uma visita rápida. Não se preocupe com isso.

Ela aquiesce, mas não sei se parece mais aliviada.

Quando os dois entram no carro e dão marcha a ré em direção à estrada que leva ao centro da cidade, minha mãe solta tudo o que parece ter segurado até agora.

— Pelo amor de Deus, Eduardo! Como você consegue ser tão irresponsável?

Tio Eduardo, que até então continuava aproveitando as boas sensações que o vinho traz, muda completamente de expressão.

— Calma, Selma. Eu só estava entediado e resolvi chamar um amigo. Era só o Pedro.

— Só o Pedro? Ele é o concorrente do meu marido! Eu só te pedi para vir aqui para não estragar a campanha dele e você convida o adversário dele para tomar vinho? E se ele conta para alguém? E se ele usa isso na campanha e conta para todo mundo que eu e o Ulisses estamos nos separando?

— Mãe… — Tento apaziguar a situação, mas minha mãe está lívida e sequer olha para mim.

— Selma, ele nunca faria isso! — diz tio Eduardo. — É o Pedro! Você esqueceu como a gente era amigo?

— Amigo? Não existem amigos no meio de uma eleição! Ele vai usar qualquer coisa ao alcance dele para vencer, nem que isso signifique colocar meu nome na lama!

Minha mãe sempre falou como tio Eduardo e eu éramos parecidos, mas agora percebo que há uma diferença fundamental entre nós dois: se eu estivesse recebendo um sermão daqueles de qualquer pessoa que fosse, meu primeiro instinto seria o de me encolher e rastejar, pedindo por perdão. Mas tio Eduardo não é assim. Os gritos da minha mãe parecem enchê-lo de raiva, causando uma reação muito diferente.

Ele também começa a gritar.

— Você está preocupada com *seu* nome na lama? Coitada de você! Parece que se esqueceu de tudo o que aconteceu e de como o Pedro me ajudou quando a gente era mais novo, não é?

— Gente, por favor… — continuo tentando.

Mas agora os dois estão desenterrando fantasmas de um passado que não conheço. Pareço invisível no meio daquela sala.

— Por que você continua protegendo o lixo do seu *ex-marido*? — Ele faz questão de enfatizar a palavra enquanto continua falando. — E não quer nem que eu volte a ter contato com a única pessoa dessa cidade por quem tenho um pouco de consideração?

— Porque ele não é a mesma pessoa de quando a gente era adolescente, Eduardo! Nenhum de nós é!

— Eu não vou deixar de confiar nas pessoas só porque você não confia em ninguém, Selma. Seria tão ruim assim se essa cidade tivesse um prefeito decente, para variar um pouco? Ou você está tão confortável nessa sua posiçãozinha de poder que não tem coragem de largar seu marido? Será que isso te fez perceber que você não tem nada se ele não puder mexer os pauzinhos para você? — diz meu tio. Minha mãe o olha, chocada. — Casar com o Ulisses te deixou igualzinha a ele. Paranoica.

— Vocês dois, chega! — Falo um pouco mais alto, fazendo com que eles se encarem em silêncio, minha mãe com os olhos arregalados e meu tio com uma expressão de quem ainda tem muito ressentimento para despejar pela sala.

Ele desvia o olhar primeiro e finalmente olha para mim.

— Sua mãe parece esquecer muito fácil do passado, André — diz tio Eduardo, levantando-se da cadeira onde está. — Eu vou me deitar. Boa noite para vocês.

Minha mãe continua com a expressão de poucos amigos. Ela dá um suspiro, procura por uma taça vazia no armário da cozinha, vai até a garrafa de vinho sobre a mesa e se serve, talvez colocando mais do que faria em uma situação normal.

— Seu tio é inacreditável. Me desculpa pela gritaria.

— Está tudo bem, mãe — digo, tentando apaziguar aquela situação em que eu, surpreendentemente, pareço uma pessoa sensata enquanto ela parece uma adolescente. Acho que se reconectar ao passado deve tê-la feito regredir no desenvolvimento emocional. — Mas o tio Eduardo disse que vocês e o Pedro eram amigos... É tão ruim assim ele vir aqui?

— É claro que sim! Imagina se ele fala algo? Eu não quero... estragar as coisas. Estou cansada de estragar as coisas.

Ela dá um gole no vinho, suspira e continua falando:

— Olha, André... quando seu tio foi embora, não foi nada fácil para nenhum de nós. Nem para ele, nem para mim, nem para o Pedro e a Paula. A gente era muito ligado, e depois disso as coisas simplesmente... desmoronaram. Eu nunca mais falei com o Pedro do mesmo jeito depois que seu tio foi embora. O único apoio emocional que eu tive nessa época foi seu pai. É por isso que eu simplesmente não consigo jogar tudo para o alto. Eu sei que ele tem seus defeitos, e também sei que essa prefeitura parece ser muito mais importante para ele do que qualquer outra coisa, mas nem sempre foi assim. Eu era apaixonada pelo seu pai, e ele estava ao meu lado quando mais precisei. Quando seu tio decidiu que ninguém nessa cidade merecia a atenção dele, nem mesmo eu ou sua avó, foi horrível para todo mundo.

— O Pedro teve alguma coisa a ver com o meu tio ir embora, não teve?

— Não cabe a mim dizer isso — completa ela.

É uma resposta que parece indicar que Pedro teve, sim, alguma influência nessa história toda. Mas resolvo que aquele não é o momento para desencavar histórias do passado.

— Vai lá falar com seu tio. Vou continuar tentando achar um pouco de paz no fundo dessa taça.

Ela se joga no sofá e liga a TV apenas para ter algum som lhe fazendo companhia. Penso em continuar ali, ao lado dela, mas descubro que quero conversar com tio Eduardo.

Vou até o quarto e vejo que ele está deitado na cama com a luz apagada, o rosto iluminado pela tela do celular. Parece entediado, rolando o *feed* de alguma rede social exatamente do mesmo jeito que faço antes de dormir. Acho que nosso abismo geracional não é tão grande quando se trata de redes sociais.

— A internet desse lugar é horrível — resmunga ele quando me vê. Percebo que está irritadiço, como uma criança colocada de castigo depois de fazer bagunça.

Sem pedir licença, acendo a luz e ele comprime os olhos, me encarando com cara de poucos amigos.

— Vim saber se você está bem — digo, sentando na cadeira de balanço onde vovô costumava ler seus livros de mistério.

— Você é um querido, André. Nem parece que foi criado por aquele monstro.

Agora ele só está sendo infantil.

— Qual é, tio. Você sabe que não devia ter chamado ninguém para cá.

Aquilo parece tirá-lo do seu transe das redes sociais.

— Ela te mandou aqui para dizer isso? Porque não estou a fim de brigar, muito menos com você.

— É claro que não. Não sei se você se lembra, mas é possível ter opinião própria aos dezessete anos.

Ele bloqueia a tela do celular e senta na cama com as pernas cruzadas.

— Ai, André... eu não sei o que ela te contou sobre o Pedro, mas ele e a Paula eram meus únicos amigos aqui. Sabe quando eu te falei que essa cidade sempre foi muito cruel comigo? Pois é. O Pedro e a Paula nunca foram. Eles sempre estiveram comigo. Você também tem pessoas assim. Imagina se você passasse tanto tempo sem ver seus melhores amigos e tivesse a oportunidade de poder abraçá-los de novo? Você ia se preocupar com essa bobeira de manter um segredo para uma cidade inteira ou só ia ligar para eles?

Colocar tudo em perspectiva daquele jeito me faz olhar tio Eduardo menos como uma pessoa irresponsável e mais como alguém tentando fazer as pazes com seu passado.

— Além do mais — continua ele, em uma espiral de pensamentos em voz alta que talvez seja mais para ele mesmo do que para mim —, eu não consigo entender por que sua mãe não larga seu pai de uma vez. Por que ela se importa tanto com as pessoas dessa cidade ou com a eleição dele? Eu sei que ele é seu pai, mas não consigo colocar isso na minha cabeça.

— Ela ama essa cidade — respondo, e então me lembro do que minha mãe acabou de me dizer. — E ela também ama meu pai. Do jeito dela, mas ama.

— Eu sei — responde ele, de má vontade. — No fim das contas, tudo se resume a isso, não é? A verdade é que nunca consegui entender isso de amor, então acho que acabei um pouco amargo. Espero que as semelhanças entre mim e você fiquem apenas na parte dos nossos gostos musicais.

— Você já se apaixonou? Sei lá... quando morava aqui?

— É meio difícil amar em uma cidade como essa. Principalmente porque as chances de ser amado de volta não são muito grandes. Espero que você não termine amargo que nem eu.

— Você vai encontrar alguém incrível para estar ao seu lado. Por mais que não pareça, essas pessoas existem, mesmo em cidades como essa.

— O quê? — Ele parece identificar as palavras, mas não sabe muito bem de onde.

— Regra número dezesseis. Foi você quem escreveu.

— Você... memorizou?

Encolho os ombros.

— Só algumas. Não tem muita coisa pra fazer em Lima Reis.

— É mais fácil escrever um conselho do que colocá-lo em prática. — Ele sorri, agora com tristeza. — Sabe, eu nunca pensei que pudesse ter um sobrinho... igual a mim.

— Gay — respondo, me lembrando de quando ele disse que não devíamos ter medo de chamar as coisas pelos seus nomes.

— Gay — repete ele, balançando a cabeça antes de continuar falando. — E agora que estou vendo você aqui, tudo o que eu mais queria era poder te enfiar em uma bolha para te proteger de toda essa merda. Eu passei tanto tempo longe daqui que acabei esquecendo como essa cidade funciona. Eu só queria que Lima Reis fosse igual a São Paulo, Rio de Janeiro, Nova York, Madrid! Não é exatamente seguro estar nesses lugares e andar de mãos dadas com outro cara, mas ainda é melhor do que viver cercado por todos os fofoqueiros daqui. Honestamente, eu fico muito triste quando percebo que esse lugar seguro talvez nem exista. Quem sabe na Parada do

Orgulho, se você não ficar em nenhum lugar escuro depois que anoitece.

— É cansativo, não é?

Ele suspira.

— Queria poder te dizer que não é, mas não consigo. É verdade quando eu te digo que as coisas melhoram, porque tenho certeza de que seu futuro vai ser incrível em qualquer lugar do mundo, mas eu ainda me pego pensando em como tudo é complicado.

— Não parece tão difícil para você. Quer dizer, você já chegou aqui falando sobre ser gay de um jeito que eu nunca vi antes. Acho que jamais vou ter essa coragem.

— É claro que vai. Com o tempo, a gente vai aprendendo a deixar as pessoas lidarem com seus próprios preconceitos. É melhor do que se esconder, isso eu te garanto.

Dessa vez sou eu que dou um sorriso meio cansado.

— Você acha que eu devia falar? — pergunto. — Pelo menos para minha mãe?

É uma questão que começou a se formar na minha cabeça a partir do momento em que vi meu tio em todo o seu esplendor. Se minha mãe é capaz de lidar com ele, de aceitá-lo e de inclusive parecer confortável perto dele, por que não comigo? Será que é um baque muito grande descobrir que não apenas seu irmão é gay, mas seu filho também?

— Quem sou eu para te dizer quando você deve ou não contar às pessoas? — pergunta ele.

— Eu queria que existisse um mundo onde a gente só pudesse *ser*, sem precisar ficar o tempo todo declarando nossas vidas por aí.

— Mas eu já disse para você que é importante falar — complementa ele. — Não o tempo todo, é claro. Ninguém chega para o dono do mercado e fala "sou gay, me vê dois quilos de arroz?". Também não estou dizendo que você deva fazer uma reunião ou uma festa de saída do armário, mas as pessoas precisam se acostumar ao fato de que estamos aqui. Então falar é importante. Mas no seu tempo. Nos seus termos. Porque falar abertamente faz as pessoas perceberem como tudo isso pode ser natural.

— E se eu falasse com... aquele garoto?

Ele muda de expressão quando me ouve falando de garotos. Dá um sorrisinho com o canto dos lábios.

— Uuuuh, então tem mesmo um garoto.

— A gente passou um tempão conversando hoje. Eu, ele e minhas amigas. E aí, quando a gente foi embora, ele meio que... me abraçou. Por uns dois segundos a mais do que outra pessoa abraçaria.

— Você acha que são dois segundos que valem a pena investir?

— Eu não sei! — Passo as mãos pelo rosto, frustrado. — Ele parece ser tão... hétero! Ele vive jogando futebol e fazendo esportes, mas aí hoje do nada foi para a festa na escola com uma camisa pintada à mão que *ele mesmo* pintou porque aparentemente também é artista? Mas ele ajuda na igreja e parece gostar de fazer isso, e apesar de ter um monte de garotas suspirando por ele, nunca vi ele ficando com nenhuma.

— Ei, se acalma, André!

— É tão... argh! — resumo. — Como foi com você?

— Comigo?

— É. Com o Guilherme — digo, me lembrando das páginas preenchidas incessantemente com aquele nome seguido por corações.

Ele estreita os olhos, como se tentasse puxar alguma memória muito enterrada em sua mente.

— Ah, sim! O Guilherme! — responde, lembrando subitamente. — Nossa, foi um caos.

— Animador — resmungo.

— Mas o caos faz tudo ser mais empolgante! — completa, tentando me fazer sorrir. — Olha, eu não vou dizer que foi uma experiência boa. Mas também não vou dizer que foi ruim. Foi só... constrangedora.

— Realmente animador — continuo resmungando, vendo minhas chances com Diego escorrerem pelo ralo.

— Eu fiquei quase dois anos só admirando esse garoto. Era ridículo. Mas aí eu comecei a crescer e percebi que não ia adiantar nada tentar convencer as garotas a ficarem comigo, porque se eu sou esquisito assim hoje, naquele tempo era muito pior.

— Você não é esquisito — afirmo. — Devia se olhar mais no espelho para perceber como você é bonito.

— Own, meu terapeuta ficaria orgulhoso de você. Mas enfim... eu não conseguia mais ignorar o fato de que precisava saber como era. Eu queria beijar um garoto, por mais arriscado que fosse. Tive outras oportunidades, é claro, mas só percebi que elas existiram quando já tinha ido embora daqui. Porque se tem uma coisa que você tem que saber, André, é que há muitos garotos dispostos a fazer o que você quiser com eles, contanto que seja em um beco escuro e longe da vista de todos. Eles existem na capital e aqui também, mas fique longe deles. Eu estava tão fixado no Guilherme que só aceitava beijar alguém se fosse ele.

— E o que você fez?

— Ok, esse é o momento em que preciso ser o adulto responsável e dizer duas coisas. A primeira: eu era um adolescente muito inconsequente; e a segunda: por favor, não repita meu exemplo. Você é muito melhor do que isso.

— Está bem — respondo rapidamente, cada vez mais curioso. — O que você fez?

— Fiz ele beber — responde meu tio. — Obviamente eu também bebi, porque estava nervoso. Mas nós estávamos em uma festa, não lembro na casa de quem, e começamos a beber. Eu percebi que nós dois fomos nos soltando. Ele era tão tímido quanto eu, mas tinha um ar de... não sei, mistério?, que eu não sabia identificar se era só uma parte da sua personalidade ou se era alguma coisa comigo. Então nós bebemos, nós conversamos e nós bebemos mais um pouco. Tudo o que entra precisa sair, então ele disse que ia ao banheiro e eu falei que ia também.

"Só que eu percebi que ele me olhava. Sabe quando a gente olha para uma pessoa e, logo depois de desviar o olhar, olha de novo? Encara os olhos dela e parece querer falar todas as palavras do mundo ao mesmo tempo? Era assim que ele me olhava. E era assim que eu olhava para ele de volta. A gente continuou andando e ele olhava para trás o tempo todo, então percebi que ele não estava indo para o banheiro principal, mas sim para o dos fundos. É claro que eu o segui. Eu estava empolgado, amedrontado e meio bêbado. Então ele entrou, fez o que tinha que fazer e saiu. Depois eu entrei, fiz o que tinha que fazer e também saí, e só então me dei conta de que ele ainda me esperava. E então ele me olhou nos olhos. Não tinha ninguém por perto porque ninguém sabia da existência daquele outro banheiro, então eu só me inclinei em direção à boca dele. Ou acho que ele se inclinou. Enfim, nós dois nos inclinamos ao mesmo tempo, mas só encostamos os lábios. Foi rápido e pareceu mais um choque do que um beijo, e logo nos afastamos, os dois com medo, olhando para os lados só para ter certeza de que não tinha ninguém nos vendo. Não tinha. Então nos beijamos de novo, dessa vez mais devagar, com mais vontade, ele com as mãos no meu rosto, eu com as mãos na cintura dele. Fiquei quase sem ar quando finalmente dei um passo para trás. Então nós voltamos para a festa e continuamos bebendo e conversando, como se nada tivesse acontecido."

— Vocês não se trancaram no banheiro? — pergunto, estreitando os olhos. Talvez o vinho ainda esteja falando por mim. — Vocês *só* se beijaram? Você não está transformando essa história em um conto de fadas só para me dizer como seu primeiro beijo foi incrível, está?

Meu tio dá uma gargalhada genuína.

— André, você pode ter um monte de suposições sobre mim, e tenho certeza de que a maioria delas está certa, mas eu juro para você que eu estava com tanto, mas tanto medo que não consegui pensar em mais nada além de acabar logo com aquele beijo para ninguém nos ver. O que, parando para pensar hoje, foi uma oportunidade incrivelmente perdida de dar uns amassos em um banheiro deserto.

— Dar uns amassos — repito. — A gente realmente não tem a mesma idade.

Ele ergue uma sobrancelha com meu comentário e continua falando:

— Enfim... depois disso a gente continuou se falando por algum tempo como se nada tivesse acontecido. E, assim como Sherazade, termino a história por aqui e prometo que conto o restante dela em outra oportunidade. Não quero pensar nisso agora.

— Tudo bem. Eu provavelmente tenho que impedir que minha mãe beba mais do que uma taça de vinho se quiser que ela dirija e me leve de volta para casa em segurança.

E, antes que eu mude de ideia, dou um passo na direção do tio Eduardo e o envolvo em um abraço. Percebo que ele é pego desprevenido, seu corpo rígido em contato com o meu, mas ele logo me abraça de volta.

— Ei… se arrisque um pouco — aconselha ele antes de me soltar. — Se der tudo errado, lembra que você sempre pode contar comigo. Talvez não faça tanta diferença assim, mas eu gostaria que alguém tivesse me dito isso quando eu tinha a sua idade.

— Faz toda a diferença, tio — respondo.

14

Eu nunca vou me arriscar do jeito que o tio Eduardo se arriscou quando tinha minha idade. Simplesmente não faz o meu estilo.

Somos muito diferentes. Vivemos em tempos muito diferentes. Temos pais muito diferentes.

Ele não era filho do prefeito. Não tinha toda essa pressão para esconder todos os seus defeitos na frente dos outros. Não tinha o peso de poder arruinar o futuro de toda a sua família caso as coisas saíssem do controle. Não convivia com redes sociais que podiam potencializar ainda mais as fofocas dessa cidade. Os gays mais velhos falam que pavimentaram o caminho para que fosse mais fácil para as gerações mais novas, mas não consigo parar de pensar em como tudo ainda é tão difícil.

Mas aquele abraço que troquei com Diego. Aquela droga de abraço. Não consigo parar de pensar nele. No cheiro dos seus cabelos quando meu nariz se aproximou dele, no corpo quente em contato com o meu, na rigidez dos seus músculos e nos detalhes do seu rosto quando estava tão próximo do meu.

Não consigo parar de pensar em Diego.

Antes de dormir, me debruço na frente do computador e, mesmo com sono, por força do hábito, abro o drive do jornal e leio a matéria que Felipe escreveu sobre a inauguração do laboratório de informática. Ele não me enviou essa, mas sei que é uma matéria importante e escrita às pressas, e, quando isso acontece, sempre tomo a iniciativa de revisar o texto no arquivo compartilhado ao qual nós dois temos acesso.

A matéria fala maravilhas sobre o baixo orçamento do laboratório e a parceria inédita com a iniciativa privada, a quantidade de computadores e o fato de os alunos já poderem usufruir dos equipamentos, e acompanha algumas fotos em plano fechado que fiz de uma ou outra máquina.

Ajusto algumas informações, como a quantidade de máquinas — contei quinze, enquanto o texto de Felipe disse que eram trinta — e o fato de o laboratório ainda não estar cem por cento funcional, e também troco as fotos de plano fechado por outras em que o laboratório aparece mais amplamente, dando uma visão melhor para perceberem que ele não é tão grande quanto o texto leva a acreditar.

Quando termino, mando uma mensagem para Felipe avisando o que fiz e perguntando se ele estava na mesma cerimônia de inauguração que eu. Como já está tarde, simplesmente desligo o computador e caio na cama, dormindo quase imediatamente.

No dia seguinte, nem me lembro direito de tudo o que escrevi na matéria para o *Diário de Lima Reis*. Quando chego na escola, Diego me vê nos corredores e acena distraidamente toda vez que passa por mim, mas está sempre absorto nas conversas com seu grupo de amigos e não sei se está deliberadamente me ignorando, se também está ansioso para que eu puxe assunto com ele ou se simplesmente seus amigos são mais interessantes do que eu. De qualquer maneira, isso me deixa sem ter muito o que fazer além de procrastinar durante as aulas da forma mais produtiva que conheço: criando cenários na minha imaginação.

Ok, talvez eu tenha feito mais do que apenas pensado. Talvez eu tenha produzido uma lista de argumentos para discutir sobre Diego com Larissa em um momento oportuno. Afinal, qual é a dele? Será que existe alguma possibilidade de ele me corresponder ou isso tudo é apenas uma fantasia criada por uma mente que não consegue se desligar quando fixa uma ideia?

Encaro meu celular aberto no aplicativo onde bolei uma apresentação sobre o assunto (porque é claro que eu fiz isso) e vejo as listas que criei.

Motivos pelos quais posso acreditar que Diego (provavelmente) também gosta de garotos

- Ele é bonito demais e tem muitas garotas ao redor dele, mas mesmo assim nunca ficou com nenhuma (que eu saiba).
  - ↳ Relação com religião? Talvez ele esteja se guardando para A Escolhida?
- Ele tem um lado artístico.
  - ↳ Isso pode ser apenas um grande preconceito meu por acreditar que pessoas com um lado artístico são necessariamente gays.
- Ele me deu um abraço longo.
  - ↳ Ele pode gostar de abraços.
    - ↳ Ele não abraçou Larissa nem Patrícia por tanto tempo.
- Ele é recém-chegado na cidade e ninguém sabe por que ele e a mãe vieram para cá.
  - ↳ Correm boatos de que a mãe se divorciou e não aguentou a quantidade de pessoas falando da sua vida na outra igreja que frequentava.
  - ↳ Outro boato diz que ele se envolveu em um acidente de carro, atropelou um cara e fugiu sem prestar socorro.
    - ↳ Eu tenho quase certeza de que esse é o plot de *Eu sei o que vocês fizeram no verão passado*.

Por que quero ficar com Diego?, uma autoanálise

- Porque estou perdidamente apaixonado por ele.
  - Nah, claro que não. Eu nem conheço ele direito.
- Porque ele é gato.
  - Uau, isso é superficial.
    - Mas ele realmente é *muito* gato.
- Porque ele pode ser uma opção disponível.
  - Você ainda está olhando para ele como um pedaço de carne.
- Porque ele parece ser uma pessoa legal.
  - Ok, agora estamos chegando em algum lugar.
    - Então talvez eu não queira *só* beijar ele? Talvez eu queira conhecê-lo melhor e *depois* beijar ele?
      - Não, talvez eu queira beijar ele e *depois* conhecê-lo melhor.
        - A ordem dos fatores altera o produto?
        - Culpe meus hormônios enlouquecidos.
  - Ele é uma pessoa legal, mas será que é *confiável*? Será que posso tentar uma aproximação e, recebendo um sim ou um não como resposta, ter a certeza de que ele não vai ser um babaca e espalhar para todo mundo que eu dei em cima dele?
    - Haha, hilário, eu dando em cima de alguém. Até parece que eu sei *como* fazer isso.
- Porque eu preciso saber como é beijar outro garoto.

Leio as listas três vezes, ignorando o que o professor de estudos sociais fala sobre os problemas da reforma agrária no Brasil (ele claramente vota no meu pai) enquanto olho discretamente para a tela do celular. Envio as listas para Larissa, mas ela é a queridinha dos professores e está sentada na primeira cadeira — gosto de pensar que, por sentar três cadeiras atrás dela, não sou tão queridinho assim —, o que a impede de checar o telefone a cada cinco segundos. Mas, em determinado momento, quando o professor se vira para o quadro e começa a escrever sobre como a superprodução de soja é benéfica para a balança comercial do país (meu Deus, ele *realmente* vota no meu pai!), ela olha para o celular, percebe que o conteúdo daquela aula fará mais mal do que bem para sua formação como ser humano, pega sua mochila e troca de lugar, sentando-se ao meu lado.

Larissa é expert em ser uma aluna exemplar e ainda assim fazer tudo o que quer sem ser pega. Então não é com muita dificuldade que ela abre o livro de estudos sociais sobre a mesa, coloca seu estojo na frente — ele é consideravelmente grande, com sua coleção infinita de canetas coloridas, Post-its, marca-páginas e marca-textos — e pousa o celular sobre as páginas. Apenas com o indicador, ela faz aquela coisa de deslizar o dedo pelo teclado para formar palavras em vez de digitar cada letra, como qualquer ser humano com habilidades comuns faria.

E ela faz tudo isso enquanto sorri, finge concordar com o professor e em seguida o questiona sobre a falta de espaço de plantio para a agricultura familiar. Minha amiga é um orgulho.

Larissa: Essa é uma lista muito elaborada para quem só quer dar uns beijos.

Ela se vira rapidamente, me olhando com uma sobrancelha erguida e um sorrisinho nos lábios. Se pudesse, estaria batendo palmas e gritando "você está apaixonadinhoooooo". E é exatamente por isso que estou tendo essa conversa agora, por mensagens de texto, quando ela não pode ter uma reação barulhenta.

André: Será que estou vendo coisa onde não existe?

Larissa: Pode ser tensão.
Tesão*
Droga de corretor.

André: Dá no mesmo.

Larissa: Mas o que você tem a perder se ele te falar que não gosta de garotos?

André: Ele pode espalhar meu segredo para todo mundo?

Larissa: Você realmente acha que ele faria isso?

André: Acho que não. Mas, ainda assim... e se ele gostar de garotos, mas me dispensar? Acho que seria ainda pior.

Larissa: Você está fazendo de novo, André.

André: O quê?

Larissa: Se menosprezando.
Vamos lá.
Três qualidades.
Agora.
Não vale falar dos dentes.

André: Argh. Ok...
Tenho um ótimo senso de humor.
Sempre lavo a louça.
Gosto muito dos meus olhos quando o sol bate neles.

Larissa: E quem seria maluco de dispensar alguém que faria ele rir, tem olhos lindos e ainda lava a louça depois do jantar?

André: Tudo bem, mas isso não significa nada.
Ele é muito... melhor do que eu.

Sinto a régua batendo no meu braço, estalando alto o bastante para fazer o professor virar a cabeça em busca do som. Faço uma careta de dor e esfrego o braço discretamente enquanto parte da sala dá alguns risinhos. O professor só balança a cabeça, revira os olhos e volta a escrever no quadro.

Pego meu celular e volto para nossa tela de mensagens.

André: HOMOFÓBICA!

Larissa: Isso é para você nunca mais dizer que alguém é melhor do que você!

O Diego pode ser ótimo, mas sei lá, vai que ele é um assassino? Vai que tem um bebê *reborn* que chama de Valentina? Ninguém é perfeito, André.

André: Eu sei! Mas é muito difícil. Como você faz quando gosta de alguém?

Larissa: Essa conversa não é sobre mim.

André: Você nunca gostou de alguém? Alguém em quem você não consegue parar de pensar e tem certeza de que nunca vai conseguir chamar a atenção?

Larissa: Claro que já.
A Hayley Kiyoko. Ou a Kehlani.

André: Estou falando sério!

Larissa: Eu também!

André: Por que a gente nunca conversa sobre você?

Larissa: Porque eu não sou que nem você.

Larissa sempre foi muito misteriosa sobre as questões pessoais dela. É claro que vivemos compartilhando nossos *crushes* impossíveis (ela com a Hayley Kiyoko e a Kehlani, eu com o Michael B. Jordan e o Charlie Puth), mas é muito difícil arrancar dela qualquer interesse romântico que esteja ao alcance. Ela sempre desconversa, e aprendi, ao longo do tempo, que somos mesmo muito diferentes: eu quero compartilhar absolutamente tudo da minha vida, enquanto ela prefere ficar mais calada. Com o tempo, entendi que é só o jeito dela, e me esforço ao máximo para não a pressionar a compartilhar algo que ela não queira falar.

Exceto agora, porque estou desesperado pelo menor traço de experiência que outra pessoa possa ter.

André: Ok, então não me diga o que você fez ou deixou de fazer. O que você faria, se estivesse no meu lugar?

Larissa: Eu falaria com ele.

André: Mas você é filho do prefeito! Você mora em uma cidade católica e fofoqueira!

Larissa: Mas eu também estou apaixonada e quero dar uns beijos. Meu tesão é muito importante nesse cálculo.
E eu realmente quis dizer tesão.
Não foi um erro do corretor.

André: Será que se a gente perseguir ele e estudar seus hábitos durante, sei lá, um mês, a gente consegue ter cem por cento de certeza se ele é ou não gay?

Larissa: André, pelo amor de Deus.

Para de ver tanto seriado.
Não seja um *stalker*.

André: Aff, vou ter que falar com ele, não é?

Larissa: É literalmente o conselho que estou te dando nesse momento.

— Espero que minha aula não esteja interrompendo a atenção aos seus telefones, Larissa e André.

A voz do professor me faz olhar subitamente para cima.

— Desculpa, professor — diz Larissa, a voz doce e um sorriso que só consigo descrever como maníaco. Sem nem parar para pensar, ela complementa: — Eu estava justamente mostrando para o André as estatísticas sobre a agricultura familiar no Brasil e como as *commodities* no campo são uma ameaça para o nosso desenvolvimento sustentável. Será que a gente pode falar um pouco sobre isso?

O professor pisca três ou quatro vezes para absorver o que Larissa falou.

— Vamos nos concentrar primeiro nos benefícios da exportação de *commodities* para a economia do país — responde ele. — Não se deixe enganar por essas *fake news* inventadas pela esquerda, Larissa.

E, sem deixar Larissa rebater — e eu tenho certeza de que ela adoraria contra-argumentar —, o professor se volta mais uma vez para o quadro.

Ela sempre consegue. É impressionante.

15

Quando chego no jornal, Felipe está soltando fumaça por todos os orifícios do corpo.

Ele anda de um lado para o outro, impaciente, enfiado em uma camisa furada do Iron Maiden. Sei que as coisas não estão boas porque ele está com um cigarro aceso dentro da sala, coisa que só faz quando seu nível de estresse está alto.

Mas, agora, ele não se importa se incendiar acidentalmente aquela bagunça de papéis espalhados por todos os lados.

— Ah, agora você resolve aparecer! — diz ele assim que abro a porta. — Desde quando eu te dei autorização para mudar meu texto, André?

Felipe nunca falou comigo daquele jeito. É claro que já o vi em momentos de raiva, quando enfia as mãos nos cabelos longos e geme enquanto encara a tela do computador e não consegue finalizar um artigo, ou quando bate o telefone depois de passar quase uma hora ouvindo alguém tentando convencê-lo a escrever uma matéria falando bem sobre seu estabelecimento comercial. Mas nunca comigo. Comigo, ele sempre está disposto a sentar, me ouvir e conversar sobre qualquer coisa.

Mas as alterações que fiz no texto da noite passada parecem tê-lo tirado do sério.

— Eu... — A princípio, tento entender por que ele está tão irritado. Organizo meus pensamentos. — Aquela matéria estava cheia de erros, Felipe.

— Quem é você para me dar aulas agora? — responde ele, ríspido.

— Eu só fiz o que a gente sempre faz quando encontra alguma inconsistência! Eu corrigi o texto, sinalizei as alterações e te mandei uma mensagem avisando.

— Uma mensagem que eu não vi! O que fez *seu* texto ser impresso no jornal em vez da minha versão!

— O texto continua sendo seu. Eu só... revisei.

— André... — Felipe aperta o espaço entre seus olhos e os fecha, depois leva o cigarro aos lábios e deixa a fumaça sair pelas narinas. — Eu sei que você quer foder seu pai nessa eleição, mas não me fode no processo.

O quê?

Do que ele está falando?

— Foi para isso que você veio trabalhar aqui, não é? — continua ele. — Para usar o jornal como arma e destruir a campanha do seu pai? Porque, sinceramente, isso é muito imaturo. E eu sei que, para você, isso aqui é só uma distração enquanto seu grande sonho de ir para a capital e se ver livre de todos nessa cidade não se concretiza, mas isso aqui é a minha vida, e você não tem o direito de brincar com isso!

— Eu não estou brincando! — Não consigo entender de onde Felipe tirou todas aquelas suposições. — Será que você pode parar de gritar por um segundo e me dizer qual é o grande problema em corrigir algumas informações sobre um laboratório de informática?

— O problema, André — responde ele, com o tom de voz um pouco mais baixo, mas nem por isso menos ameaçador —, é que a gente está em período eleitoral. E eu não sei se você sabe, mas a imprensa é a primeira a ser atacada quando alguém quer se certificar de que vai continuar no poder. Então a gente precisa ser muito mais cuidadoso do que geralmente é, para que esse tipo de merda não aconteça e a gente não corra o risco de sofrer alguma retaliação.

— Retaliação? Você está dizendo que alguém... fez alguma coisa com você?

Digo alguém porque não quero fazer a pergunta óbvia.

Será que *meu pai* fez alguma coisa contra Felipe?

Felipe traga o cigarro pela última vez antes de amassá-lo no cinzeiro.

— Eu não disse isso — responde ele, expirando. Finalmente parece estar se acalmando. — Eu só estou... cansado. É exatamente por isso que você não pode escrever as matérias políticas desse jornal. Eu sei que seu pensamento é diferente do do seu pai, mas aqui nós precisamos ser isentos.

— Você sempre me ensinou que não existe isenção no jornalismo. Se tem alguém que não está sendo isento aqui, é você, porque eu só corrigi as informações que estavam incorretas. Ou você prefere que as matérias saiam cheias de erros das próximas vezes? Eu posso simplesmente não revisar mais nada.

— É exatamente isso o que eu quero a partir de hoje. Que você não revise nem escreva mais nada. Pelo menos por enquanto.

Só consigo olhar para Felipe, sem saber como reagir.

— Essa eleição está mais disputada do que o normal, e qualquer deslize da nossa parte pode ser prejudicial para um lado ou para o outro — continua Felipe, mas as palavras dele soam como ruído branco. Eu ainda não consigo assimilar muito bem por que estou sendo punido se segui os ensinamentos dele à risca. — Então, por enquanto, é melhor você se afastar das atividades do jornal. Pelo menos na parte dos textos. É claro que você pode continuar tirando fotos e me ajudando em todas as outras áreas.

É inacreditável. Aquilo não faz o menor sentido.

Ele está me demitindo?

Quero gritar com Felipe sobre como tudo aquilo é injusto. Quero argumentar com ele e entender o que o deixou tão incomodado: se foi o fato de eu ter alterado um texto que não foi checado por ele, o fato de ele ter cometido erros tão grosseiros e não ter percebido, ou, quando começo a pensar nas probabilidades mais soturnas, se foi porque ele sabia que o texto não condizia com a realidade e ainda assim quis publicá-lo errado, já que a versão que ele escreveu claramente beneficiava meu pai.

Felipe sempre foi um opositor da prefeitura. Ele é chamado de comunista mais vezes do que pode contar, e sempre rebate que, se ser comunista é acreditar em um mundo com mais oportunidades para todos, ele toma aquilo como um elogio.

O que mudou? Por que ele está tão enfurecido e estressado com essa matéria boba de jornal?

Quero sacudi-lo e arrancar respostas dele, mas aquela parte de mim que evita conflitos fala mais alto e eu simplesmente engulo todos os palavrões que estão prestes a sair, todos de uma vez.

— Eu não quero mais colaborar com o jornal, Felipe — respondo com um tom de voz baixo e desanimado. — Boa sorte com suas matérias.

Continuo olhando para ele, na esperança de ele dizer que está com a cabeça quente e não quis dizer nada daquilo.

Mas ele simplesmente sustenta o olhar e, por fim, encolhe os ombros.

— Se você prefere assim, tudo bem — responde. — Sua colaboração foi muito importante para o andamento do jornal. Agora, se não se importa, preciso concluir algumas matérias para a edição de amanhã.

Saio da garagem de Felipe com um misto de revolta e tristeza, pedalando pelas ruas de Lima Reis sem saber muito bem para onde estou indo. Não quero voltar para casa porque meu pai pode estar lá, e a última coisa que desejo é que me veja chorando e pergunte o que aconteceu. Não quero parecer fraco na frente dele, e tenho certeza de que ele vai rir da minha cara quando eu disser que estou desse jeito porque fui demitido do meu emprego não remunerado no jornal da cidade.

Sei que é idiotice ficar assim por um emprego que nem me pagava um salário, mas eu realmente gostava de ajudar o Felipe. No meio do caminho, penso se não exagerei e se ele não está certo ao não me querer envolvido com os textos de teor político. Será que devo voltar e pedir desculpas?

É claro que não, responde outra vozinha dentro de mim. Eu não fiz nada de errado. Foi exatamente o contrário: fiz o que era certo e fui punido por isso.

Junto o restinho de orgulho que ainda tenho e continuo pedalando, entrando nas ruas que inevitavelmente vão parar na praça central da cidade, em frente à igreja. Há cartazes com o número de candidato do meu pai e de outros vereadores do partido dele espalhados por todos os postes e fixado nos troncos das árvores, e o chão continua emporcalhado de santinhos, mesmo com a limpeza pública passando diariamente para varrer a praça. Mais à frente, consigo ver boa parte das pessoas da escola sentadas sob as árvores, algumas deitadas nos colos das outras, compartilhando garrafas de refrigerante que, em alguns dos grupos, tenho certeza de que estão misturados com cachaça barata. Penso que ainda é segunda-feira e seria uma decisão muito estúpida beber logo no início da semana, e quem gostaria de beber com o filho do prefeito, para começo de conversa? Então só paro minha bicicleta, a tranco no bicicletário e procuro por um banco vazio para sentar e colocar os pensamentos no lugar.

O som dos pássaros e das pessoas conversando é abafado pelo carro de som escandaloso que repete sem parar "*Ulisses Aguiar é o melhor prefeito de Lima Reis, ele vai ganhar com o apoio de vocês*" enquanto dá voltas e voltas pela praça. Minha perna balança para cima e para baixo, impaciente, enquanto observo a movimentação à procura de alguma coisa para fazer. Mas todos estão em seus próprios mundos, e eu estou ali, sozinho, querendo uma réplica de tamanho real de Felipe para socar.

Puxo o celular do bolso em busca de novidades, mas nada parece muito interessante. Passeio pelas redes sociais e sou engolido pelo vórtice de vídeos e fotos de pessoas que aparentam estar felizes o tempo todo. Mas aquilo só preenche minha atenção por algum tempo. Logo, estou entediado, mas acho que pelo menos consegui colocar meu mundo interno em ordem. Pelo menos acho que não vou começar a chorar na frente do meu pai.

Respiro fundo e me preparo para pegar a bicicleta e voltar para casa quando percebo alguém acenando para mim.

Levanto os olhos e vejo Diego embaixo de uma das árvores, misturado a um grupo de garotos e garotas que não parecem muito preocupados com a vida naquele dia de sol. Alguns pacotes de salgadinhos e garrafas vazias de refrigerante se acumulam ao redor deles. Aceno em resposta e vejo que ele sinaliza para eu ir até o grupo.

Em qualquer outra ocasião, eu provavelmente inventaria alguma desculpa e sairia correndo. Não sei qual é o protocolo social dos encontros na praça, porque raramente venho aqui, e tenho quase certeza de que essa é a primeira vez que faço isso sozinho. Mas, agora, tudo o que quero é ficar sentado enquanto ouço outras pessoas falarem, então enfio o telefone de volta no bolso e sigo na direção de Diego.

— E aí, cara? O que você está fazendo aqui? — pergunta ele.

Encolho os ombros.

— Só passando o tempo.

— Não vai começar a fazer campanha para o papai, vai? — pergunta um dos garotos do grupo. É Iago, um dos meninos que gritou no meio da peça de Santo Augusto de Lima Reis. Ele é alto, branco e loiro, tem uma barba fina e um sorriso de quem não precisa se preocupar com nada na vida. Seria um cara lindo, não fosse sua personalidade horrível. Ele é um desses garotos que, mesmo tendo todo o potencial para ser incrível, só sabe chamar atenção sendo barulhento e inconveniente.

Mas não me importo com isso agora. Aceito qualquer coisa para me distrair do que aconteceu no jornal.

— Só se for contra — respondo, ácido, o que faz algumas pessoas arregalarem os olhos e outras assoviarem em incentivo.

— Temos um rebelde entre nós! — exclama uma das garotas, surpresa.

— Aconteceu alguma coisa? — pergunta Diego, um pouco mais baixo, olhando apenas para mim depois de se certificar de que os outros garotos voltaram para suas conversas e não estão fazendo de mim o centro das atenções.

Deve estar estampado na minha cara que não estou bem.

— Nada de mais — respondo, dobrando as pernas e sentando de qualquer jeito no meio da grama seca. — Fiz uma merda no jornal e o Felipe me dispensou do trabalho. E não estou muito a fim de voltar para casa.

— Ei, cara — Iago chama minha atenção. — Você é parente daquele cara lá que chegou com o carrão, não é?

— Eu nunca vi um carro daqueles sem ser na televisão — acrescenta Mateus. Ele e Iago são praticamente irmãos, e desde sempre parecem unidos no ofício de perturbar a vida dos outros. Mateus não é tão bonito quanto Iago: também é branco, o rosto oleoso e coberto de espinhas, e seus cabelos longos e roupas pretas me dão a certeza de que o rock realmente não morreu. Tenho a impressão de que Iago é quem está no comando enquanto Mateus é seu fiel escudeiro. Ele é mais tranquilo, mas ainda assim não é o que eu chamaria de uma pessoa agradável.

— Ele é viado, não é?

A pergunta direta de Iago me deixa sem graça. Ele olha para mim à espera de uma resposta, mas fico completamente congelado para responder.

— Eu acho que carros não funcionam assim, Iago — responde Diego, o que garante uma risada de todo o grupo e deixa o outro garoto um pouco constrangido.

— Eu estou falando do tio dele, ô, imbecil! — O tom de voz de Iago é um pouco ríspido, e faz as risadas pararem imediatamente. — Disseram que ele veio aqui porque viveu uma vida doida em São Paulo, pegou uma doença e só agora lembrou que tem mãe. Isso é verdade?

— O pessoal dessa cidade fala muita merda — respondo, tentando fazer minha voz soar mais grossa do que é. — Ele está se recuperando de uma cirurgia, é só isso. E, sim, ele é gay.

— Ah, eu sabia! — responde Iago. — Aquele jeitinho dele não engana ninguém.

As pessoas ficam em silêncio. Algumas delas olham para mim como se esperassem pela minha reação, mas prefiro fingir que não estou ouvindo as palavras de Iago. Eu só queria um lugar para ficar em paz.

— Ah, qual foi, gente?! — continua Iago, quando percebe que suas palavras são incômodas o bastante. — Vai dizer que vocês também não perceberam que o tio dele é viado?

Algumas pessoas riem sem achar graça, talvez pelo poder de liderança que Iago emana. Outros só olham para mim, ainda aguardando pela minha reação.

Percebo que meu maior medo está se concretizando e estou me tornando o centro das atenções daquela conversa.

— Ele com esse jeitinho assim… — Iago estende uma das mãos e deixa o punho relaxado, os dedos pendurados.

Diego olha para mim e percebo que seu olhar não é igual aos que esperam pela minha reação. Ele tem um olhar protetor, mas também fica mudo enquanto Iago continua rindo e gesticulando exageradamente.

— Você imita direitinho — respondo.

Minha resposta é inesperada até para mim. Vejo quando Iago arregala os olhos, chocado com o que falei, e logo percebo que Mateus segura uma risada. Mesmo que sejam melhores amigos, a atividade preferida dos dois é rir um da cara do outro.

Mas Iago não parece levar o comentário na esportiva. Em vez disso, dá uma cotovelada em Mateus e fecha a cara.

— Eu tenho certeza de que vocês dois estão se dando superbem, né? — comenta ele, irônico. — Dois boiolas sendo felizes enquanto o papai fica aí fazendo campanha para roubar nosso dinheiro.

— Para de falar merda, Iago — diz Diego. — Chega.

— O quê? Eu não estou mentindo, estou?

O clima pesa imediatamente. Uma coisa é fazer piada com Iago, porque ele claramente não tem nada que o coloque no patamar de "talvez seja gay", e outra coisa é fazer o mesmo tipo de piada comigo, porque comigo não é uma piada e todo mundo sabe disso. Todas as pessoas embaixo da árvore me olham enquanto permaneço calado, algumas com pena, outras com apreensão, mas todas com a certeza de que Iago simplesmente apontou para o grande sinal em néon que pisca na minha cabeça, as letras G-A-Y que todos fingem ignorar.

Estou cansado de desconversar sempre que o assunto vem à tona, e as palavras estão bem ali, na ponta da minha língua.

— E você tem algum problema com isso? — É o que quero dizer, com a voz fina que tenho, mas com a coragem que ainda não aprendi a ter. Quero levantar, olhá-lo do alto e acrescentar: — Sim, eu sou gay e não vejo a hora de ir embora dessa cidade para não ter que lidar mais com pessoas que nem você.

Mas isso é só o que eu quero dizer. Em um mundo ideal, isso calaria a boca de Iago, aumentaria os burburinhos da cidade, mas não teria nenhum efeito nocivo na minha existência.

Só que não estamos em um mundo ideal, e eu tenho plena consciência de quais serão as consequências da minha afirmação.

Regra nº 19: Só saia do armário quando for a hora certa.

Por isso, engulo tudo o que quero dizer e falo a coisa mais madura que me vêm à mente:

— Vai tomar no cu, Iago.

Ele me olha com uma expressão enraivecida. Dá um pequeno sorrisinho com o canto dos lábios.

— Isso é você que gosta de fazer, não eu. Vai lá ser viado com seu tio e deixa a gente em paz.

Ninguém se prontifica a falar mais nada. Todos continuam me olhando, esperando pela minha resposta na expectativa de que, de alguma forma, ela acabe ofendendo Iago a ponto de ele avançar para cima de mim. Todos conhecem o temperamento esquentadinho dele, mas não vou dar aquele gosto para uma audiência que só quer um espetáculo. Então apenas me levanto e dou as costas para eles, sentindo meus olhos arderem e meu nariz coçar.

— Você é um puta babaca, Iago — ouço Diego falar, mas não vou me virar para as pessoas me verem chorando.

Continuo com passos firmes em direção a minha bicicleta, pensando em como todos nesse lugar são estúpidos e como eu sou o mais estúpido de todos por achar que posso me juntar a eles para ter uma tarde de paz embaixo de uma árvore na praça.

Eu me inclino para destrancar minha bicicleta, mas minhas mãos estão trêmulas pela raiva.

Sinto uma das mãos de Diego encostarem no meu ombro.

— Ei... tá tudo bem?

Só encaro Diego com os olhos marejados, a expressão dura.

— É claro que não — respondo, ríspido. — Me deixa em paz.

— Não deixa esse babaca estragar seu dia. — Diego ainda tenta me incentivar. — Quer ir para outro lugar?

— Fica com seus amigos, Diego. Eu estou bem sozinho — respondo. Como ele consegue conviver com aquele tipo de gente?

Finalmente consigo destrancar minha bicicleta e a seguro pelo guidão. Subo nela e começo a pedalar em direção a minha casa.

Em menos de um minuto sinto alguém pedalando ao meu lado.

— Eles não são meus amigos, sabe! — É Diego. Ele não parece fazer o menor esforço para pedalar. — Eles são só... as pessoas com quem eu ando.

— Minha avó sempre diz que quem se junta com porcos come farelo — resmungo, tentando acelerar para me ver livre dele.

— Dizem que farelo faz bem para saúde! — grita ele, antes de também acelerar e emparelhar a bicicleta com a minha. Ainda ensaia um sorriso, mas só olho para ele com uma expressão ainda mais dura. — Está bem, essa foi péssima. Me desculpa. Pelo farelo e pelo Iago.

— Você não é pai do Iago para pedir desculpas por ele.

— Ele é um babaca.

— Eu sei. Mas ele é um babaca que não consegue parar de falar sobre os outros. E eu estou cansado disso. Cachorro! — grito.

Diego desvia do vira-lata caramelo com a eficiência de um ciclista olímpico.

— Ele é assim com todo mundo, André! — Ele volta a emparelhar a bicicleta ao meu lado.

— Será que você pode me deixar sozinho?

— Não enquanto não tiver certeza de que você está bem!

— Eu estou bem! — minto.

— Então para e fala comigo!

— Eu já estou falando com você! — digo, olhando para o lado e encarando Diego com irritação, aumentando a velocidade da minha bicicleta para deixá-lo para trás. — A gente pode falar enquanto peda...

— Cuidado!

É claro que não vejo o buraco na merda da rua que meu pai deveria ter mandado recapear, o que me faz voar quando a bicicleta mantém a roda dianteira no chão e empina a traseira.

— Você está bem? — Diego joga a bicicleta para o lado e corre na minha direção.

Estou com a cara no asfalto e sinto as palmas das mãos e um dos joelhos arderem, ralados. Fora isso, tudo o que sinto é raiva, frustração e uma vontade enlouquecedora de mandar toda aquela cidade ir para o inferno.

— É claro que não estou bem! Olha para mim! — Cambaleio em direção ao meio-fio e me sento, colocando os cotovelos sobre os joelhos enquanto deixo algum vento bater nas minhas mãos e aliviar a dor.

Mantenho a cabeça baixa e, antes que consiga perceber, começo a chorar.

— Esse inferno de cidade! — grito. — Por que as pessoas não me deixam em paz?

Por sorte, não tem ninguém na rua nos olhando naquele momento além do cachorro caramelo.

— Fica calmo, André — diz Diego, sentando ao meu lado.

— Calmo? — Levanto a cabeça, os olhos embaçados pelas lágrimas, e olho para o lado para encarar Diego. — Como é que posso ficar calmo quando todo mundo aqui odeia quem eu sou?

Sinto um arrepio subir pela minha espinha e atingir minha nuca.

Pronto, ali está. Finalmente falei em voz alta, jogando todas as recomendações do guia de sobrevivência do tio Eduardo pela janela.

Eu não pretendia falar aquilo. Não daquele jeito, não naquele momento. Mas agora não tem mais como fazer as palavras voltarem para minha boca.

— As pessoas não te odeiam, André. Eu não te odeio.

Ele não pergunta o que quis dizer com aquilo. Não sei se não percebeu que acabei de sair do armário ou se simplesmente não fez grande caso daquela informação.

— Você nem me conhece. Ninguém aqui me conhece. — É tudo o que consigo dizer.

— Então como é que pode achar que eu te odeio, se eu nem sei quem você é?

— Essa é a pergunta que me faço todos os dias. Porque as pessoas odeiam quem elas nem conhecem?

Diego considera minha pergunta em silêncio por alguns segundos.

— Essa eu não sei te responder. Vem, vamos lavar esses machucados e colocar um curativo neles.

Ele se levanta.

— Eu estou bem. É sério. Minha casa é bem ali. — Aponto com a cabeça para o final da rua.

— Eu vou com você.

Não tenho forças para mandá-lo embora, então aceito quando ele estende a mão e me ergue pelo pulso.

Quando estamos de pé, nos encaramos por alguns segundos. Os olhos dele ficam mais claros na luz do sol, assim como os meus.

Sou o primeiro a desviar o olhar.

Pego minha bicicleta jogada no meio da rua e começo a empurrá-la até minha casa.

Seguimos em silêncio. Fico remoendo meus sentimentos e me perguntando o que Diego vai fazer com o que acabei de lhe dizer.

— Você não está sozinho, sabe? — diz ele quando o silêncio começa a tomar conta da nossa caminhada e fica desconfortável.

— O quê? — pergunto.

Mas, mesmo com nossas palavras não ditas, sei do que está falando.

Vejo que a expressão de Diego muda. Seus olhos começam a se mover em direções aleatórias e sua respiração fica mais acelerada. Ele está em conflito e não preciso ser nenhum gênio para perceber isso.

— Foi por isso que a gente se mudou para cá — conclui ele, com a mesma mania que tenho de não falar o que quero com todas as palavras. — Por isso meus pais se separaram.

Tenho vontade de dar um abraço em Diego e um chute no resto do mundo.

— Eu pensei que... — começo a falar.

— Que meu pai traiu minha mãe? — Ele ri. — Fui eu que comecei esse boato. É mais fácil controlar a história quando você inventa ela. Você é jornalista, devia saber disso.

— Então você... — Deixo a pergunta no ar.

Diego sorri e faz que sim com a cabeça.

O mundo parece ficar mais leve. Talvez também tenha ficado um pouco mais para ele.

— É difícil para minha mãe, então a gente não conversa sobre o assunto — diz ele.

— Sobre ser gay? — Ele me encara como se eu tivesse falado um palavrão, depois olha ao redor para ter certeza de que ninguém me ouviu, mesmo sabendo que não tem absolutamente ninguém no raio de pelo menos quinhentos metros. — Meu tio disse que é importante dizer. A gente não pode ter medo das palavras.

— Acho que ele está certo. Sim, sobre ser... gay. — Ele encolhe os ombros, como se o som da palavra o atingisse fisicamente. — Minha mãe não aceita. Acha que estou confuso.

— Clássico. Pelo menos ela não te expulsou de casa.

— Ame o pecador, odeie o pecado. Ela vive falando isso.

— Isso é cruel — respondo. — Como se a gente fosse um fardo sujo que as pessoas têm que carregar por aí.

— É o que pensam da gente, não é? Que tem alguma coisa errada.

— Às vezes eu tenho vontade de mandar todo mundo se foder.

— Todos os dias. — Diego sorri. — Seus pais sabem?

— Não. Mas a Larissa e a Patrícia sabem. Meu tio também. Ele só chegou no fim de semana e já descobriu um negócio que escondo dos outros há dezessete anos. Ele é muito bom em ler as pessoas.

— Ele deve ser um cara legal. E eu estava falando sério quando disse que achava ele corajoso pra caralho. É a primeira vez que vejo alguém... assim...

— Gay — afirmo.

Ele concorda e repete:

— Gay. É a primeira vez que vejo alguém gay tão perto de mim. Ele me dá esperança de poder viver minha vida do jeito que eu quero.

— Eu fiquei maravilhado quando o vi pela primeira vez. E em pânico também. Mas, no fim das contas, ele está me ajudando, porque sabe exatamente como essa cidade funciona. Ele só conseguiu ser ele mesmo depois que foi embora daqui, e fico me perguntando como vai ser quando chegar minha hora. Está tão perto.

— Você quer ir embora?

— Imediatamente. — Sem perceber, desacelero o passo porque estamos chegando na minha casa, mas quero continuar falando com Diego. Se ele percebe ou não, não sei, mas noto quando também diminui o passo. — Vou fazer faculdade em São Paulo, se tudo der certo. E você?

Ele encolhe os ombros.

— Somos só eu e minha mãe. Ela vive falando que eu sou tudo o que ela tem. Ainda não sei o que vou fazer quando terminar a escola. Talvez ficar por aqui, talvez convencê-la a se mudar para um lugar maior e deixar ela se acostumar a minha... palavras dela, ok?... "escolha de vida".

— Isso é meio injusto — rebato. — Você tem que viver a sua vida.

— Eu também tenho que cuidar dela. Sei lá, em um mundo ideal ela só ficaria feliz por mim, aqui ou em qualquer outro lugar. Mas não é isso o que vejo para o meu futuro.

— Eu tenho certeza de que meu pai vai me obrigar a voltar para cá quando terminar a faculdade, para seguir os passos da família na prefeitura da cidade. Mas, até lá, eu arranjo um jeito de desaparecer.

— Você desapareceria de verdade? — pergunta ele.

Considero a pergunta, porque ainda não tinha parado para pensar naquilo.

Será que eu faria exatamente o que o tio Eduardo fez e simplesmente iria embora? Ou tentaria viver em um meio-termo, deixando meus pais fazerem parte da minha vida? Será que eles gostariam de fazer parte da minha vida depois que eu contasse que gostava de garotos?

— Eu queria poder estudar na capital e visitá-los aqui — digo. — Mostrar para essa cidade que não tem problema nenhum em aparecer com um namorado, ou um marido, ou sozinho mesmo, mas sempre sendo quem eu sou. Mas não consigo ver como esse lugar me aceitaria. Meu tio mal chegou e ninguém para de falar sobre ele. Fazem as piores suposições possíveis sobre por que ele voltou.

— Eu penso muito em como mudar esse tipo de pensamento — diz Diego. — Mas não consigo passar disso. Sempre que ouço alguém fazer algum comentário horrível sobre seu tio ou qualquer outra pessoa gay, minha reação imediata é ficar quieto.

— Porque se você falar alguma coisa, as pessoas vão começar a dizer que você também é gay.

Ele faz que sim com a cabeça.

— Como a gente consegue mudar o mundo aos dezessete anos, quando não tem nem coragem de mudar as pessoas ao nosso redor? — pergunta ele.

— Talvez a gente precise mudar um pouquinho de cada vez.

Estamos andando tão devagar que chega a ser ridículo. Eu queria que o sol se pusesse e nascesse de novo enquanto caminho até minha casa, tudo para ter mais tempo de conversa com Diego.

Só que finalmente chegamos ao meu portão.

— Bom, acho que fico por aqui — digo, prestando atenção para saber se meu pai está ou não em casa. Não vejo nenhuma movimentação, mas não consigo ter certeza.

— A gente se vê amanhã? — pergunta Diego.

— Se você não estiver rodeado pelo seu grupo de amigos… — digo, irônico.

— Eu já falei que eles não são meus amigos. E o pior de todos é o Iago. A maioria deles é bem tranquila, na verdade.

— Duvido que eles deem as boas-vindas ao filho do prefeito e às suas duas melhores amigas. Se quiser andar com a gente, é só procurar pelo clichê gay e suas amizades femininas.

Ele apenas sorri.

— Vê se cuida desses machucados.

— Pode deixar.

Nos encaramos em silêncio. Se ele fosse uma garota, esse seria o momento em que eu me inclinaria levemente e esperaria pela sua resposta. Se houvesse qualquer disposição, nossos lábios se encostariam e estaríamos nos beijando, e é claro que algum vizinho fofoqueiro veria e, em pouco tempo, a notícia de que o filho do prefeito era um pegador se espalharia por toda a cidade.

Mas, como ainda há o risco de algum vizinho fofoqueiro estar nos observando, não passo muito tempo olhando para ele. Só sorrio, dou as costas e atravesso o portão, pensando que o mundo é muito injusto por não me dar a oportunidade de beijar um garoto bem ali, na frente da minha casa.

Depois de enfiar a chave na porta, olho para trás pela última vez. Diego ainda está ali, me observando do outro lado das barras de ferro do portão. Ele acena com uma das mãos, sorri e me vê desaparecer casa adentro.

16

Obviamente não consigo dormir, o que faz com que eu me arraste pela escola no dia seguinte. Passei a madrugada inteira assistindo a seriados no celular, escondido embaixo do edredom para não ficar pensando no fato de que eu havia acabado de me assumir para um garoto e descoberto que ele era igual a mim.

Há um misto de empolgação e apreensão dentro de mim quando chego na escola, porque ao mesmo tempo em que estou desesperado para encontrar Diego e passar o maior tempo possível perto dele, também não quero conversar com ele e descobrir que o dia anterior havia sido um sonho, mesmo que os arranhões nas palmas das minhas mãos e no meu joelho sejam a prova material de que aquilo tudo realmente aconteceu.

Mas não tenho tempo de ver Diego, porque Larissa está sentada na arquibancada com um livro da biblioteca nas mãos. Assim que me vê, ela fecha o livro e me olha com uma expressão impaciente no rosto.

— Por que você não me responde mais? Nossa amizade não significa nada para você?

Sento ao lado dela, jogando minha mochila de qualquer jeito na arquibancada. Eu sei que ela só está sendo excessivamente dramática.

— Meu dia foi horrível ontem — resmungo. — O Felipe me demitiu.

— O quê? — pergunta ela, mudando o tom de voz para o de alguém que, agora, está realmente falando sério. — O que você fez?

Encolho os ombros, derrotado.

— Eu corrigi um texto dele. Ele ficou puto. É isso.

Larissa franze o rosto.

— Eu não entendi nada! — continuo falando, irritado. — Eu não quero pensar o pior do Felipe, mas você estuda no mesmo lugar que eu e também viu a palhaçada que foi aquela inauguração do laboratório de informática. O Felipe escreveu que o lugar era superequipado e tecnológico, e eu só falei que não era bem assim! Ele disse que a gente não podia ter tom político porque a cidade está em campanha eleitoral e que eu estava tentando foder com ele, mas eu não… eu não fiz nada de errado!

— Por que você está dizendo que não quer pensar o pior do Felipe?

— Porque… eu não consigo pensar em nenhuma outra realidade além de uma em que ele escreveu essa história para beneficiar meu pai. O que não faz o menor sentido, porque o Felipe sempre odiou meu pai. Então por que escrever um texto mentindo a favor dele?

Encaro Larissa, esperando por alguma luz, mas ela desvia os olhos dos meus.

— Não pensa nisso agora — desconversa ela. — O Felipe nem te pagava um salário. Pelo menos agora você vai ter mais tempo para estudar e investir mais nesse garoto novo que, a propósito, está vindo na nossa direção.

Larissa olha para a frente e imediatamente sinto meu coração bater mais forte. Sigo o olhar dela e vejo Diego se aproximando com seu sorriso amarelado e seu cabelo ondulado.

— E aí, André... está melhor? — pergunta ele, sentando do meu lado. Meu Deus, eu tenho certeza de que ele está ouvindo meu coração. Certamente consegue perceber minha respiração ficar irregular e minha perna começar a tremer de nervosismo. — Oi, Larissa.

— O que aconteceu? — pergunta Larissa.

Tento ignorar o nervosismo e mostro as palmas das mãos para ela.

— Caí de bicicleta ontem. O Diego me ajudou. Foi meio ridículo.

Percebo que ela me encara, encara Diego, depois semicerra os olhos e tenta fazer cálculos mentais sobre meu silêncio no dia anterior.

— Levando em consideração que ele defendeu o tio dele do Iago, acho que na verdade não foi nada ridículo — responde Diego, sorrindo.

Os olhos de Larissa se arregalam.

E eu só quero enfiar minha cabeça embaixo da terra.

— Larissa... — começa Diego, desviando os olhos dos meus e encarando-a. — Eu tive uma conversa ontem com o André e passei a noite inteira pensando sobre algumas coisas. Eu sei que a gente nem se conhece, mas posso confiar em você do mesmo jeito que confio nele?

Larissa fica perdida por algum tempo, enquanto eu só consigo pensar no que Diego acabou de dizer.

Ele... confia em mim?

Ok, aja naturalmente. Não entre no modo aleatório. Não entre no modo aleatório. Não entre no modo aleatório.

— Você sabia que um em cada três casamentos termina em divórcio e que a falta de confiança é um dos principais motivos que levam à separação? — digo, sem a menor ideia do que me leva a escolher *essa* informação, dentre todas as possíveis.

Larissa me olha como se não conseguisse acreditar que eu era capaz de ir tão longe em tão pouco tempo.

— Ignora a Wikipédia ambulante, Diego... Você pode confiar em mim. O que aconteceu?

Diego só continua sorrindo, meio nervoso, e responde para Larissa:

— Que bom que não vou pedir você em casamento. — Depois olha para os lados, inclina a cabeça na nossa direção e, bem baixinho, complementa: — Mas acho que formaríamos um belo casal, se eu não fosse gay.

O quê?

O QUÊ?

Diego expira como se o mundo acabasse de sair das suas costas. Inclusive olha ao redor, tentando ver se alguém ou alguma coisa vai fazê-lo explodir em mil pedaços como punição pelo que acabou de dizer.

Mas nada acontece. O mundo continua do mesmo jeito, exceto pela expressão chocada de Larissa.

— Oooook — diz ela, sem saber muito bem como responder àquilo. — Fico muito feliz por saber que você não vai me pedir em casamento, porque eu nunca ia aceitar mesmo.

O casamento, não você. Eu te aceito. Do jeito que você é. Nada de mais.

Diego ainda parece nervoso, mas mesmo assim consegue dar uma risadinha.

— Ela foi muito mais fofa comigo quando eu me assumi — murmuro.

— Porque a gente deu um beijo muito esquisito! — diz ela. — Eu precisava ser fofa para compensar.

— Vocês já… se pegaram? — pergunta Diego.

— Anos atrás — respondo.

— Foi horrível — complementa Larissa.

— Uau, muito obrigado — resmungo. — Mas, é, foi bem ruim.

— Não se preocupa, Diego — conclui Larissa. — Você pode ficar à vontade para beijar o André, porque eu tenho certeza de que só foi ruim para nós dois porque gostamos de coisas totalmente diferentes. Ele de meninos, eu de meninas. E, sim, isso também sou eu me assumindo para você.

Vejo que Diego, além de ter ficado imediatamente vermelho à menção de me beijar, também parece ter sido pego de surpresa. Acho que ele imaginava que eu era o amigo gay das meninas heterossexuais, mas quando percebe que não é bem assim, sua cabeça parece explodir com as possibilidades.

Antes que Diego possa responder, vemos que Patrícia se aproxima.

— O que vocês estão conspirando sem minha presença? — diz ela.

— Amém! — Larissa parece aliviada ao ver Patrícia. — Pelo amor de Deus, amiga, vamos comigo na cantina comprar um lanche?!

— O que está acontecendo? — pergunta ela.

— Lanche, por favor! — pede Larissa, se levantando rápido o bastante para evitar mais perguntas.

Ela pega Patrícia pela mão e, antes que Diego consiga dizer mais qualquer coisa, a puxa em direção às escadas que levam até a cantina e desaparece.

— Isso foi menos desesperador do que imaginei — diz Diego. — Desculpa. Eu só não consigo parar de pensar na nossa conversa de ontem.

Percebo que, se eu sou uma pequena bolinha de ansiedade constante, agora Diego parece ter a ansiedade do tamanho de um planeta. Vejo que as mãos dele tremem e ele olha para baixo, sem coragem de encontrar meus olhos.

— Ei... está tudo bem. A Larissa é legal e não vai falar nada para ninguém — digo.

— Eu não me importo que ela diga.

— É claro que se importa. Ou, pelo menos, deveria. Essa cidade ainda é muito cruel. Mas a gente se ajuda.

Ele inspira profundamente, fecha os olhos e tenta colocar seu mundo interno em ordem. Quando expira, percebo que ainda não se acalmou, mas parece um pouquinho menos tenso.

— Eu queria te agradecer pela nossa conversa de ontem — diz ele. — Era realmente o que eu estava precisando ouvir. E desculpa mais uma vez por ter causado um acidente que te deixou todo ralado.

Ele sorri, e vejo quando seus olhos diminuem sobre suas bochechas, quase se fechando, expondo seus dentes meio amarelados e tortos. Diego não sorri apenas com a boca, mas com todo o rosto.

Aquele é o sorriso mais bonito de toda essa cidade.

— Não tem por que agradecer. Você tem mesmo é que agradecer ao meu tio. Se ele não estivesse aqui, acho que eu nunca saberia falar sobre aquelas coisas. — Minha vontade é de abraçá-lo bem ali, no meio de toda a escola, enterrar meu rosto no seu ombro e sentir a pele dele em contato com a minha, mas controlo meus impulsos. — Você é realmente uma caixinha de surpresas.

Ele encolhe os ombros, sem saber muito bem como reagir ao elogio.

— Eu estava pensando se a gente não podia fazer alguma coisa hoje depois da escola — diz ele.

— Você já deve ter percebido que não tem muito o que fazer aqui, né? — digo sem pensar e vejo a expressão dele murchar. — Mas é claro que a gente pode fazer alguma coisa! Eu posso pensar em algo! — complemento, tentando fazê-lo perceber que não estou dispensando um encontro com o garoto mais bonito que já vi na vida.

Ele dá um sorriso, feliz e aliviado.

— Eu tenho uma ideia, mas não sei se você vai topar — diz ele.

— É claro que eu topo! Já topei!

O sorriso meio torto aumenta ainda mais.

Não é o que eu chamaria de um almoço chique em um lugar bonito.

Depois que as aulas acabam — e eu me sento estrategicamente atrás de Diego para não ficar virando a cabeça toda hora na direção dele, ansioso —, encontro Diego na frente da escola, e ele diz que o plano envolve passar no bar do seu Joaquim.

Vamos até o bar e Diego aparentemente já tem tudo planejado: só entra rápido e volta com uma sacola plástica cheia de comida. Diferente do que eu imaginava, Diego é abençoado pelos deuses do metabolismo e traz um monte de chocolates, biscoitos, salgadinhos e batatas fritas.

— É isso que você come para manter o corpo assim? — pergunto.

— Hoje é um dia especial. A gente pode abrir uma exceção — responde ele, e sinto as orelhas esquentarem.

Seguimos de bicicleta pela rua principal da cidade, e as casas e cartazes com o rosto do meu pai e de Pedro Torres passam por minha visão periférica como um borrão. A sacola plástica balança, amarrada no guidão da bicicleta de Diego, e só consigo pensar que realmente estou ali, naquela cidadezinha homofóbica, andando de bicicleta ao lado do garoto que eu gosto e indo para um encontro.

Será que é possível ser feliz em Lima Reis?

A bicicleta de Diego faz uma curva inesperada e eu quase perco a entrada, mas continuamos seguindo. Agora percebo para onde ele está me levando.

O terreno do hospital é imenso, e o prédio meio construído se ergue como um esqueleto de concreto. Há alguns tapumes de madeira fina erguidos ao redor do terreno, mas muitos deles já foram arrancados, talvez por outras pessoas que tiveram a mesma ideia e consideraram aquele um lugar discreto o bastante para qualquer tipo de atividade, seja fumar maconha, dar uns beijos ou fazer outras coisas que, no momento, ainda não estou preparado para fazer — principalmente em um lugar ermo e abandonado como aquele.

O sol das duas da tarde está quente e não tem pena de nós, então nos protegemos embaixo de uma parte coberta do prédio. No chão, consigo ver garrafas de cachaça vazia, bitucas de cigarro, pacotes de comida e até um cobertor amassado em um canto.

Diego abre a mochila e tira uma toalha de mesa de dentro dela. Ele afasta o lixo para um canto e estende a toalha no meio do pátio, depois tira os salgadinhos da sacola plástica e os distribui em um piquenique improvisado.

— Desculpa não ter pensado em nada muito elaborado. — Ele coça a parte de trás da cabeça, sem graça. — Eu nunca fiz isso antes.

— Eu adorei — digo, segurando meu impulso de falar "eu amei" ou "eu te amo", porque, honestamente, ainda é muito cedo.

Por mais que eu esteja sentindo alguma coisa diferente aqui dentro.

Por mais que eu queira estar apenas com ele neste ou em qualquer outro momento da minha vida.

Nos sentamos frente a frente, com as pernas cruzadas, e ficamos apenas nos olhando enquanto o sol entra por uma abertura na parede e reflete no chão de concreto.

— Eu não consegui parar de pensar...

— Eu queria te dizer uma coisa...

Nós dois falamos ao mesmo tempo, nos atropelando em palavras. Depois fechamos a boca ao mesmo tempo, e então rimos da nossa falta de sincronia.

— Primeiro você — digo.

— Não, pode falar — responde ele.

— Eu pedi primeiro.

É um joguinho ridículo, desses que eu nunca imaginei fazer parte na minha vida. Quando me falaram sobre aquele clichê de duas pessoas apaixonadas conversando por telefone e falando "desliga você", sempre achei uma grande bobeira, porque era fácil demais desligar o telefone. Mas agora eu entendo.

Nunca quero desligar o telefone se isso significar parar de ouvir Diego.

Ele só balança a cabeça, fica vermelho e desvia o olhar. Percebo que está inseguro.

Por algum motivo, sempre acreditei que eu era uma pessoa desajeitada, dessas que navega no mundo sem saber muito bem por que ainda está inteiro, e todas as outras pessoas ao meu redor sabiam exatamente o que estavam fazendo. Sempre acreditei que a confiança era uma característica que existia apenas em pessoas que tivessem um determinado corpo, um determinado rosto, uma determinada postura. Mas Diego tem todos esses atributos que admiro, e ainda assim está nervoso. Não sei se é porque aquilo é a primeira vez para ele da mesma maneira que é para mim, mas minha cabeça nunca tinha considerado que pessoas tão bonitas quanto ele também pudessem ser inseguras.

— Eu não consegui parar de pensar no que você me disse ontem — fala ele. — Sobre sermos nós mesmos. É tão óbvio quando a gente fala em voz alta, não é? Por que eu seria diferente de quem eu quero ser, se isso me faz tão mal? Se isso não machuca ninguém, por que eu tenho que lutar comigo mesmo? Se Deus prega o amor, por que não posso ter o direito de amar quem eu quero?

"Eu sempre pensei que pudesse deixar essa parte separada de mim, sabe. Como se eu tivesse duas vidas e uma delas fosse a do filho tradicional que se casa com uma mulher, tem dois ou três filhos e faz exatamente o que todas as outras pessoas planejaram para mim. E a outra parte é aquela onde eu realmente posso ser eu mesmo. Porque sempre fui levado a crer que eu até poderia beijar garotos, contanto que ninguém soubesse disso. Mas não é assim que quero viver minha vida.

Ser… gay, ter dezessete anos e crescer em uma família que não sabe lidar com isso é cansativo demais. Principalmente quando meu pai desaparece e fala que é culpa minha."

Percebo que a expressão de Diego está entristecida. Ele parece não saber continuar falando, então eu o incentivo.

— Foi por isso que ele foi embora?

— Eu fui descuidado. Estava só começando a entender o que ser gay significava e como isso mudaria tudo lá em casa. Eu achava que poderia fingir que gostava de garotas e, ao mesmo tempo, procurar garotos que pudessem me ajudar a entender quem eu era no mundo. Só que eu não dei sorte, porque meu pai viu todas as minhas conversas com os garotos e perguntou o que aquilo significava. E sei que, se eu tivesse inventado qualquer desculpa, ele iria desconversar e fingir que nada tinha acontecido. É assim que as coisas são com ele. A gente colocava todas as nossas conversas sérias para debaixo do tapete. É assim com o excesso de remédios que minha mãe toma, é assim com as conversas que eu vi meu pai tendo com outras mulheres e seria assim comigo, se eu tivesse negado tudo. Mas eu já estava cansado de negar. Cansado de mentir. Então falei a verdade. Falei que gostava de meninos e esperava que ele pudesse entender que eu ainda era o filho dele.

Diego encara algum ponto do chão, sem coragem de levantar a cabeça. Tudo o que quero naquele momento é dizer que ele não precisa sentir culpa por nada. Ele não é responsável pelas atitudes do pai. Quero abraçá-lo e dizer que o mundo pode ser horrível, mas estou aqui.

Vejo lágrimas se formando em seus olhos e o impulso de querer abraçá-lo aumenta, mas tudo o que faço é estender uma das mãos e segurar a dele. Aperto seus dedos, apenas para que possa se certificar de que pode confiar em mim.

Diego passa a mão livre pelo cabelo, suspirando antes de continuar:

— Minha mãe se fechou. Acho que ainda está um pouco fechada e finge que essa conversa nunca aconteceu. Mas com meu pai foi diferente. Eu vi a expressão dele se transformar. Vi o olhar de decepção e sabia que algo havia mudado dentro dele. Ele só me deu as costas e disse que precisava resolver alguma coisa na rua, sem nenhuma palavra sobre o assunto, ao mesmo tempo em que minha mãe ia até o quarto e dizia que estava cansada, e eu tenho certeza de que deve ter tomado remédios para se anestesiar da realidade. E eu fiquei ali, sozinho, encarando o teto até que alguém resolvesse ter uma conversa comigo.

Agora as lágrimas escorrem pelos seus olhos. Eu me levanto, dou a volta pela toalha estendida no chão e me sento ao lado dele, deixando-o apoiar a cabeça no meu ombro. Sinto a umidade em contato com o tecido da minha camisa, mas não me importo.

Ele continua falando:

— Mas essa conversa nunca veio. Ninguém nunca mais falou nada. A vida continuou seguindo seu caminho daquele jeito que a gente já conhecia, com os problemas debaixo do tapete. Eu não insisti, porque já tinha falado minha parte e só queria que eles me dissessem que estava tudo bem. Era só isso que eu queria.

— Foi por isso que ele não veio junto com vocês? — pergunto.

Diego encolhe os ombros, em dúvida.

— Meu pai pediu o divórcio. Acho que alguma daquelas mulheres com quem ele conversava parecia melhor do que a família com a mulher medicada e o filho gay. Eu não sei. Ele simplesmente chegou um dia e disse que as coisas não estavam funcionando mais. Disse que continuaria nos ajudando como pudesse, e percebi que ele engoliu todo o seu orgulho para dizer que eu não tinha nada a ver com aquela decisão. Que ele me amava muito e tudo o mais. Mas não sei se acredito nisso. Eu ainda não sei se tudo ficou ruim a partir do momento em que me assumi para eles ou se já estava ruim e ele só me usou como desculpa pra si mesmo. E é meio inevitável ficar se questionando sobre como seriam as coisas se eu não tivesse conversado com aqueles garotos e meu pai não tivesse visto as conversas no meu celular. Ou se minha mãe não fosse tão religiosa e pudesse ver que existe todo um outro mundo fora dessa lógica católica.

— Não é sua culpa — digo, categórico. Depois me lembro de uma das regras do guia do tio Eduardo e acrescento: — Seus pais e a Igreja não te definem.

— O quê?

— Foi meu tio que disse isso. Ele tem toda uma lista de conselhos que o ajudaram a sobreviver nessa cidade — explico. — Mas não preciso dos conselhos dele para te dizer que não é sua culpa. Se seus pais se separaram ou se não conseguem lidar com o fato de você ser gay, isso é com eles. Você não pode se responsabilizar por como os outros vão se sentir em relação a sua vida. Isso nem faz sentido.

— Mais fácil falar, não é? — pergunta ele. Depois parece espantar os pensamentos ruins, abre um sorriso e me olha bem fundo nos olhos. — Obrigado, André. Você é uma pessoa incrível.

Fico imediatamente vermelho.

— Você é muito mais incrível que eu — respondo imediatamente, mais uma vez jogando pela janela todos os conselhos de Larissa e me menosprezando.

Ele balança a cabeça em negação.

— Podemos combinar que nós dois somos incríveis, então? — pergunta.

— Tudo bem — respondo, sorrindo tanto que sinto os cantos da minha boca ficarem doloridos. — Somos incríveis.

E, desta vez, sinto que estou sendo sincero comigo mesmo.

Parece que o assunto vai morrer, mas Diego tira a cabeça do meu ombro, se afasta alguns centímetros enquanto seca o rosto e consegue manter a conversa viva.

— E com seus pais? Como você acha que vai ser, se algum dia você se assumir e tudo o mais?

Dou de ombros.

— Acho que, para eles, vai ser mais fácil varrer o assunto para debaixo do tapete — digo em resumo. — Principalmente meu pai. Não é muito fácil ser o filho de um prefeito homofóbico.

— Sinto muito — responde ele.

Dessa vez sou eu quem encolhe os ombros.

— É muito cansativo ficar se escondendo, mas uma coisa que aprendi com meu tio nesse tempinho em que ele está aqui é que só a gente sabe a hora certa. Eu tenho as melhores amigas do mundo, e agora tenho meu tio. E você. Por hoje, é o que eu preciso para saber que tenho pessoas ao meu redor me apoiando.

— Eu fico muito feliz de ter descoberto pessoas boas nessa cidade. Pessoas como a gente.

— Deve ser ainda melhor quando a gente estiver em lugares maiores e mais incríveis do que Lima Reis.

Percebo que Diego dá um suspiro antes de sorrir, e então me lembro de ele dizer que não sabe se vai embora daqui por causa da sua mãe.

— Desculpa — murmuro.

— Não tem problema. Eu só preciso descobrir como equilibrar todas as coisas da minha vida sem perder nada importante.

— Lembra do que eu falei? Um pouquinho de cada vez.

Isso faz o rosto dele se iluminar, como se eu tivesse apertado um interruptor.

Diego estende a mão e pega sua mochila, um sorriso bobo começando a se tornar ainda maior em seu rosto.

— O que foi? — pergunto.

— Eu não acredito que quase esqueci. — Ele enfia a mão na mochila e tira um embrulho de dentro dela. — Fiz isso aqui para você ontem — diz ele, me estendendo o pacote.

O embrulho é leve e do tamanho de uma agenda. Delicadamente, tiro a fita adesiva dos lados sem rasgar o papel de presente e, quando o abro, vejo que é uma tela pequena, do tamanho de um porta retrato.

O fundo é pintado de diversas cores diferentes em aquarela, que se mesclam sem muito padrão, mas fazem uma composição incrível, como se nuvens tivessem cores diferentes e estivessem todas misturadas naquele pequeno quadrado. Além das cores, há uma frase escrita com tinta preta, desenhada com letras sinuosas e muito bem trabalhadas.

Vamos mudar o mundo, um pouquinho de cada vez.

— Eu não sei por quê, mas isso não sai da minha cabeça desde ontem — diz Diego. — Acho que não tem nenhuma outra maneira de mudar as coisas. Pelo menos não quando a gente tem dezessete anos.

— Então vamos aos poucos — respondo, ainda admirando a tela pintada. — Eu amei.

Levanto os olhos e Diego continua sorrindo aquele sorriso bobo.

Coloco a tela sobre a toalha estendida no chão, percebendo que minha boca ficou subitamente seca. Consigo sentir meu coração latejando, pulsando tão forte que parece querer se expandir e quebrar minhas costelas.

Diego está tão perto. O mundo para por segundos que parecem minutos, e tento enxergar cada parte dele, as perfeitas e imperfeitas: os fios irregulares de sua barba precoce, a pintinha que ele tem bem abaixo do olho esquerdo, as poucas marcas de espinhas que salpicam sua testa, seus olhos claros e sua boca, que nesse momento está entreaberta, muito próxima da minha.

Vejo quando ele se inclina na minha direção e imito o gesto, tentando ignorar o fato de que alguém pode nos ver e os ecos da memória de anos crescendo na Igreja. Porque só aquele momento importa, apenas os lábios de Diego encontrando os meus, nossas respirações sincronizadas enquanto nossos olhos se fecham para que possamos nos concentrar um no outro.

A língua dele entra timidamente pela minha boca, e logo também avanço com a minha. O calor deixa minhas orelhas quentes, e finalmente relaxo, sentindo o coração voltar a um compasso mais lento. É como se o universo fosse muito complexo e bagunçado, mas naquele momento fizesse todo o sentido.

Quando começo a perder o fôlego, Diego coloca as mãos suadas sobre minhas bochechas, e eu coloco minhas mãos sobre as dele e nos afastamos gentilmente, entrelaçando os dedos enquanto nossas respirações ofegantes parecem ser a conclusão óbvia de que nenhum dos dois achou aquilo ruim.

E então nos olhamos mais uma vez, sem graça pelo que acabou de acontecer, e simplesmente rimos, querendo nos esconder e, ao mesmo tempo, nunca nos perder um do outro. Rimos e mantemos nossos dedos entrelaçados. Diego me puxa para um abraço, e eu enterro minha cabeça no espaço entre o pescoço e um dos ombros dele, me sentindo acolhido, me sentindo amado, e sabendo que, por mais que essa cidade tente dizer quem sou ou como devo amar, beijar esse garoto faz a luta por quem eu quero ser valer todo o esforço do mundo.

17

O tempo voa quando estou com Diego.

Passamos a tarde inteira no nosso piquenique improvisado, nos entupindo de comidas industrializadas e sonhos para o futuro. Conversamos sobre nossos gostos — e me surpreendo ao perceber que o lado artístico de Diego é realmente muito mais desenvolvido do que eu imaginava, porque ele fala sobre pintores do século XIX e XX com a mesma destreza com a qual eu falo sobre cantoras pop — e descobrimos que nosso denominador comum são filmes de terror. Nosso top três ficou entre *O Iluminado*, *Hereditário* e *A Bruxa*, com uma leve discordância nesse último, porque Diego insistiu que *A Casa de Cera* deveria entrar no ranking.

Falamos sobre nossos planos para o futuro e sobre como gostaríamos que o mundo estivesse quando fôssemos adultos o bastante para navegar nele com independência. Concordamos que Lima Reis não é o lugar onde gostaríamos de passar o resto das nossas vidas, mas que também não é um mau lugar para envelhecer. Me acho estúpido por falar sobre envelhecer com um menino que acabei de beijar pela primeira vez, porque quem faz isso? Mas depois percebo que talvez ele seja a primeira pessoa realmente interessada em ouvir o que tenho a dizer sobre esse assunto.

— Quero viajar o mundo e poder contar histórias sobre as pessoas — digo, e acho que Diego consegue perceber meus olhos brilhando. — Mas não precisa ser muito longe. Quero poder acompanhar as histórias enquanto elas acontecem e dar minha visão sobre elas. Quero poder mostrar ao mundo que as pessoas são muito mais do que apenas a visão limitada e cheia de preconceitos que as outras têm delas. Todo mundo é muito complexo, e eu queria conseguir passar essa complexidade em alguma coisa que eu escreva.

— Isso é… fantástico — responde Diego. — Eu quero que as pessoas vejam o mundo pelos meus desenhos. Eu gosto muito de pintar com tinta, mas também penso muito objetivamente sobre como vou fazer para me sustentar com isso, então estou aprendendo a usar o computador para desenhar também. Quero dar forma a ideias, sabe? Fazer os olhos perceberem a mesma coisa que um texto queira passar.

— A gente daria uma boa dupla — brinco. — Eu escrevo e você ilustra. Nossos trabalhos se complementam.

— Seria incrível trabalhar com você. — Ele sorri em resposta.

Falamos sobre nossas famílias e finalmente descubro que a mãe de Diego trabalha como professora particular de inglês, e sua maior fonte de renda vêm de aulas online que começou a dar durante a pandemia e que ainda dão dinheiro o suficiente para mantê-los bem ao longo do mês. Já seu pai trabalha em uma empresa de seguros, em um desses empregos que te obrigam a usar roupas sociais e que ninguém sabe exatamente quais são as partes empolgantes e quais não fazem o menor sentido.

— Meu pai vivia me dizendo que a estabilidade de um emprego é o melhor emprego do mundo — conta Diego —, mas não me imagino trabalhando tantas horas por dia com algo que eu não goste. Talvez seja ingenuidade da minha parte.

— Meus pais falam a mesma coisa — respondo. — Talvez estejam certos, ou talvez só não tiveram a oportunidade de sair correndo atrás dos seus sonhos igual a gente. Não dá para saber.

Ele concorda, depois olha por cima do meu ombro quando percebe que o céu está mudando de cor e o sol começa a se pôr.

— A gente precisa ir — diz. — Minha mãe deve estar arrancando os cabelos e se perguntando se estou fazendo alguma coisa que a obrigue a mudar de cidade de novo.

Ele dá uma risadinha cansada, mas sei que se preocupa de verdade.

— Eu queria te perguntar uma coisa, mas... promete que não fica chateado? — diz por fim.

Eu nunca recebo muito bem esse tipo de aviso. Quando alguém fala isso, é quase certo que vou me irritar.

Mas resolvo dar uma chance mesmo assim, balançando a cabeça enquanto espero pelo pior.

— Será que a gente pode manter isso daqui... — Ele olha ao redor. — ... entre a gente?

Dou um sorriso ao mesmo tempo frustrado e aliviado.

Frustrado porque sei que, se ele não fosse um menino, aquela conversa sequer passaria pela nossa cabeça.

E aliviado porque eu tenho exatamente o mesmo tipo de pensamento.

— É claro — respondo. — Eu sou filho do prefeito, sua mãe é supercatólica. A gente não é exatamente o casal modelo de Lima Reis.

— Então a gente é um... casal? — pergunta Diego.

Acho que aquilo é o mais próximo que ele consegue chegar de um pedido elaborado.

Encolho os ombros.

— Talvez? — digo com o coração apertado, coçando a cabeça, porque posso estar indo rápido demais, mas ao mesmo tempo não quero deixar a oportunidade escapar e tornar as coisas estranhas.

Diego sorri, e eu fico todo derretido.

— Posso pelo menos contar para o meu tio? — pergunto. — E comentar com a Larissa?

— Você confia neles? — pergunta Diego.

— Com a minha vida.

Ele sorri.

— Eu queria ter pessoas assim na minha.

— Você tem — respondo. — Nós estamos aqui.

Eu me preparo para me levantar, mas antes que o faça, vejo ele se aproximar novamente de mim.

— Mais um beijo? — pergunta.

E sorrio antes de me inclinar em sua direção.

Vou direto para a casa dos meus avós paternos, empolgado para contar a novidade para o tio Eduardo.

Quando entro pela sala, ouço música alta saindo da TV e vejo que ele está ofegante e deitado de barriga para baixo no chão. Parece que alguém o assassinou, mas não há sangue, apenas suor.

Com destreza, ele se empurra para cima em uma flexão, depois sobe o quadril e leva os pés muito perto das mãos, subindo com um pulo.

— O que você está fazendo? — pergunto.

— *Burpees!* — responde ele, ofegante e animado, antes de se jogar novamente no chão e subir outra vez. — Quer me acompanhar?

— Você não tem amor-próprio — resmungo, e ele só sorri e cai mais uma vez. — Será que a gente pode conversar?

— Um minutinho! — pede ele, subindo e descendo, subindo e descendo. — Noventa e oito, noventa e nove, e... cem! Pronto!

Tio Eduardo se arrasta até a mesa, pega uma garrafa de água e quase a drena com meia dúzia de goles. Se alguém chegasse nesse momento, a fachada de doente se recuperando de uma cirurgia iria pro espaço.

— Por que você faz isso com você mesmo? — pergunto.

— Exercícios físicos são a base para uma vida longa — recita ele. — E, sendo bem sincero, não tem muita coisa para fazer aqui. É melhor fazer exercício para não pensar em todas as coisas que eu gostaria de falar para as pessoas dessa cidade.

— Aconteceu alguma coisa?

— O Felipe veio aqui mais cedo — responde ele. — Queria a tal entrevista.

Eu me jogo no sofá enquanto tio Eduardo puxa uma cadeira.

— Ele me contou que te mandou embora — continua, sentando.

— Por um motivo completamente aleatório e injusto — acrescento. — Espero que ele tenha mencionado essa parte. Mas não quero falar disso agora, porque tenho novidades!

— Boas novidades?

— Eu beijei o menino.

Tio Eduardo quase cospe a água que está terminando de beber.

— Você beijou o menino?

— Eu beijei o menino! — repito, empolgado. — Não foi na sala 44, mas a gente descobriu que o hospital abandonado também é um lugar excelente. Vou até dar um desconto para o meu pai por ter deixado a construção largada por tanto tempo.

Tio Eduardo abre um sorriso e balança a cabeça.

— Como você está se sentindo? — pergunta.

— Eu… — Considero a pergunta por dois segundos, e não vou ficar enrolando ou mascarando o que realmente estou sentindo. Por isso, apenas respondo: — Feliz? E um pouco aterrorizado porque nunca senti isso em toda a minha vida?

— Ah, os dezessete anos… — Tio Eduardo parece uma senhora saudosa com sua era de ouro. — Eu fico muito feliz por você, André. De verdade. Espero que ele seja um dos caras bacanas.

— Ele é — respondo. — Quero que você conheça ele.

— Olha só, já está querendo apresentar para a família!

Reviro os olhos, mas não consigo deixar de sorrir. Estou maravilhado, sentindo todos os sentimentos do mundo ao mesmo tempo.

— Só toma cuidado para não se empolgar demais — acrescenta tio Eduardo, vendo minha expressão sonhadora. — Odeio ser a pessoa a te dar esse conselho, mas você sabe como essa cidade é.

— Eu sei — respondo, meio de má vontade. — A gente combinou de não falar com ninguém além de você e da

Larissa, é claro. Mas eu queria... argh, eu queria sair gritando para todo mundo! Por que é tão injusto? Primeiro, eu perco meu emprego, e agora sou a pessoa mais feliz dessa cidade e nem posso falar sobre isso com os outros!

— Meu Deus, eu não sabia que eu tinha um sobrinho tão intenso. Os dezessete anos são realmente incríveis.

— Vai me dizer que você também não se sentia assim com o Guilherme?

Tio Eduardo demora alguns segundos para responder.

— É claro que me sentia assim... antes de tudo desandar. É por isso que estou dizendo para você ter cuidado. As pessoas têm o poder de ser incríveis e também de te decepcionar de maneiras inacreditáveis.

— Regras número nove e dez — respondo. — Eu realmente memorizei aquela página.

— E você deve ter percebido que eu escrevi esses conselhos um depois do outro, porque fui de eufórico para puto da vida em questão de dias — responde ele. — Depois voltei a ficar eufórico, daí fiquei puto de novo, até que as coisas saíram completamente dos trilhos e terminaram mal, como sempre achei que terminariam.

Sinto uma mudança no tom de tio Eduardo.

— Comigo não vai ser assim. Eu sei me cuidar — respondo com convicção.

— Era exatamente o que eu pensava antes de tudo dar errado — diz ele.

— Nossa, parece que você está torcendo contra mim — resmungo.

— Não é nada disso, André. Só quero que você tome cuidado. As pessoas falam muito, e é muito difícil ser cuidadoso quando a gente está apaixonado por alguém. Por melhor que esse garoto seja, ele ainda é um ser humano e vocês ainda vão ter muitas chances para fazer burradas. Mas nossas burradas custam mais caro.

Eu não quero começar a discutir com o tio Eduardo e tentar convencê-lo de que ele está completamente errado, então só concordo.

— Tudo bem. Vou tomar cuidado. — Não quero mais ouvir aqueles conselhos que me deixam menos empolgado, então resolvo mudar de assunto. — Mas agora vamos falar de você: como foi a entrevista com o Felipe?

Tio Eduardo revira os olhos e solta um grunhido de insatisfação.

— Ele fez um monte de perguntas aleatórias sobre minha vida: como era voltar para Lima Reis, do que eu mais sentia falta, como era me reencontrar com meus antigos amigos, esse tipo de coisa. Acho que só estava me sondando para saber se eu tinha ficado rico. Primeiro foi aquele padre vindo aqui para rezar pela minha alma, agora o Felipe vindo se intrometer na minha vida. É impressionante como as pessoas mudam quando a gente consegue provar para elas que somos um sucesso. Você acredita que eu peguei ele com a cara enfiada na janela, tentando olhar aqui dentro de casa? Quase tive um infarto! Mas a sorte era que eu estava de pijama e tinha acabado de acordar, então eu realmente estava me arrastando. Se ele tivesse me visto agora, acho que nossa história teria ido para o espaço.

Acho estranho que Felipe tenha feito aquilo. Eu sei tão bem quanto qualquer um que ele está sempre procurando por uma boa história, mas espionar as pessoas e olhar dentro das casas? Não faz o estilo dele.

— Quase mandei ele ir embora, mas não podia começar a gritar e deixar ele pensar que eu não estava tão mal assim

— continua tio Eduardo —, então decidi ser educado e seco. A gente conversou um pouco, ele comentou sobre sua demissão e como toda a cidade está dividida com essa eleição pela prefeitura.

— Lembra que eu falei como foi injusto? Ele te contou que me demitiu porque eu corrigi um texto dele cheio de erros?

— Ele comentou alguma coisa comigo nesse sentido. Eu ainda não tinha visto ele desde que cheguei, mas o Felipe parecia… agitado. Acho que devia estar se sentindo mal por te demitir, se é que isso vale de consolo.

— Não vale. Eu ainda quero entender por que ele fez isso.

— Ele está trabalhando demais, André. Essa eleição está deixando todo mundo meio sem juízo. Toda essa situação da sua mãe não querer se separar publicamente no meio da campanha, o tanto que seu pai está estressado… Tem sido muito, para todo mundo.

— Inclusive para mim — acrescento. — Não vejo a hora dessa votação acontecer logo.

— Não vai demorar muito. Você vai ver.

18

Meu tio está enganado: demora muito para acontecer.

À medida que a semana passa, sinto que a campanha do meu pai vai se tornando mais agressiva: os grupos de trocas de mensagens estão infestados de informações falsas sobre a "ameaça que Pedro Torres representa para Lima Reis", falando de forma nem um pouco coerente sobre como o candidato rival tem um plano para destruir a família, os bons costumes e os empregos da cidade. São mensagens com textos horríveis e escritos de qualquer jeito, mas que se propagam com velocidade. Ninguém parece muito interessado em saber a fonte da informação, só absorvem as letras em negrito e vermelho que chamam atenção e propagam mentiras.

Em um tom mais sóbrio, também percebo que o *Diário de Lima Reis* começa a enaltecer a administração do meu pai: nas últimas semanas, passou a publicar uma série de matérias que falam sobre as melhorias da cidade nos três anos e meio de sua gestão. Percebo que Felipe está ativamente fazendo campanha para o meu pai, e não tenho a menor ideia do porquê.

Não faz nenhum sentido: Felipe, um grande defensor do jornalismo como forma de denúncia, está alinhado com meu pai. O que ele ganha com isso?

— É inacreditável — comento com Patrícia, Larissa e Diego. Nós quatro estamos na praça, e folheio o jornal do dia com o olhar incrédulo. A cada vez que abro o *Diário de Lima Reis*, minha impaciência aumenta. — Ele fez uma matéria de página inteira para falar sobre a cerca que colocaram na praça! No ano passado! O que aconteceu com seu pai, Patrícia?

Primeiro, Felipe me demite. Agora, está trabalhando em favor da campanha do meu pai. Alguma coisa não está certa.

— Eu nunca o vi tão estressado em toda a minha vida — responde Patrícia. — Desde que ele te mandou embora, está muito estranho.

— Você já conversou com ele? — pergunta Larissa, olhando para mim.

— Não — respondo. — Não tive coragem.

— Ele realmente te demitiu porque você arrumou uma matéria que estava errada? — pergunta Diego apenas para se certificar de que entendeu tudo certo.

— Pois é. A maldita matéria sobre o laboratório de informática da escola — resmungo. Depois encaro Patrícia. — Ele falou alguma coisa sobre isso com você?

Ela parece um pouco desconfortável.

— Não — responde, desviando o olhar.

Eu a encaro fixamente.

— Tá bom, ele falou — admite Patrícia. — Depois que eu perguntei por que ele tinha te mandado embora. Ele disse que aquela matéria era muito importante para alguém se meter. Disse que muita coisa dependia dela, mas não entrou em detalhes.

— Você precisa conversar com ele, André — diz Larissa. — Poxa, vocês dois sempre se deram superbem. Acho que você merece, pelo menos, uma explicação.

Larissa está certa.

— Será que eu consigo conversar com ele? — pergunto.

— Agora?

A ideia já vem se formando na minha cabeça desde o início da semana. Eu quero ir até Felipe e perguntar o que está acontecendo. Quero saber por que ele mudou a linha editorial do *Diário de Lima Reis* da noite para o dia. Toda vez que passo de bicicleta em frente ao jornal, a caminho da escola, penso em parar e confrontá-lo. Todos os dias, consigo vê-lo pela porta que ele sempre deixa aberta enquanto está trabalhando, andando de um lado para o outro dentro de sua garagem, fumando sem parar enquanto se levanta e se senta na cadeira, tentando tocar sozinho as matérias de interesse da cidade. Ele pega o celular e mexe nele obsessivamente, faz ligações, vai para fora e olha o movimento, depois volta e senta no seu computador. Seus cabelos longos estão ainda mais desgrenhados, e consigo perceber, sem muito esforço, que ele também aparenta ter perdido peso muito rápido.

Felipe parece apreensivo e preocupado. Não sei se o estresse é apenas por conta da eleição ou se há outra coisa acontecendo.

Mas quero muito descobrir.

— Ele não está falando direito nem comigo — admite Patrícia. — Mas você nunca vai saber se não tentar.

— Eu te dou todo o apoio — diz Larissa, colocando uma das mãos sobre meu ombro.

— Eu também — complementa Diego.

Fecho o jornal e olho para os três. Levanto do chão e limpo a parte de trás da minha calça, tomando uma decisão impulsiva e esperando muito não me arrepender dela.

— Eu vou lá, antes que perca a coragem. Senão, nunca vou conseguir.

— Quer que a gente vá com você? — pergunta Diego.

— Não. Eu preciso fazer isso sozinho.

— Boa sorte! — diz Larissa, mas nem olho para trás. Já estou subindo na minha bicicleta e pedalando as quatro ruas que separam a praça de Lima Reis da sede do jornal da cidade.

É idiota ficar esperando mais tempo. Não quero terminar minha parceria com Felipe daquele jeito: quando comecei no jornal, no ano passado, ele foi a pessoa mais paciente do mundo comigo. Sempre me ensinou a ser um escritor melhor, me mostrou como gostava de escrever as matérias e nunca teve qualquer acesso de raiva com os meus erros, por piores que fossem. Então sei que, dessa vez, alguma coisa está diferente, e eu preciso saber o que é.

Viro a esquina na sede do jornal e deixo minha bicicleta na rua. Não quero nem tirar a corrente da minha mochila e colocar o cadeado nela, porque, se eu parar agora, posso perder a coragem mais uma vez.

Respiro fundo e vejo, pela porta aberta, que Felipe está de costas para a entrada, concentrado na tela do seu computador. O celular dele está grudado em sua orelha, e estou prestes a anunciar minha chegada quando o ouço falar para alguém do outro lado da linha:

— ... tudo o que você pediu! Chega! Eu não vou fazer isso! Eu não vou destruir a reputação do Pedro! — Algum sinal de alerta soa dentro de mim. Felipe tenta manter o tom de voz baixo, mas não deixa dúvidas de que está irritado.

Será que ele está falando sobre Pedro Torres?

Felipe não me vê entrando, então me abaixo atrás da mesa que eu usava para escrever as matérias mais sem graça do jornal e continuo escutando.

Eu sei que não deveria. Sei que é errado, mas não consigo evitar.

Chame de curiosidade jornalística.

Felipe se mantém quieto, ouvindo a pessoa que está falando com ele do outro lado da linha.

— Eu já te expliquei que foi o *seu filho* quem publicou a matéria daquele jeito! — responde ele, e sinto um arrepio subir pela minha nuca. Ele está falando de mim. Ele está falando com meu pai. — É claro que ele não sabia! Só eu sabia! Mas o que eu posso fazer se você criou um ser humano decente que fareja corrupção a dez quilômetros de distância?

Do que eles estão falando?

Por baixo da minha mesa, consigo ver a perna de Felipe subindo e descendo freneticamente. Ouço o barulho de um isqueiro acendendo e sinto cheiro de cigarro.

— Isso é sujo demais até para você, Ulisses. Você realmente acha que isso vai mudar o fato de que ninguém mais te quer na prefeitura dessa cidade? Eu já fiz de tudo para melhorar sua imagem, mas as pessoas estão cansadas de você e da sua família no poder. Eu ainda vou rir no dia em que todo mundo descobrir sua podridão.

Ele fica calado, ouvindo a resposta do outro lado da linha.

— Eu sei. *Eu sei*! — exclama. — Vou fazer o que você está mandando. Mas depois disso, chega. Quando essa eleição acabar, você vai me deixar em paz!

Felipe ouve a resposta em silêncio e depois joga o celular na mesa, lívido.

— Filho da puta! — grita, levantando e abrindo a porta dos fundos da garagem, que dá acesso à sua casa.

Antes que ele consiga me ver, corro em direção à saída.

O que acabou de acontecer?

Minha cabeça gira depois de ouvir aquela conversa.

Meu pai está chantageando Felipe.

Agora as coisas começam a se encaixar em seus devidos lugares.

Foi por isso que Felipe gritou comigo quando corrigi a matéria falando sobre os computadores da escola. A matéria não tinha erros casuais. Os erros estavam ali para melhorar a imagem do meu pai, pintando-o como o benfeitor da cidade, a pessoa que estava ajudando Lima Reis a se tornar um lugar melhor.

E eu tinha fodido com tudo quando falei a verdade.

Mas por que Felipe estava sendo chantageado? Meu pai nunca pareceu se importar com as notícias veiculadas pelo *Diário de Lima Reis* e dispensava todas elas com o argumento de que Felipe era um esquerdista sem nenhum embasamento político. Por que as coisas estavam diferentes agora? Era só desespero para ganhar aquela eleição ou havia algo mais em jogo?

Volto para casa imediatamente, sem responder às mensagens de Larissa, Patrícia ou Diego sobre minha conversa com Felipe.

Eu preciso entender o que está acontecendo.

Seria imprudente confrontar meu pai. Primeiro, porque ele é mestre na arte da negação: iria dizer, sem muito esforço, que eu enlouqueci. E isso poderia prejudicar ainda mais Felipe, porque meu pai pensaria que o jornalista tinha comentado algo comigo. Felipe já está no limite, e eu não quero que meu pai o pressione ainda mais.

Jornalista investigativo, então.

Entro em casa rezando para ela estar vazia, e comemoro quando percebo que não consigo ouvir a voz do meu pai gritando com alguém pelo telefone. Rapidamente vou até o escritório dele e começo a abrir todas as gavetas em busca de qualquer coisa que possa me ajudar a entender o que aquilo significa. Não sei muito bem por onde começar, mas me certifico de deixar todas as coisas em seus devidos lugares. Meu pai é caótico, mas se encontra em sua bagunça.

A maioria dos papéis são tabelas, ideias rabiscadas, pedaços de texto e um sem-número de informações que não me levam a lugar algum. Abro sua agenda e vejo que está repleta de compromissos para as semanas antes da eleição: reunião com empresários da fábrica automobilística, reunião com a associação de moradores, com os representantes da associação de pais e mestres, com as pastorais da Igreja, reuniões, reuniões, reuniões... A agenda indica que meu pai está conversando com todos os grupos que conhece, gostem dele ou não, o que mostra que está genuinamente preocupado com a campanha eleitoral dessa vez. Na última, me lembro que ele só era levado pelo meu avô, mas agora parece finalmente ter tomado as rédeas do próprio cargo.

Sem nenhum pudor, ligo o computador e abro seu e-mail. Vasculho a caixa de entrada e a de saída sem muito entusiasmo, primeiro porque meu pai é o tipo de pessoa que acumula e-mails não lidos (2.343, nesse momento) e segundo porque não há nenhuma organização. Está tudo misturado, e-mails aleatórios estão marcados como importantes e há muitas propagandas irrelevantes.

Ainda assim, seleciono pelo menos a primeira página de e-mails, espero tudo carregar e as encaminho como anexos para minha própria caixa de entrada. Se há algo suspeito, pelo menos vou ter mais tempo para investigar. Me certifico de apagar as mensagens enviadas, porque mesmo com toda aquela bagunça, não posso me dar ao luxo de ser pego por ele.

Clico na foto do meu pai no canto da tela, querendo acessar o drive virtual para continuar investigando. Quando as opções se abrem, descubro, para minha surpresa, que há outra conta de e-mail vinculada àquele computador. Diferente da conta oficial do meu pai, com uma foto tirada por um fotógrafo profissional, essa não tem imagem e o endereço de e-mail é uma série de letras e números aleatórios.

Curioso, clico na opção para trocar de perfil. Espero a página carregar e, quando vejo a conta secundária, não consigo ter outra reação a não ser arregalar os olhos.

Diferente da conta normal, essa não é bagunçada. Os e-mails são todos lidos, estão separados por etiquetas e estrelas que não parecem ter sido colocadas de forma aleatória e, no lado esquerdo, há pastas com diferentes nomes.

CONTROLE DE REPASSES DE CAMPANHA

ORÇAMENTO PARALELO EMENDAS

REPASSE VEREADORES

DADOS DE RECEBIMENTOS

ORÇAMENTO DA CIDADE — TRIÊNIO

Por que meu pai teria uma conta alternativa com todos esses controles?

Eu não sou tão ingênuo assim. Sei que a política é um terreno de negociações e que é preciso dar algo para conseguir o que quer. Mas essa conta de e-mail não parece ser parte do que considero um jogo limpo. Tem alguma coisa muito estranha acontecendo, então decido que preciso de mais tempo para analisar o que está ali, bem na minha frente.

Com paciência, vou copiando páginas e mais páginas com todos os e-mails dessa conta paralela, e percebo que existem muitos anexos de documentos que preciso ver com mais calma. Crio pacotes e mais pacotes de informação, que vou enviando aos poucos para o meu e-mail, batendo o pé de ansiedade porque meu pai pode chegar em casa a qualquer momento.

Estou criando o último pacote de e-mails quando ouço a voz dele no andar de baixo:

— ... esse orçamento! Não se preocupe com isso, seu Domingues! Desde quando eu fiz uma promessa que não cumpri? Especialmente para o senhor, que trabalhou com meu pai desde que eu era um moleque correndo por aí!

A voz dele é agradável e consigo ouvi-la aumentando de tom à medida que os passos sobem as escadas.

A bolinha de carregamento fica verde e consigo enviar o e-mail para mim mesmo. Com a mão trêmula, a boca seca e o coração batendo rápido, vou até a lista de e-mails enviados. Preciso deletar todos os meus rastros.

Respira, André.

Meu pai abre a porta do escritório enquanto ainda estou selecionando os e-mails para mandá-los desaparecer pela lixeira.

— O que você está fazendo aqui?

Eu sabia que sair correndo era a pior opção possível. Então só levanto a cabeça e sorrio, respondendo da forma mais casual possível.

— Estudando — explico, desfocando meu olhar do dele e voltando a encarar a tela do computador. Por favor, não deixa ele vir até aqui ver o que estou fazendo. Ainda não terminei o trabalho, mas duvido que consiga avançar mais do que isso com meu pai bem ali, me encarando. Abro uma nova aba do computador e entro na Wikipédia sobre a Segunda Guerra Mundial. Só para garantir. — Deixei meu computador na casa da Larissa. Já estou saindo.

— Não demora — responde ele, meio impaciente, mas menos ríspido do que é com as pessoas com quem trabalha. — Preciso ver algumas coisas antes de dormir.

— Só mais um pouquinho, só estou terminando uma coisa aqui... — digo, vendo que os e-mails foram todos excluídos. Levo o mouse até o ícone da conta paralela e volto a conectar a conta oficial dele. Limpo o histórico do navegador das últimas horas, depois fecho a aba em que o e-mail está aberto e estico os braços para cima, fingindo me espreguiçar. — Acho que chega por hoje.

Dou o sorriso mais aliviado da história de Lima Reis.

Não consigo dormir.

Estou deitado na cama, com o cobertor sobre minha cabeça. Encaro todas as mensagens que consegui pegar da conta não oficial do meu pai, listadas na tela do meu celular.

Abro os e-mails um por um, analisando seu conteúdo. A maior parte é difícil de entender: tabelas com nomes, datas e valores, documentos com comprovações de transferências bancárias e declarações de recebimento. Olho para os nomes daquelas pessoas e não consigo identificar ninguém, mas sei que, se todas essas informações estão em uma conta secreta, nada daquilo deve ser legal.

Continuo abrindo e-mails e vendo anexos, procurando alguma coisa que consiga entender. E quando já estou com os olhos pesados e vejo que passam das três da manhã, finalmente acho algo que desperta meus sentidos.

De: pl811fg4@mail.com
Para: u87li98g@mail.com
Assunto: Computadores — Escola Municipal Santo Augusto de Lima Reis

Segue o comprovante de compra dos computadores e os dados bancários para depósito do valor do serviço. Conforme combinado, parte do valor será utilizado na reta final da campanha.

O e-mail de origem é cheio de letras e números que não significam nada. Também não está assinado. Ainda assim, não consigo deixar de me surpreender com o fato de o título do e-mail ser tão explícito. Será que meu pai e a pessoa com quem está se comunicando se acham tão acima do bem e do mal que sequer disfarçam essas transações?

Abro o PDF anexo e vejo o conteúdo.

```
-- Descrição de venda --

30 Computadores Intel DC
4GB 32GB XE310XBA-KT1BR     R$ 7.800 cada
Mouse                       R$ 350,00 cada
Monitor                     R$ 2.300 cada
Teclado                     R$ 650,00 cada
30 Cadeiras                 R$ 1.900,00 cada
Valor do serviço
de instalação:              R$ 230.000,00
```

Abaixo da nota fiscal, há o valor de pagamento total:

```
R$ 620.000,00
```

Desço a tela e vejo o desenrolar das negociações via e-mail, começando com a resposta do meu pai.

De: u87li98g@mail.com
Para: pl811fg4@mail.com
Assunto: RE: Computadores — Escola Municipal Santo Augusto de Lima Reis

Assim você me arrebenta. Consegue abaixar o valor para 350? Ainda tenho outras frentes a tratar e preciso ser prudente.

De: pl811fg4@mail.com
Para: u87li98g@mail.com

Assunto: RE: RE: Computadores — Escola Municipal Santo Augusto de Lima Reis

Consigo abaixar para 400, mas por esse valor só consigo entregar 15 computadores e 20 cadeiras. O laboratório vai ficar desfalcado.

De: u87li98g@mail.com
Para: pl811fg4@mail.com
Assunto: RE: RE: RE: Computadores — Escola Municipal Santo Augusto de Lima Reis

Não tem problema. Depois que a eleição passar, a gente negocia o resto. Vamos deixar essa porta aberta. 15 computadores por 400 está excelente.

De: pl811fg4@mail.com
Para: u87li98g@mail.com
Assunto: RE: RE: RE: RE: Computadores — Escola Municipal Santo Augusto de Lima Reis

Você não é político por acaso. Sabe fazer negócio como ninguém. Tudo bem, então. Vamos deixar essa porta aberta. Só não esquece de mim mais para a frente.

Arregalo os olhos quando termino de ler a conversa, abismado com aquele valor. Quatrocentos mil reais por quinze computadores. Esses números não condizem nem um pouco com a realidade. Volto para o documento anexado e vejo que, na página seguinte, há fotos com a marca e as especificações dos modelos comprados, e não preciso ser nenhum gênio para saber que os valores declarados são muito mais altos do que os valores reais. Um computador com aquelas especificações sendo vendido por quase oito mil reais a unidade?!

Apenas para confirmar, entro em uma página de comparação de preços e pesquiso pelo mesmo modelo de computador para tirar a diferença. O mais caro que encontro custa R$ 2.300,00; o mais barato, R$ 1.950,00.

Os outros produtos também estão no mínimo três vezes mais caros do que o normal.

Abro o aplicativo da minha calculadora e começo a somar os valores, assustado com o que estou vendo bem ali na minha frente. Daquele valor, é certo que uma parte vai direto para o bolso de quem está negociando aquele e-mail.

Dinheiro em troca de apoio pela campanha do meu pai.

Dinheiro para ser usado na reta final da eleição.

Continuo me virando na cama, pensando que tenho em mãos algo que pode comprometer toda a permanência do meu pai na prefeitura de Lima Reis. Será que é a primeira vez que ele faz isso? Se não, por quanto tempo ele se sustenta no poder com essas trocas financeiras?

Ter um pai político sempre me obrigou a ouvir piadas sobre ser filho de ladrão e ter uma vida de luxo paga pelos impostos dos moradores da cidade. Mas meu pai sempre me disse que as pessoas preferem acreditar que os políticos roubam porque não estão dispostas a verem o quanto trabalham. Ele sempre se gabou de uma vida de "ficha limpa", como gosta de dizer, e de vir de uma família tradicional de políticos que, diferente de tantas outras espalhadas por aí, não tinha casos de corrupção pesando em suas costas.

Mas, no fim das contas, ele não é tão diferente assim dos outros. Só sabe fazer suas negociações com discrição.

Até agora, pelo menos.

Quando me levanto da cama pela manhã, ainda com o celular em mãos, vejo que meu pai já saiu de casa. Ele tem saído cada vez mais cedo nesta reta final, para dar conta de todos os compromissos de campanha. Meu corpo e minha mente estão cansados, então me arrasto até a cozinha e misturo um copo de leite com achocolatado, pensando no que posso fazer com o que sei.

O movimento natural seria correr até Felipe e mostrar para ele. Mas, se meu pai está chantageando o único jornalista da cidade, que garantia tenho de que o *Diário de Lima Reis* irá publicar essa ou qualquer outra informação que o comprometa?

Além do mais: será que quero denunciar meu pai quando nem sei se entendi todas essas informações direito? Será que não estou sendo precipitado e interpretei tudo errado?

Não quero acreditar que meu pai possa ser esse tipo de pessoa. Isso tem que ter uma explicação melhor do que corrupção.

Meu pai sempre me ensinou a ser uma pessoa boa. Por mais que a gente tenha diferenças e ele represente todas as coisas que mais abomino na política, sei que parte daquele discurso só existe para agradar aos eleitores. Ao menos, é no que quero acreditar. Nossos mundos giram de um jeito diferente, mas estão lado a lado. Se eu estou aqui hoje e se posso sonhar com um futuro longe dessa cidade, devo parte disso a ele.

Ouço o barulho da chave girando na porta e fico alerta, pensando que meu pai pode ter voltado porque esqueceu alguma coisa e vou ter que encará-lo depois de tudo o que li. Não sei se vou conseguir fingir que está tudo bem.

— Bom dia, filho.

Levanto a cabeça e vejo quando minha mãe entra pela porta da sala. Ela traz pães frescos e sorri quando me vê ainda meio acordado, dissolvendo os pedaços de chocolate em pó no copo com leite.

Eu a encaro e ela percebe imediatamente que algo está errado.

Talvez seja intuição de mãe.

— O que foi? — pergunta ela.

Não sei se quero falar que invadi o computador do meu pai e li uma série de documentos que me faz questionar tudo o que conheço sobre ele. Então evito o assunto, os pensamentos girando em mil sentidos diferentes.

— Fui tentar falar com o Felipe ontem... — começo a dizer, sem coragem de olhar para minha mãe.

— Conseguiu? — pergunta ela, colocando o pão sobre a mesa e sentando na cadeira ao meu lado.

— Eu ouvi ele falando... com alguém — digo. Parece que estou pisando em um campo minado, e o próximo passo em falso pode ser a explosão. — Acho que estavam ameaçando ele.

— Ah...

Analiso a expressão da minha mãe. Ela desvia o olhar e parece desconfortável.

— Alguma coisa sobre publicar uma matéria para prejudicar o Pedro Torres — complemento.

— Filho... você não tem que se preocupar com isso — responde ela, evasiva. — Você sabe como é em época de campanha. Todo mundo brigando por causa da prefeitura.

— Mas dessa vez é diferente, não é? Não lembro do meu pai tão irritado desse jeito. — Respiro fundo. — Eu acabei... vendo uma coisa.

Ela tenta espiar meu telefone. Bloqueio a tela para ela não ver o e-mail ainda aberto na tela inicial.

— O quê? — pergunta ela.

— Eu estava desconfiado de toda essa história de o Felipe ter me demitido porque corrigi uma matéria falando sobre o laboratório de informática da escola. Não fazia o menor sentido. Então resolvi investigar. Eu... olhei as coisas do meu pai ontem.

— Você fez o quê? — Ela parece chocada.

— Calma! — digo assim que percebo a alteração na voz dela. — Acho que ele pagou mais do que devia pelos computadores.

Não quero dizer com todas as palavras.

— Você sabe alguma coisa sobre isso? — pergunto quando vejo que ela mantém a expressão neutra, desviando o olhar de mim.

Ela fica calada. Encara os próprios pés, depois olha para o saco de papel cheio de pães. Deixo o silêncio se instalar na mesa, aguardando que ela me diga alguma coisa.

Não vou falar até que ela fale primeiro.

Minha mãe dá um suspiro profundo.

— É complicado, André... — É o que ela diz, desconfortável, ainda sem olhar para mim. — Um cargo desses... Seu pai é obrigado a fazer coisas que nem todo mundo consegue entender.

— Então ele pagou a mais pelos computadores da escola? — pergunto, pressionando-a. — E está ameaçando o Felipe?

— Ele não está... ameaçando. — Percebo que minha mãe tem um dilema. Ela quer me proteger, proteger meu pai e ficar com a consciência tranquila em relação aos atos dele, tudo ao mesmo tempo. Eu sei que ela sabe. Está escrito na cara dela. — É só... você é muito novo para entender isso.

— Novo? — Minha paciência está no limite. Pode ser a privação de sono, ou o choque, ou um pouco dos dois, mas não quero mais ser o especialista em evitar conflitos. Então simplesmente explodo: — Não é você que faz questão de dizer que eu tenho dezessete anos e já posso tomar minhas próprias decisões? Sou muito novo para entender o quê? Que meu pai é um corrupto que está pagando para ser reeleito? — Não consigo acreditar que ela sabe de tudo. Não quero acreditar naquilo. — Entender que você é cúmplice dele?

Minha mãe dá um soco na mesa.

O gesto me pega de surpresa. Arregalo os olhos, sem entender de onde vem toda aquela raiva.

— Você acha que eu gosto disso? Acha que eu concordo com esse tipo de atitude do seu pai? Mas o que você quer que eu faça? Que eu denuncie ele? Que ele vá preso? — Vejo os olhos dela começarem a encher de lágrimas. Minha mãe é uma das mulheres mais fortes que conheço, e, se já chorou alguma vez depois que eu nasci, se certificou de fazer isso escondida. Mas, dessa vez, ela deixa as lágrimas de frustração caírem dos seus olhos. — Seu pai se meteu em um buraco do qual não consegue mais sair, André. Por que você acha que vou me separar dele?

Então esse tempo todo... ela sabia?

Vê-la assim, tão fragilizada, deixa todos os meus pensamentos embaralhados. Tento avaliar muito bem as próximas palavras que vou dizer e tento dizê-las com a maior calma do mundo.

— Ele está ameaçando pessoas, mãe. Está usando dinheiro da prefeitura para a campanha dele. Eu não me importo que ele responda pelos crimes que cometeu. Mas o que sei é que isso é errado. Você me ensinou que isso é errado. Então por que você não está fazendo nada?

— O que eu posso fazer? Se seu pai for processado ou, Deus me livre, preso, como a gente fica? Aquele trabalho que ele arranjou para mim na escola mal paga as contas dessa casa! Eu nunca vi você reclamando de todo o conforto que tem, e tudo isso vai embora a partir do momento em que as pessoas descobrirem as coisas que seu pai fez!

Eu não consigo acreditar que, mesmo pedindo pela separação, ela ainda tenha coragem de defendê-lo.

— A gente se vira! — respondo. — A gente dá um jeito sem ele!

— Como? — pergunta ela, secando as lágrimas debaixo dos olhos. — A vida não é tão fácil quanto a gente faz parecer para você, meu filho. Seu pai teve que fazer escolhas difíceis ao longo desses anos na prefeitura.

— E você concorda com isso?

— É claro que não!

— Então por que está defendendo ele?

— Não estou defendendo ninguém! Só estou dizendo que o mundo é mais complexo do que você imagina!

— Ele não está roubando para fazer nada além de se manter no poder, mãe. É muito menos complexo do que eu imagino.

— André, ele é o seu pai! Você não pode falar assim dele! Por mais que ele tenha errado, ele te ama e isso não vai mudar.

— Ama? Ele só ama a prefeitura e você sabe disso! Se o que ele está fazendo é tão justificável, vamos ver o que vai acontecer quando todo mundo descobrir.

Levanto da mesa, irritado com minha mãe, com meu pai e com toda a hipocrisia que escorre pelas paredes desta casa.

— Você não vai prejudicar a campanha do seu pai, André. — A voz dela é dura e autoritária.

Exatamente a mesma voz que usava quando eu era criança e fazia alguma malcriação. A voz que ela não usa há alguns anos, porque sempre me esforcei para ser o filho que ela esperava ter. O filho que nunca se envolve em confusões, que nunca tem motivos para ser malvisto pelas suas amigas da igreja, o filho que é o orgulho da cidade de Lima Reis.

Mas não sou mais uma criança, então não congelo ou começo a chorar.

Só dou as costas para ela e abro a porta da sala.

— Ele já fez o suficiente para se prejudicar — respondo, saindo de casa.

19

As pessoas estão acordando aos poucos e, no caminho para a padaria ou em suas caminhadas matinais com seus cachorros, me encaram quando me veem pedalando pelas ruas de Lima Reis ainda vestindo meu pijama. A chuva fina que cai no início da manhã nublada molha todos os santinhos espalhados pelas ruas, transformando tudo em uma grande massa disforme que mistura o laranja da campanha do meu pai e os pingos de azul da campanha de Pedro Torres. O carro de som com o jingle infernal continua gritando para os quatro ventos que *Ulisses Aguiar é o melhor prefeito de Lima Reis, ele vai ganhar com o apoio de vocês!*, mesmo tão cedo na manhã. Sinto minha pele gelada por conta do vento frio e da chuva, meu tronco coberto apenas por uma camiseta e um short que deixam meus braços e pernas à mostra.

Não me importo.

Vou até a casa de Larissa, largo a bicicleta de qualquer jeito e aperto a campainha. O pai dela me atende, surpreso com minha aparição repentina àquela hora da manhã, me olhando de cima abaixo por estar parado ali com aquelas roupas, os cabelos para todos os lados.

— Está tudo bem, André? — pergunta ele. Está com o uniforme da fábrica onde trabalha, uma caneca fumegante de café nas mãos e o rosto franzido de curiosidade. — A Larissa não me falou que o uniforme tinha mudado.

— Posso falar com ela? — pergunto, e a vejo me encarando da mesa da sala, ainda entretida em terminar seu café da manhã, já vestida com o uniforme da escola.

O pai dela só encolhe os ombros, como se quisesse dizer "adolescentes...", vira o resto do café, coloca a caneca na mesinha ao lado da porta e sai de casa depois de me dar um tapinha no ombro.

— Dê boa sorte para o seu pai na eleição semana que vem — diz ele, antes de desaparecer.

Dou um sorriso forçado apenas para agradar, mesmo que, nesse momento, tudo o que eu queira seja pegar aquele carro de som e obrigá-lo a gritar para a cidade que meu pai é uma ameaça à prefeitura de Lima Reis.

Quando entro na casa de Larissa, sou tomado pelas lembranças dos dias em que passamos largados naquele sofá enquanto assistíamos aos nossos filmes preferidos. Como eu queria que as coisas fossem tão fáceis como eram antigamente.

— Aconteceu alguma coisa? — pergunta ela, notando meus cabelos molhados e minha expressão de raiva.

— Meu pai — respondo, puxando uma cadeira e me sentando à sua frente. — Eu não sei o que faço, Larissa.

— O que ele fez?

Pego meu celular e estendo para ela.

Larissa pega o aparelho e começa a ler a troca de e-mails entre as duas contas anônimas. Enquanto lê, percebo que seu rosto se contorce da mesma forma que o meu provavelmente se contorceu quando li as mensagens na noite passada. Ela não é tão boa com os números quanto é com as letras, mas percebo as engrenagens do seu cérebro se movendo enquanto faz os cálculos mentais sobre os valores discutidos.

— Quase oito mil em um computador desses? — pergunta ela, ainda encarando meu telefone e vendo se entendeu corretamente as configurações descritas.

— E eu somei os valores totais e está tudo superfaturado — informo. — Meu pai está desviando dinheiro.

— Onde você arranjou isso?

— No computador dele. Uma conta de e-mail paralela.

— Mas por que você foi fuçar as coisas do seu pai? — me repreende ela.

Não consigo acreditar no que ela está dizendo.

— Não importa por que eu estava procurando, o mais importante é o que eu achei! Olha isso! É a prova de que meu pai está pegando dinheiro da prefeitura e usando na campanha dele!

— André, você ainda está obcecado com essa história de o Felipe ter te mandado embora, não é?

— É claro que estou, porque não faz o menor sentido! Eu tentei conversar com o Felipe, mas ouvi ele no telefone. Tenho certeza de que falava com meu pai. O Felipe parecia assustado.

Larissa continua olhando para o meu telefone, muda.

— Eu não sei o que faço com isso — admito. — Não dá para mostrar para o Felipe, porque se ele estiver realmente sendo ameaçado, nunca vai publicar no jornal. E se eu confrontar meu pai, ele vai negar e dizer que eu enlouqueci. Ele é muito bom nisso.

Larissa continua calada.

— Me ajuda, Larissa! O que eu faço?

Ela dá um suspiro, estende meu celular de volta para mim e vejo que ainda não consegue me olhar nos olhos.

— Eu acho melhor... ai, André, por que você não deixa isso quieto? Não é problema seu.

Encaro Larissa em silêncio por alguns segundos, tentando entender se a ouvi direito.

— Deixar isso quieto? Você está dizendo para eu não fazer... nada? — pergunto, chocado. — E deixar meu pai continuar na prefeitura depois de ver que ele faz esse tipo de coisa? Esse é só o caso que eu consegui entender. Ainda tem muita coisa naquele e-mail, e eu copiei boa parte deles. Vou ler cada uma daquelas mensagens e tenho certeza de que, quanto mais eu ler, mais podres vou descobrir.

— Ele é um político, André! As pessoas já esperam que ele faça esse tipo de coisa!

— Por que você está defendendo meu pai? — pergunto. Primeiro, minha mãe. Agora, Larissa. Por que as pessoas estão tentando me convencer de que essas atitudes do meu pai não significam nada? De que quem está errado nessa história sou *eu*?

— Eu não estou! É só que... é difícil! Você acha que seu pai não vai conseguir distorcer essa história e dizer que as pessoas estão inventando acusações falsas para prejudicar a reeleição dele? As pessoas só acreditam no que querem, André. Infelizmente, a gente não pode fazer nada sobre isso.

— A gente pode tentar!

— Pensa nas coisas que você vai perder se seu pai não for reeleito. Aquela piada de você morar no quartinho da bagunça não é tão engraçada quando pode se tornar real.

— Eu não me importo! Meu Deus, Larissa, eu não estou te reconhecendo! Por que você não quer fazer o que é certo?

— Eu quero! — diz ela, colocando as mãos no rosto e abaixando a cabeça. — Eu quero, mas... a gente não pode fazer nada, André! Se a gente fizer alguma coisa, seu pai vai achar que é alguma vingança do Felipe e vai para cima dele!

Ela respira fundo, fecha os olhos e só continua falando:

— Eu tinha jurado que não ia te falar nada, mas você precisa entender. Aquela matéria que você corrigiu... seu pai tinha comprado ela. E quando ele viu que as informações não tinham saído do jeito que queria, ficou puto com o Felipe. Disse que destruiria o jornal se o Felipe não começasse a colaborar. E o que o Felipe podia fazer? Pedir ajuda para a polícia, quando seu pai é amigo pessoal do delegado? Pedir uma proteção particular, como se fosse a testemunha do assassinato de algum famoso? Seu pai não deu escolha para ele, André. Por isso você foi mandado embora do jornal, e por isso o Felipe mudou o perfil das notícias do dia para a noite. Seu pai está desesperado porque, pela primeira vez, sua família pode perder uma eleição nessa cidade.

A avalanche de informações me pega desprevenido. A confirmação de que não ouvi errado e meu pai está realmente ameaçando Felipe, o homem que me ensinou tudo o que sei sobre ética e justiça, faz meu estômago revirar.

— Como você sabe de tudo isso?

Larissa ainda parece enfrentar uma luta interna.

— Eu não posso te dizer. Desculpa, André.

— O quê?

— Eu prometi que não ia falar nada, e já estou falando mais do que devia! — diz Larissa. — Por favor, André! Você é meu melhor amigo e entende como é ser leal a outra pessoa. A gente sempre guardou os segredos um do outro, mas agora eu tenho outros segredos que preciso guardar também!

— Mas eles me afetam diretamente, Larissa! Esses segredos afetam essa cidade e essa eleição! Se você sabe que o Felipe está sendo ameaçado, do mesmo jeito que eu sei, então você precisa fazer a coisa certa e falar para as pessoas que meu pai não é uma pessoa decente para governar a cidade!

Nossa discussão é interrompida pelo barulho da campainha tocando.

— Eu não quero me meter nessa história, André — diz Larissa, dessa vez mais baixo, apenas para se certificar de que a pessoa do outro lado da porta não ouça a conversa.

A campainha toca mais uma vez, mas Larissa não faz menção de se levantar.

— Você não vai atender? — pergunto, quando alguém toca pela terceira vez.

— Larissa! — chama uma voz feminina do outro lado da porta. — Sou eu!

É, sem dúvida, a voz de Patrícia.

— Vocês estão indo juntas para a escola? — pergunto, me esquecendo momentaneamente da nossa discussão. Patrícia mora a dois quarteirões da escola. Larissa mora a seis. Não faz sentido Patrícia ir até lá para depois voltar todo aquele percurso.

A campainha toca pela quarta vez, e dessa vez Patrícia se certifica de ficar segurando até que o som se torne insuportável.

— Já vou! — grita Larissa. Por algum motivo, consigo perceber que ela não quer abrir a porta comigo ali. Ela me encara, depois respira fundo e vai até a porta.

Patrícia entra e percebe minha presença, ainda de pijama.

— Oi, André! Dormiu aqui ontem? — pergunta ela, fechando a porta e olhando ora para mim, ora para Larissa, uma expressão curiosa no rosto.

Só observo as duas, dessa vez fazendo todos os cálculos com os olhos semicerrados.

— É por isso que você não quer me dizer nada, não é? — pergunto. — Foi a Patrícia que pediu segredo?

Patrícia olha para Larissa com os olhos arregalados.

— Eu não falei nada! — diz Larissa, se justificando rapidamente. — Ele sacou, Patrícia. Eu disse que ele acabaria sacando, mais cedo ou mais tarde.

— Eu… — Patrícia parece perdida. Só fecha os olhos e tenta colocar os pensamentos no lugar àquela hora da manhã. — Desculpa não ter falado que estávamos juntas.

O quê?

Larissa arregala os olhos.

— Não... era disso que eu estava falando — murmura ela, para o meu choque. As duas estão juntas? Juntas, tipo... eu e Diego estamos juntos? — Eu estava falando sobre seu pai, Patrícia. Ele descobriu as chantagens.

Patrícia me encara, apreensiva.

— Antes de qualquer coisa, Patrícia — digo, só para esclarecer —, eu não me importo se você é lésbica.

— Eu não sou lésbica.

— Ou bissexual.

— Eu não sou bissexual.

— Ok! Eu não me importo e ponto final! Por que você achou que precisava se esconder de mim?

— Isso é muito… complicado para mim — diz ela. — Eu ainda não sei o que isso significa. Só sei que gosto da Larissa.

— Parabéns para vocês! — respondo, irritado. — Mas você contou para Larissa sobre meu pai estar ameaçando o seu! Vocês viram o quanto fiquei me perguntando se estava ficando louco ou se tinha feito alguma coisa errada! Vocês sabiam de tudo e não me falaram nada!

— Me desculpa, André! — diz Patrícia. — Mas é só que... é muito complicado! Eu não ia conseguir olhar na sua cara e te contar tudo isso, porque sabia que ia acontecer exatamente o que está acontecendo agora! Você ia querer fazer alguma coisa e eu não posso colocar meu pai em risco! Meu pai... eu nunca vi ele tão assustado em toda a minha vida. Eu sempre achei essa época de eleição um grande circo, mas dessa vez seu pai está fora de controle. Eu estou com medo do que pode acontecer.

— Meu pai, ele... — Estou prestes a dizer "ele não é um criminoso", mas posso realmente acreditar nessas palavras? Posso acreditar que ele não está disposto a ir até as últimas consequências por aquele cargo de prefeito? — Eu sinto muito pelo que meu pai está fazendo com todo mundo. Eu só... não sei o que fazer.

E então desabo. Cubro o rosto com as mãos e deixo todo o cansaço se abater sobre mim, chorando porque é tudo muito complicado, porque ninguém ali além de mim parece se importar em fazer a coisa certa e porque todos parecem acuados contra o poder que meu pai representa. Queria que Diego estivesse aqui, para me dizer que tudo vai ficar bem, para dizer que sou incrível e para dizer que a gente tem que mudar o mundo, um pouquinho de cada vez.

Mas ele não está aqui agora. Agora, todas as pessoas ao meu redor me decepcionam

— Não é culpa sua, André — diz Larissa, passando a mão por um dos meus ombros.

Desvio do toque de Larissa.

— Você devia ter me contado que meu pai estava ameaçando o Felipe — resmungo. — Eu nunca escondi nada de você, Larissa.

— Fui eu que pedi, André — responde Patrícia. — Se a Larissa te contasse, você ia perguntar por que eu contei para ela e não para você, e achei que isso me obrigaria a falar sobre nós duas estarmos juntas. E eu não queria falar disso com ninguém, nem com você. Preciso me entender antes de sair falando para o mundo que gosto de garotas, porque uma cidade como essa te define até pelo que você não é. Acho que você, mais do que ninguém, me entende.

— Eu não sou essa cidade, Patrícia. Você pode confiar em mim, porque eu confio em você — respondo.

— Mas não tem a ver com você. Eu preciso estar preparada. Precisava. Sei lá. — Ela levanta as mãos, frustrada. — Espero que você consiga entender.

Sinto as palavras dela me desarmando. Não tenho uma resposta imediata, mas depois de algum tempo, admito:

— Você está certa.

Porque ela está. Não posso obrigá-la a sair do armário só porque eu saí para ela. Da mesma forma que não me sinto seguro com outras pessoas, ela pode não se sentir segura com ninguém além de Larissa.

Regra nº 19: Só saia do armário quando for a hora certa.

— Obrigado, André. De verdade. — Vejo que ela respira aliviada, olha para Larissa e depois fecha os olhos. — Eu não devia estar te falando isso, mas... vai piorar. Seu pai obrigou o meu a publicar uma história para o jornal de hoje. Eu ouvi a conversa. E vai ser feio. Bem feio.

— O quê? — pergunto. — O que ele fez?

— Meu pai não voltou para casa hoje. Não sei para onde foi depois que imprimiu os jornais e os entregou nas bancas da cidade. Mas as pessoas vão começar a falar assim que os exemplares começarem a ser vendidos.

Patrícia pega o celular e abre o aplicativo de mensagens.

— Já começou — diz.

Desbloqueio meu próprio aparelho e procuro por alguma informação. Como não sou uma pessoa que está infiltrada em todos os grupos, assim como Felipe, não vejo nada de diferente.

Mas logo meu celular pisca e vejo que Patrícia me encaminha uma foto da primeira página do *Diário de Lima Reis* daquela manhã.

Meus olhos se arregalam quando leio a manchete.

Candidato à prefeitura de Lima Reis é flagrado aos beijos com celebridade local

— Desculpa, André — diz Patrícia.

Larissa também pega seu celular e olha para a manchete.

— Puta que pariu — murmura ela. — Isso é verdade?

— Era isso ou seu pai destruir o meu — se justifica Patrícia, olhando para mim. — Ele não teve escolha.

As vozes de Patrícia e de Larissa são só barulho sem sentido nos meus ouvidos. Não consigo prestar atenção em mais nada. Me concentro apenas na matéria, dando zoom na foto e apertando os olhos para conseguir ler as letras diagramadas daquele jeito que Felipe insiste em fazer para economizar papel.

O *Diário de Lima Reis* apurou uma série de fotografias obtidas pela redação através de uma fonte anônima. Nelas, o candidato à prefeitura da nossa cidade, Pedro Guilherme Almeida Torres, é flagrado aos beijos com Eduardo Dantas Silva. Eduardo é um conhecido produtor musical de renome nacional, trabalhando com artistas de peso como Fábio Gadelha, Luísa Costa e Lana Love, e é cunhado do candidato à reeleição, Ulisses Ferreira Aguiar. O produtor se encontra na cidade há um mês, convalescendo de uma cirurgia cardíaca.

Segundo apuração, Pedro Torres, casado com a educadora física Paula Garcia Torres, é visto com frequência na casa onde Eduardo está hospedado. Os dois se conheceram ainda na juventude, ambos moradores da cidade de Lima Reis, e perderam contato após a ida de Eduardo para a capital do estado. Pedro Torres segue em disputa pelo cargo de prefeito da cidade, em empate técnico com o atual prefeito, Ulisses Aguiar.

Questionada sobre o ocorrido, a assessoria de Pedro Torres afirmou que qualquer informação que não diga respeito à prefeitura ou a sua competência como gestor não seriam discutidas.

Quatro fotos acompanham a reportagem. Estão granuladas e foram tiradas com o modo noturno de uma câmera. Na primeira, vemos a silhueta de dois homens, um de frente para o outro. À medida que as fotos passam, os homens se aproximam, e, na última, suas sombras se unem em uma só. Os dois estão envolvidos em um abraço, e as cabeças muitos juntas são inegavelmente de um beijo.

Tio Eduardo e Pedro Torres.

Se beijando.

Minha cabeça tenta processar o que está acontecendo. Agora consigo entender por que Felipe estava espreitando a casa onde tio Eduardo está hospedado. Ele estava em busca de alguma notícia e acabou encontrando exatamente o que precisava. Estou em choque com aquelas imagens, e tento entender se são apenas mais uma tentativa desesperada de gerar um boato ou se são verdadeiras.

É claro que não podem ser verdadeiras. Meu tio não é esse tipo de pessoa. Ele nunca ficaria com um homem casado, por mais que tenha sido seu amigo de infância.

Ele não faria isso.

Faria?

Não me despeço, só saio da casa de Larissa, cada vez mais arrependido por não ter trocado de roupa e agora estar sentindo frio naquele pijama. O movimento da cidade começa a se intensificar, e vejo as pessoas lendo a matéria no *Diário de Lima Reis*, arregalando os olhos para as imagens que estão na capa, enquanto outras estão com os rostos enfiados em seus celulares, replicando a notícia nos grupos de mensagem com sabe-se lá quantas camadas de mentiras.

Mas não consigo acreditar que tio Eduardo possa ter feito aquilo. Ele havia me alertado sobre homens nas sombras dispostos a saírem com você, contanto que sejam um segredo. Ele me disse que não valia a pena dar chance para esses homens. Então por que tinha beijado Pedro Torres? Por que, em vez de seguir seus próprios conselhos, havia feito exatamente aquilo que me falou tantas vezes que não valia a pena fazer?

Por que meu tio estava se colocando nesse papel de amante gay de um homem casado?

Eu preciso ouvir dele que isso tudo é um mal-entendido. Eu acreditaria em qualquer coisa que meu tio dissesse: montagem, brincadeira de mau gosto ou *fake news* do meu pai para desestabilizar a campanha de Pedro Torres. Eu acreditaria em absolutamente qualquer coisa, se ele me dissesse que aquelas fotos não eram reais.

Ele se tornou o meu exemplo. E não quero acreditar que ele me decepcionaria.

20

Estou decidido a confrontar tio Eduardo naquele momento. Preciso ouvi-lo dizer que tudo não passa de um mal-entendido e não é ele quem estampa a foto do jornal de hoje.

Tento não me preocupar com os olhares que parecem me perseguir enquanto pedalo a toda velocidade pelas ruas de Lima Reis, ignorando o fato de que o vento cortante deixa meus dedos dormentes e faz todos os pelos das minhas pernas se arrepiarem.

— André!

Estou tão desorientado que não encontro a origem da voz, mas tenho certeza de que deve ser alguém procurando por informações sobre a fofoca mais recente da cidade.

Continuo pedalando, obstinado, seguindo a rua que leva até a casa dos meus avós paternos.

— André! — repete a voz, e dessa vez consigo perceber que está mais próxima.

Aperto o freio da bicicleta e olho para trás, exasperado.

— O que foi? — digo, ameaçador. Se for alguém querendo pedir minha opinião sobre o que acabou de ler no *Diário de Lima Reis*, estou pronto para deixar de lado toda a minha paciência e resolver tudo na base do soco. Hoje, estou longe de ser alguém que foge de conflitos.

Mas é Diego. Ele veste um casaco por cima do uniforme da escola, a mochila nas costas, e emparelha sua bicicleta com a minha.

— Eu passei na sua casa para saber como você estava depois de ver a matéria do jornal, mas não te achei lá. Ia para a casa dos seus avós para ver se te encontrava e... por que você está vestido desse jeito? — pergunta ele, perdendo completamente a linha de raciocínio quando me vê de pijama.

— Eu preciso conversar com meu tio — respondo, voltando as costas para Diego e colocando um dos pés de volta no pedal da bicicleta. — Depois eu falo com você.

— Ei, André, se acalma! — pede Diego, me segurando pelo ombro e me impedindo de continuar meu caminho. Quando coloco meus pés de volta no chão, ele joga sua bicicleta para o lado, tira a mochila das costas e, logo em seguida, também tira o casaco do corpo. — Toma, veste isso daqui. Está um frio horrível.

Não faço cerimônias e aceito o casaco. O cheiro dele me atinge com força, mas não consigo pensar em como Diego está sendo gentil comigo naquele momento.

Tudo o que quero é encontrar respostas para a notícia que corre pela cidade.

— Não quero me acalmar! — respondo quando passo o casaco pela cabeça, com um tom de voz ainda irritado o suficiente para fazer Diego se manter a alguns centímetros de distância. Ele percebe minha expressão frustrada e meus olhos marejados, tenho certeza. — Eu só não... acredito que meu tio fez isso!

Diego olha ao redor e percebe alguns olhares curiosos sobre nós dois.

— O que foi? — pergunto para um cara aleatório parado muito perto de nós, que se assusta e continua seu caminho como se eu não tivesse falado com ele.

— Vem comigo — pede Diego, pegando sua bicicleta e empurrando-a pelo caminho, tentando se distanciar dos olhares fofoqueiros da cidade. — Esfria um pouco a cabeça antes de ir para lá.

Mesmo a contragosto, tiro minha bicicleta do meio das pernas e fico lado a lado com Diego, empurrando a minha enquanto sinto a adrenalina se dissipar do meu corpo aos poucos.

— Mais calmo? — pergunta.

— Uhum — respondo, monossilábico.

— Você precisa conversar com seu tio para saber o que aconteceu, André. Não dá para chegar lá acusando ele sem entender todos os lados da história. Não é assim que o jornalismo funciona?

— Eu não preciso ouvir o lado dele. — Meu tom de voz é um pouco mais baixo, mas sinto que a raiva ainda está borbulhando dentro de mim. — Está estampado para todo mundo ver. Ou você também vai me dizer que estou vendo coisas quando tem literalmente um ensaio fotográfico na merda da capa do jornal?

Diego fica em silêncio por alguns segundos, pressionando as mandíbulas, e só depois de alguns passos é que diz:

— Eu sei que você está irritado e confuso com tudo isso, mas não desconta em mim. Eu só quero ajudar.

Aquilo desarma toda a minha fúria.

Tento respirar e colocar as coisas em perspectiva.

— Me desculpa — digo, levantando uma das mãos enquanto a outra segura a bicicleta. — Eu só estou...

— Frustrado?

— Puto! Meu tio veio com todo esse papo de eu não aceitar menos do que mereço e me fez acreditar que ele é uma boa pessoa, e é isso o que ele faz? Como é que ele pode me dizer que as pessoas dessa cidade foram horríveis com ele se, na primeira oportunidade, ele joga qualquer esperança de melhora no ralo?

— Eu não sei, André... eu ainda não conheci o seu tio, mas vejo como seu rosto muda quando você fala dele. Se ele é dez por cento das coisas que você diz, tenho certeza de que há uma boa explicação para essas fotos. Você só precisa ouvir o que ele tem a dizer.

— Eu estou cansado de ouvir o que os outros têm a dizer! Cansado de ficar calado e achar que devo alguma coisa para todo mundo, enquanto todos têm os seus segredos e agem como se fossem melhores do que eu. Não tem ninguém nessa cidade que não seja hipócrita?

— Eu te entendo, André. Quando eu e minha mãe tivemos que vir para cá, percebi como todo mundo pode ser maldoso. Só não me apeguei a isso. Essa cidade pode ser horrível, mas foi aqui que te conheci. Então ela não é tão ruim assim. — Ele para de andar e me olha nos olhos. — Faz o seguinte: respira fundo, pensa em escutar seu tio antes de sair gritando, e aí você tira as suas próprias conclusões. O que acha disso?

— Eu posso tentar — respondo, meio de má vontade.

— Quer que eu vá com você?

— Não precisa. Não quero que você arranje problemas por matar aula.

— Não é problema nenhum.

— Eu sei, mas não precisa mesmo. Quero conversar sozinho com ele.

— Depois me diz como foi?

Balanço a cabeça em afirmação.

— Se lembra do cara que você conhece e que te ajudou até aqui, e não no que está descrito na matéria do jornal — completa ele. — Tenho certeza de que ele vai ter respostas para você.

Quero que Diego esteja certo, mas acho difícil encontrar outra explicação além da óbvia: meu tio não é uma pessoa tão boa assim.

Eu não tenho certeza de absolutamente mais nada.

O caminho para a casa dos meus avós sempre é um pouco deserto, mas dessa vez é diferente: vejo alguns carros, motos e bicicletas paradas ao longo da estrada de terra que me leva até lá.

Quando chego ao terreno, vejo alguns curiosos procurando por respostas. Não são muitos nem parecem agressivos, mas murmuram entre si sentados no meio-fio, de guarda-chuvas abertos para se protegerem da chuva fina que insiste em cair, observando a movimentação na esperança de que alguma cortina se movimente ou alguém chegue ali e nutra a cidade faminta por fofocas. Alguns apontam seus celulares e tiram fotos, prontos para espalharem as imagens entre os grupos de mensagens. Me pergunto se alguns deles não estão ali a mando do meu pai.

— Ele seduziu o Pedro Torres — murmura alguém.

— Esse homem é uma vergonha para essa cidade! — outra pessoa fala, dessa vez um pouco mais alto.

— Você nunca devia ter voltado para cá! Ninguém te quer em Lima Reis! — uma terceira, mais exaltada, grita na direção da casa.

Os insultos me atingem como facas. Todas as pessoas pareciam admiradas com meu tio quando ele apareceu em seu carro caro e sua história de sucesso trabalhando com músicos famosos na capital. Mas agora, com essa nova informação, parece que todos estão prontos para fazer o que mais sabem: hostilizar quem é diferente, fazê-lo se sentir tão mal que a única alternativa é sumir daqui e nunca mais voltar.

Mesmo que eu esteja completamente irritado com ele, ainda sinto que todos aqueles comentários poderiam ser para mim. É inevitável pensar em como toda essa cidade está cheia de intolerantes.

Eu me aproximo da casa e percebo que entrar pela porta da frente talvez não seja uma boa ideia. Dou a volta com a bicicleta e bato na dos fundos.

— Tio Eduardo! — murmuro com a cara enfiada na porta, rezando para nenhum curioso ter me seguido até ali. — Sou eu! André!

Bato na porta mais uma vez, depois outra, esperando pela resposta.

Depois de algum tempo, ouço a movimentação do outro lado e vejo quando ele abre a porta para mim. Primeiro uma fresta, para se certificar de que sou realmente eu e de que estou sozinho, depois a porta inteira.

— Então você já ficou sabendo, né? — pergunta ele assim que me vê entrar. Noto que parece destruído pela divulgação daquela notícia: seus olhos estão avermelhados, como se tivesse acabado de acordar ou de chorar, e seu tom de voz

não está mais tão bem-humorado, mas sim grave, desanimado.
— Entra logo, antes que alguém te veja.

Olho para o jornal em cima da mesa.

Vê-lo daquele jeito faz a fúria dentro de mim se misturar com um tanto de tristeza.

— Fui comprar pão e peguei um jornal, e só depois disso entendi por que todo mundo estava olhando torto para mim — explica ele, mesmo que eu ainda não tenha aberto a boca. Com o passar do mês, minha mãe concordou com saídas esporádicas de tio Eduardo, sempre de carro ou usando uma bengala e andando bem devagar, para convencer a cidade de que estava, aos poucos, melhorando de sua cirurgia inventada.

— É verdade? — pergunto para ele, tentando levar o conselho de Diego à risca e ouvi-lo antes de dizer o que penso.

Quero que diga que é mentira.

Mas ele só fecha os olhos e balança a cabeça, confirmando.

Não consigo acreditar.

Tio Eduardo tenta se aproximar e colocar uma das mãos em meu ombro, mas me desvencilho, irritado.

— Por quê? — quero saber.

Sei que a vida é dele; sei que faz o que bem entender e eu não tenho nada a ver com suas decisões, mas algo quebra dentro de mim. Conhecer tio Eduardo foi o acontecimento mais incrível desse ano, e perceber que ele era uma pessoa tão autêntica e, ao mesmo tempo, tão boa, me dava esperanças de um futuro melhor. Um futuro em que as pessoas não ficariam me questionando sobre minha ética a partir do momento em que percebessem que eu era gay. Mas saber que minha maior inspiração tinha beijado um homem casado me faz questionar se é inevitável que cresçamos e nos tornemos pessoas horríveis, que não levam em conta os sentimentos dos outros e só se preocupam com o agora.

— É complicado, André — murmura tio Eduardo em resposta.

— Complicado? — pergunto, sentindo a raiva borbulhar dentro de mim ao perceber que isso é tudo o que ele tem para me dizer. É o que todo mundo me diz ultimamente. — O que é mais complicado: as pessoas descobrirem que você está beijando um candidato à prefeitura de uma cidade homofóbica como essa ou descobrirem que você está beijando um cara casado, escondido nas sombras que você me ensinou a evitar a todo custo?

Estou tão cansado. Só quero me sentar no chão, abrir um buraco nele e desaparecer. Não quero mais ter que lidar com essa cidade, ou com a ansiedade de esconder quem eu sou, ou com minha decepção ao perceber que as pessoas que eu admiro também fazem coisas horríveis.

— André, por favor, me escuta — pede tio Eduardo, olhando para mim. — O Pedro e eu… a gente tem uma história.

— Eu sei! Vocês eram amigos de adolescência, mas isso não justifica nada! Ele é casado! Ele é a única chance que essa cidade tem de se ver livre do meu pai na prefeitura, e você sabe que uma notícia como essa pode acabar com a candidatura dele!

— Não, André, me escuta! — grita tio Eduardo, me fazendo engolir as palavras e encará-lo, assustado. Tio Eduardo desvia o olhar do meu, me dá as costas e começa a andar pela sala, agitado. — Eu e o Pedro éramos amigos. E fomos mais do que isso. O nome completo dele é Pedro Guilherme Torres. Lembra, André? Guilherme?

O nome ressoa dentro de mim e a conclusão me faz arregalar os olhos.

Pedro Guilherme Torres.

Guilherme.

O mesmo Guilherme para quem tio Eduardo gastava páginas e páginas do seu diário, rabiscado dezenas de vezes ao lado de corações. O mesmo Guilherme que havia arrastado ele para o banheiro dos fundos durante uma festa e dado o primeiro beijo assustado da vida dos dois.

— Era assim que eu o chamava no meu diário — tio Eduardo continua falando —, para despistar caso alguém o encontrasse e lesse. Era dele que eu estava falando quando te contei sobre meu primeiro beijo.

As informações colidem na minha cabeça.

Pedro Torres era o amor da adolescência do tio Eduardo.

— Aquele dia que eu o chamei para me visitar, eu... precisava daquilo. Eu precisava conversar com ele e saber como tudo estava depois de tantos anos. Eu sei que não devia ter convidado ele, mas foi mais forte do que eu. E a gente se reconectou, André. Não parecia que haviam se passado quase vinte anos. A gente simplesmente... Era como se a gente nunca tivesse se separado.

— Mas... — A descoberta de que Pedro Torres é a mesma pessoa que faz os olhos do meu tio brilharem não anula o fato de que o tempo passou e eles não são mais adolescentes. — O Pedro Torres é casado! Como você pode fazer isso com a esposa dele?

Tio Eduardo esboça um sorriso.

— Por que você está rindo? — pergunto, revoltado.

— Desculpa, André... Eu também achei que ele fosse casado, mas ele e a Paula são só amigos. Era disso que a gente estava conversando quando os dois estavam aqui. Foi o preço que o Pedro teve que pagar para permanecer em Lima Reis. Ele sabe que nunca teria conseguido crescer na vida política se fosse um solteirão de quase quarenta anos, ou, Deus livre as pessoas dessa cidade, gay! Então ele e a Paula combinaram de se casar, porque era um bom arranjo para os dois. A Paula nunca quis saber de relacionamentos, mas esse inferno de cidade regula até quem quer ficar sozinho.

— Então os dois nunca...?

— Consumaram o casamento? — completa ele, vendo meu rosto ficar vermelho. — Tenho quase certeza de que não. Eles só moram juntos para a cidade não ficar fazendo fofocas dos dois.

Fico chocado. Nunca passou pela minha cabeça que as pessoas de Lima Reis tivessem todo esse poder. Eu sei que viver nessa cidade é difícil, mas perceber que Pedro e Paula moldaram completamente quem são apenas para serem aceitos em um lugar que não tolera algo diferente do esperado faz meu estômago revirar.

— Por isso eu fui embora daqui — diz tio Eduardo. — Eu não ia suportar viver essa vida de fachada para sempre. Mais cedo ou mais tarde, a cortina cai e as pessoas veem quem nós somos de verdade. E eu gostaria muito que essa cidade apenas aceitasse quem nós somos, porque não tem nada de mais nisso, mas você sabe tão bem quanto eu que as coisas não são assim por aqui.

— Por que ele... ficou? — pergunto. — Por que não fez como você e foi embora daqui?

Tio Eduardo encolhe os ombros.

— Quando decidi ir embora, eu pedi que ele fosse para São Paulo comigo. E quando ele se negou, fiquei magoado.

Eu achava que ele não queria ficar comigo. Passei muito tempo pensando que ele seria a única pessoa por quem eu me apaixonaria, mas que ele tinha vergonha de ser gay. Que não gostava tanto de mim quanto eu gostava dele. Mas, agora, percebo que era algo muito mais profundo. Ele não queria deixar essa cidade.

"Existem pessoas que querem desbravar o mundo, como eu e você, e outras que preferem mudar o mundo que já conhecem. O Pedro é assim. Acho que nunca vou conseguir entendê-lo, mas ele ama essa cidade mais do que qualquer outra coisa. Ele cresceu aqui e enxerga o potencial que as pessoas daqui têm. Esse era o ponto onde mais discordávamos. Ele queria ser um grande revolucionário local, mudar a cabeça das pessoas, e achava que elas só precisavam ser educadas de um jeito melhor para entenderem que o mundo é muito mais complexo do que pensam. E ele está conseguindo! Eu não me lembro de já ter visto alguma eleição nesta cidade ser disputada, mas o Pedro está mudando as coisas."

— Estava, até essa notícia sair — respondo, amargo. — Você sabe que o Felipe só está fazendo essas coisas porque meu pai está ameaçando ele, não é?

Tio Eduardo engole em seco.

— Eu imaginei — responde. — Me desculpa te dizer isso, André, mas seu pai não é uma boa pessoa.

— Eu sei — concordo, controlando meu impulso natural de defendê-lo apenas por ser meu pai. Tio Eduardo está certo. Se meu pai usa a sexualidade do seu oponente como forma de manchar a imagem dele enquanto faz esquemas de desvio de verbas nas sombras, eu honestamente não tenho nenhum motivo para defendê-lo.

Ouvimos alguém bater na porta dos fundos.

— Eduardo, abre a porta! — Ouço a voz da minha mãe. — O Pedro está aqui!

Arregalamos os olhos. Como Pedro Torres conseguiu chegar ali sem ser visto por ninguém?

Tio Eduardo corre para abrir a porta dos fundos enquanto olho para as janelas apenas para me certificar de que todas as venezianas estão fechadas. Espicho o pescoço para a cozinha e vejo quando ele entra. Pedro está acompanhado de sua esposa, Paula. Os dois ainda estão usando suas roupas de corrida matinal, e vejo quando Pedro abraça tio Eduardo com força.

— André, o que você está fazendo aqui? — pergunta minha mãe. — E por que está usando um casaco por cima do pijama?

— Eu precisava conversar com o tio Eduardo — respondo, ainda irritado com ela. — Precisava saber se essa história toda era verdade.

Minha mãe suspira, percebendo como estou decepcionado.

— É verdade — diz Pedro Torres, olhando para mim. — Eu só não queria que a cidade descobrisse assim, dessa forma e nesse momento. Isso é ruim para a eleição.

— Oi, André — diz Paula, abrindo um sorriso. — Que confusão, hein?

Pedro e Paula não parecem estressados. Pedro olha para tio Eduardo, mas não o encara como se ele fosse o culpado de todas as fofocas da cidade. Ele tem um perfil completamente diferente do meu pai. Acho que nunca o vi irritado ou impaciente. Parece estar sempre no controle da situação.

— Desculpa pela confusão, Pedro — digo, mesmo sem saber por que estou pedindo desculpas. — Se eu ainda estivesse no jornal, ia me certificar de que essa matéria não saísse, mas o Felipe me mandou embora.

— Não é culpa sua — responde ele, sentando em uma das cadeiras encostadas na mesa da cozinha. Tio Eduardo pega uma xícara, abre a garrafa térmica e despeja um pouco de café dentro. — Obrigado — agradece Pedro, olhando para tio Eduardo e abrindo um sorriso.

Há alguma coisa quase palpável entre os dois. Tio Eduardo e Pedro se olham e se movem como se nunca tivessem se separado antes.

Talvez o amor dure para sempre em alguns casos, no fim das contas.

— André, você precisa ir para casa — responde minha mãe. — Não quero que fale para o seu pai que estou aqui nem que o Pedro veio ver o Eduardo. A gente precisa resolver como contornar essa situação.

— Você ainda acha que eu não devo contar o que sei sobre meu pai? — pergunto com um tom de voz ressentido. — Foi ele que fez o Felipe publicar essa história. Ainda está tudo bem para você, saber o que sabe e não fazer nada para mostrar às pessoas quem meu pai realmente é?

Tio Eduardo olha de mim para minha mãe.

— Do que ele está falando, Selma?

Minha mãe parece nervosa, como se estivesse decidindo, naquele momento, a quem devia sua lealdade.

Então ela só estufa o peito, inspira profundamente e fala as palavras que estou esperando que diga há pelo menos cinco anos.

— Ah, quer saber de uma coisa? Foda-se! — explode ela. — Eu não sabia que o Ulisses ia fazer isso, Eduardo, juro que não sabia. Eu estava tentando arranjar qualquer desculpa para acreditar que ele é uma boa pessoa, apesar de tudo o que já fez na vida, mas ele não é. Isso ultrapassou todos os limites, e sei que ele vai continuar fazendo o que for necessário para ganhar a eleição. Ele não está nem aí para quem machuca no caminho.

É impossível esconder meu sorriso à medida que ouço aquelas palavras saindo da boca da minha mãe. Fico aliviado ao perceber que ela não está mais tentando defender meu pai e, além disso, consigo sentir o alívio por trás de cada palavra saída da boca dela, o peso indo embora das suas costas e deixando-a cada vez mais empolgada.

Ela se vira para Pedro Torres e continua falando:

— O André acabou descobrindo que o Ulisses está envolvido em algum esquema de troca de favores. É assim que ele tem conseguido dinheiro para a campanha dele e como fez aquela inauguração ridícula na escola. Por isso eu quis me separar dele, mas achava que devia alguma lealdade e decidi esperar a eleição passar. Mas isso está fora de controle. Ele não merece estar na prefeitura dessa cidade.

— Por que você não falou nada antes, Selma? — pergunta Paula. Apesar de manter a serenidade, ela parece menos paciente do que Pedro. Encara a amiga de infância com olhos arregalados.

— Como eu conseguiria provar para as pessoas? Era a minha palavra contra a dele!

— A gente consegue provar agora — digo.

— Como? — pergunta tio Eduardo.

— Eu consegui alguns e-mails. — Puxo meu celular do bolso e abro a troca de e-mails, estendendo o aparelho para tio Eduardo e Pedro Torres. — Não é muita coisa, mas eles provam que meu pai estava se comunicando com alguém e pagando a mais pelos equipamentos de informática da escola.

Pedro analisa os e-mails, sempre paciente.

— Isso pode nos ajudar — diz ele —, mas essas mensagens não estão assinadas. Seu pai pode muito bem dizer que a gente está inventando tudo isso.

— É claro que ele vai dizer — complementa tio Eduardo.

— Mas a gente nunca vai saber se não tentar — respondo. Um plano começa a se formar na minha cabeça. — A gente pode encontrar um jeito de divulgar esses e-mails e também pode falar sobre você e a Paula serem só amigos, se estiver tudo bem para os dois. Eu sei que essa cidade é homofóbica, mas se as pessoas souberem que nunca houve uma traição, talvez pudessem mudar de posicionamento. O que acham?

Pedro encolhe os ombros.

— Não dá para ficar pior do que já está — diz ele.

— E lá se vai meu casamento arranjado — responde Paula, com uma nota de bom humor na voz. — Faça o que for necessário, André. As pessoas vão falar de qualquer jeito. Pelo menos não vou ser a esposa traída, para variar um pouco o tema das fofocas desta cidade.

— Mas o que você pretende fazer, André? — pergunta minha mãe.

— Colocar em prática o que aprendi com Felipe e ser um bom jornalista para Lima Reis.

21

Depois de explicar o meu plano para minha mãe, tio Eduardo, Pedro e Paula Torres, pedalo de volta para casa como se minha vida dependesse disso, agradecendo o sol que começa a aparecer no céu e as nuvens de chuva que se dissipam. Nunca vi tantas pessoas na rua lendo o *Diário de Lima Reis* e discutindo sobre a matéria de capa, mas estou certo de que nenhuma delas está falando sobre como Pedro Torres é um bom sujeito ou um homem decente. Todas parecem enojadas com a revelação, tanto pelo fato de ele ser um homem casado traindo sua esposa — o que, convenhamos, não seria tão grave para essas pessoas se ele a traísse com outra mulher — quanto pelo fato de estar beijando outro homem. Isso parece chocá-las mais e fazê-las deixar de lado tudo o que Pedro Torres falou em favor da cidade, sobre os empregos e o bem-estar de todos os moradores daqui.

É inevitável não ficar decepcionado com Lima Reis.

Assim que chego em casa, tomo um banho rápido e finalmente me visto de forma decente. Dali, pedalo até o *Diário de Lima Reis* e vejo que Felipe está com a cara enfiada na frente do seu computador.

— Bom dia, Felipe. Posso entrar? — digo, batendo na porta timidamente e fazendo-o virar a cabeça na minha direção, assustado. — Eu não vim aqui brigar — me adianto, levantando as mãos em um gesto de paz.

Felipe olha para mim e vejo as olheiras gigantes pintando seu rosto. Ele parece tão pequeno, encurvado naquela cadeira, os cabelos bagunçados, o cinzeiro cheio de bitucas amassadas ao lado do mouse e a expressão de quem não sabe o que é uma boa noite de sono há algum tempo.

— Eu já sei o que meu pai fez — continuo, puxando uma cadeira e me sentando ao lado dele.

Felipe coloca as mãos na frente do rosto e abaixa a cabeça. Depois respira fundo, passa os dedos pelos olhos e tenta recuperar a compostura, mas só parece destruído pelas circunstâncias.

— Ainda não tive coragem de sair pela cidade — diz ele. — As pessoas estão comentando muito?

— É claro que estão — respondo. — Acho que meu pai conseguiu o que queria.

— Eu juro que... ah, André, eu não queria que as coisas tivessem chegado a esse ponto. Quando descobri que seu tio e o Pedro Torres tinham se reencontrado, jurei que iria guardar a informação só para mim. Eu sabia que eles tinham se envolvido durante a adolescência, porque toda a cidade comentava sobre isso quando a gente era mais novo. Mas, naquela época, quando seu tio percebeu que o Pedro não iria embora de Lima Reis, ele fez questão de dizer para quem quisesse ouvir que havia tentado seduzi-lo, mas nunca tinha sido correspondido, tudo para que Pedro não fosse tão hostilizado quanto ele já era. Seu tio foi embora com essa marca de gay desesperado que tenta beijar qualquer homem que vê pela frente. E todos foram horríveis com ele. Por isso ele nunca quis voltar.

Felipe engole em seco, sem levantar os olhos em minha direção.

— Então, quando ele finalmente voltou — continua —, eu fiquei sabendo que ele estava hospedado na casa que era dos seus avós, fui até lá tentar uma entrevista e o vi junto com o Pedro. Eu devia ter ficado quieto, por que o que eu tenho a ver com isso? Mas continuei indo até a casa e bisbilhotando pela janela. Não me orgulho disso, mas ouvi a conversa dos dois e percebi que eles já estavam se encontrando com frequência, e também percebi que seu tio não estava doente. E quando seu pai começou a me ameaçar a fazer matérias em favor da campanha dele, eu sabia que tinha um trunfo que faria ele me deixar em paz.

"Eu fui um covarde, André, mas fiquei assustado. Seu pai nunca fez nenhum tipo de ameaça contra mim ou contra meu jornal antes. Ele sempre me atacou de outras maneiras, tentando me desacreditar, inventando histórias sobre minha índole ou sobre minha ética. Mas já estou acostumado com isso. É assim que o jornalismo funciona. Só que, dessa vez, ele perdeu o controle. Disse que iria me destruir se eu não fizesse o que ele queria. Seu pai está fora de si com a perspectiva de perder essa prefeitura para o Pedro Torres. Ele está usando tudo o que tem".

— Você fez o que era necessário para ficar vivo, Felipe — digo, não porque acho que ele tenha tomado a decisão certa, mas porque entendo que era a saída que o deixava mais seguro. Era a mesma saída que eu escolhia seguir todos os dias.

— Eu sabia que meu pai estava disposto a muita coisa para

se manter no poder, mas nunca imaginei que fosse capaz de ir tão longe.

— Eu não posso continuar acuado — diz Felipe, balançando a cabeça, e vejo lágrimas de frustração começando a se acumular em seus olhos. — Eu *não quero* continuar acuado. Seu pai não vai parar enquanto alguém não fizer alguma coisa. A gente não pode continuar sacrificando nossas verdades por causa dele.

Ninguém melhor do que eu para saber dos sacrifícios que temos que fazer para ficarmos seguros.

Todos aqui parecem se sacrificar: meu tio foi embora, Pedro se casou com Paula para passar a impressão de uma família tradicional, Felipe está agindo contra seus princípios porque está sendo ameaçado, Diego chegou aqui sem conhecer ninguém e, assim como eu, precisa esconder quem é para não decepcionar sua mãe, e eu estou dentro do armário para não manchar a imagem de família perfeita que meu pai quer tanto passar para todos os seus eleitores.

— A gente não pode continuar acuado — concordo com ele. — A gente precisa mostrar para todo mundo o que meu pai está fazendo — concluo.

Então conto tudo para ele: começo explicando o casamento de fachada entre Pedro e Paula, mostro todos os e-mails que provam a corrupção do meu pai, explico o motivo da vinda do meu tio Eduardo para a cidade e como minha mãe não queria atrapalhar a campanha do meu pai e, por fim, digo que precisamos publicar aquelas mensagens, porque a eleição é nesse fim de semana e não temos mais tempo para pensar se devemos ou não colocar todas as cartas na mesa.

— Meu Deus, André, isso é... grave — diz Felipe, olhando para o meu celular e analisando a troca de mensagens.

— E isso foi só o que consegui descobrir de ontem para hoje. Ainda tem muita coisa aí. Tenho certeza de que a gente consegue encontrar muito mais podres nesses e-mails. — Felipe ainda está muito concentrado no meu celular quando complemento: — Eu sei que é te pedir muito, mas a gente precisa fazer a coisa certa agora.

Felipe levanta o olhar do celular e me encara. Percebo o conflito interno nos olhos dele, entre querer fazer o que é certo e se preocupar com as consequências que aquilo pode trazer para sua vida.

— Você acha que, se isso for revelado, as pessoas vão esquecer esse escândalo com o Pedro Torres e ficar mais indignadas com a corrupção do seu pai do que com alguém que foge das regras de moral e bons costumes dessa cidade?

Fico feliz ao perceber que ele está pedindo minha opinião como sempre fez antes. Que ainda me considera uma pessoa com pensamentos válidos, e não um adolescente bobo e cheio de vontade de mudar o mundo.

Encolho os ombros, porque não tenho uma resposta para a pergunta.

— Não sei, mas sei que a gente precisa tentar. — Então me lembro das palavras que disse para Diego e as repito para Felipe: — Um pouquinho de cada vez.

Felipe sorri, levantando o olhar do meu celular, e me encara.

— Eu tenho muito orgulho de você, André.

Não consigo evitar um sorriso como resposta. As palavras que sempre quis ouvir, mas nunca consegui arrancar do meu pai. As palavras que todas as pessoas como eu precisam ouvir, pelo menos uma vez na vida, para sentir que estão indo na direção certa.

— Você acha que vai ser perigoso? — pergunto. — Eu sei que meu pai está te ameaçando.

Felipe encolhe os ombros, mas há uma nova determinação em seu olhar.

— André, talvez você ainda descubra isso mais para a frente, mas ser jornalista não tem a ver só com fazer matérias sobre o campeonato de futebol de várzea ou com a volta de uma figura importante para uma cidade pequena. Os riscos fazem parte dessa profissão. Eu me esqueci disso e optei pela solução mais segura, mas não posso mais fazer isso. Por mais arriscado que seja, a gente precisa ter forças para fazer o que é certo.

Dou um sorriso, orgulhoso.

— Então, o que você me diz? — pergunto. — Vamos ver se a cidade fica indignada com alguma coisa que realmente valha a pena?

Assim que eu e Felipe terminamos de traçar nosso plano, pego o celular e mando uma mensagem para Diego:

André: Conversei com o meu tio e você estava certo. Tudo não passou de um mal-entendido.

Diego responde imediatamente.

Diego: Não falei para você?

André: Eu também vim aqui no jornal e conversei com o Felipe. A gente está bolando um texto, mas preciso de ajuda para fazê-lo chegar ao maior número possível de pessoas. Você pode vir aqui depois da aula e me ajudar?

Diego: Revoluções no meio da semana? Pode contar comigo!

Dou um sorriso e abro o grupo que tenho com Patrícia e Larissa.

André: ATENÇÃO! MISSÃO PEDRO TORRES PREFEITO DE LIMA REIS ATIVADA!

Larissa: ????

Patrícia: Por que você não veio para aula, André? Está tudo bem?

André: Conversei com meu tio e descobri que aquelas fotos estão fora de contexto. Estou aqui no jornal com o Felipe e preciso da ajuda de vocês.

Larissa: Vocês finalmente se resolveram?

André: Sim, está tudo certo. Vocês podem vir aqui depois da aula? Pode deixar que eu explico tudo.

Patrícia: Não quero ser babaca, mas você não vai fazer nada que coloque meu pai em risco, não é, André?

André: Já conversei com ele e está tudo certo.
Ele concordou com a minha ideia.
Se puderem vir aqui, eu explico direitinho.

Larissa: Pode deixar que a gente vai.

Patrícia: Fechado.

Passo o restante da manhã no jornal ao lado de Felipe, sentindo uma onda elétrica percorrer meu corpo enquanto destrinchamos os e-mails e pensamos na melhor forma de divulgá-los para a cidade. Enquanto Felipe bebe canecas e mais canecas de café, também mando mensagens para minha mãe e tio Eduardo, confirmando que consegui conversar com Felipe e o plano para expor as mentiras do meu pai continua de pé.

No começo da tarde, Diego, Larissa e Patrícia aparecem depois da aula com as famosas marmitas da minha avó, que são o almoço perfeito para todos nós. Nos sentamos na mesa que fica no meio do jornal, mastigando batatas fritas e bebendo refrigerante enquanto conversamos. Resumo para eles tudo o que aconteceu, porque Diego sabe de algumas coisas e Larissa e Patrícia, de outras: sobre como meu pai obrigou Felipe a fazer as matérias em favor da prefeitura, sobre os e-mails que encontrei, sobre o relacionamento de fachada entre Pedro e Paula Torres e sobre o amor de juventude entre Pedro e meu tio. Quando termino de falar e explico sobre a edição extra que estamos elaborando, todos parecem empolgados com o que pode acontecer amanhã, depois que essas notícias se tornarem públicas.

— Se o Pedro Torres não vencer a eleição depois dessas notícias, eu vou pessoalmente assassinar cada um dos moradores dessa cidade — diz Patrícia, sempre muito simpática.

— Como você está se sentindo, André? — pergunta Larissa, ignorando o comentário de Patrícia. Larissa é minha melhor amiga e sabe todos os sentimentos conflitantes que sinto em relação ao meu pai. Como tudo é muito complicado dentro da minha cabeça e como sempre tenho essa pré-disposição a acreditar que ele está fazendo a coisa certa, só que do jeito errado.

— Eu nunca tive tanta certeza na minha vida — respondo, e minha convicção jamais foi tão forte. — E estou muito feliz por todos vocês estarem do meu lado.

Ela sorri em resposta.

— É o mínimo que posso fazer depois de tudo — diz Larissa.

Patrícia sorri, também feliz com a minha resposta, mas vejo que seus olhos estão carregados de preocupação. Ela olha para Felipe e pergunta:

— Você tem certeza de que quer fazer isso, pai? Eu sei que a gente tem que fazer o que é certo, mas essas ameaças que você está sofrendo são reais.

Felipe passa um dos braços por cima dos ombros da filha e a aperta, dando-lhe um beijo suave nos cabelos.

— Eu já provoquei muitos danos por causa do medo, filha. Essa profissão tem vários riscos, e eu sabia disso quando comecei a falar dos problemas daqui. Eles só estão parecendo mais reais agora. Não se preocupa com isso. Vamos resolver um problema de cada vez.

Ela não parece tão convencida assim, mas só aquiesce em resposta.

— Eu quero fazer o possível para impedir meu pai, Patrícia — respondo, reafirmando minha decisão para ela e para mim mesmo. — Esse é o único jeito. A gente precisa mostrar quem ele é para todas as pessoas daqui. Se a gente ficar calado, ele vai ganhar e continuar agindo como se fosse o dono de Lima Reis. Mas ele não é.

Depois do almoço, Felipe continua concentrado em seu texto, aparando arestas, lendo os parágrafos em voz alta e decidindo se está ou não sendo claro o suficiente. Enquanto Larissa e Patrícia conversam em um canto, eu e Diego ficamos do outro lado da sala.

— Nunca imaginei que você pudesse ser tão corajoso — diz Diego, os olhos brilhando ao me observar.

— Nem eu — respondo, estendendo as mãos e entrelaçando meus dedos nos dele.

— Eu estou muito orgulhoso de você. — Ele abre um sorriso que parece fazer meu coração parar. Para quem queria ouvir aquilo uma vez, ouvir duas no mesmo dia é quase como ganhar na loteria.

Sinto o mundo suspenso por um segundo. Naquele momento, não ouço mais o barulho do teclado de Felipe nem os murmúrios de conversa entre Larissa e Patrícia, não vejo nem sinto nada além dos dedos de Diego contra os meus, os lábios dele com a boca entreaberta e os dentes um pouco tortos que são os mais lindos do mundo, que se abrem em um sorriso sem graça quando ele percebe que estou olhando para ele em silêncio.

— O que foi? — pergunta ele.

— Eu só estou... feliz — respondo. — Tipo, está tudo de cabeça para baixo, mas você estava certo quando disse que essa cidade não é tão ruim assim, se vocês estão aqui comigo. Se você está aqui comigo.

O sorriso dele, se é que isso é possível, fica ainda maior.

— Espero que, quando as pessoas souberem a verdade, elas possam nos surpreender — diz ele.

Regra nº 9: As pessoas podem te surpreender, penso.

Aperto as mãos de Diego com mais força e me pergunto se isso que sinto é parecido com o que tio Eduardo sentia — e ainda sente, talvez — por Pedro Torres.

— Espero que essa cidade me mostre que ainda vale a pena lutar pelo que a gente acredita — digo.

— Não sei quanto à cidade, mas eu sei que vale a pena — responde ele. — E te ver fazendo isso me inspira a também lutar pelo que acredito.

— Um pouquinho de cada vez — digo.

— Um pouquinho de cada vez — repete ele.

— E… pronto! — Felipe grita do outro lado da sala, animado. — Ponto final!

A impressora dá um estalo e vemos quando puxa os papéis e começa a imprimir o texto.

— Quero que vocês leiam e me digam o que acham — diz Felipe, nos entregando as cópias depois de virar o resto daquela que provavelmente é sua quinta xícara de café.

Ele distribui as cópias para todos nós e ficamos em silêncio, concentrados no texto. Leio rápido da primeira vez e com mais calma na segunda, murmurando e mexendo os lábios enquanto sussurro as palavras para me certificar de que estão claras o bastante para serem entendidas de primeira.

— Está ótimo, Felipe — digo, colocando a folha sobre a mesa. — Conciso, claro, direto ao ponto. Sem perder tempo com explicações desnecessárias e do tamanho certo para as pessoas conseguirem repassar a matéria pelos grupos de mensagens.

— Acho que não tem mais nada que eu consiga te ensinar, André. — Ele sorri ao me ouvir falar como um editor. — E isso porque você ainda nem começou a faculdade. Tenho certeza de que vai ser um jornalista ainda melhor do que é hoje.

Fico sem graça com o elogio. Larissa, Patrícia e Diego também concordam que o texto está pronto para ser impresso, mas Felipe pega o papel e lê os parágrafos pelo menos mais duas vezes, puxa uma caneta e rabisca algumas alterações, depois volta para o computador e ajusta alguns pequenos detalhes. Ele sempre foi seu maior crítico.

— Já temos a matéria de capa! — diz Felipe, concluindo que não tem como modificar mais aquele texto. — Agora preciso terminar de fazer a edição de amanhã. André, você pode me ajudar?

Fico surpreso com o pedido.

— Tem certeza? — pergunto, olhando dele para Diego, e depois para Larissa e Patrícia. Larissa levanta os polegares em um gesto de incentivo.

— É claro! Tenho que admitir que as coisas estão difíceis desde que você saiu. Não aguento mais reciclar textos dos anos passados e fazer matérias falando bem do seu pai. Acho que a edição de amanhã vai ser diferente. Sem elogios no caderno da cidade. Apenas o que eu sempre fiz desde que fundei esse jornal: falar a verdade, doa a quem doer, sem medo de encarar as consequências. Você quer me ajudar nisso e ter seu emprego de volta?

— A gente pode discutir um salário? — pergunto.

— Vamos com calma. Primeiro a gente vê se essa matéria vai surtir algum efeito na cidade, depois a gente conversa sobre pagamentos.

— Justo — respondo, animado, dando uma risadinha mesmo na iminência de um desastre. — Não custava nada tentar.

22

Larissa, Patrícia e Diego voltam para suas casas enquanto passo o restante da tarde e o início da noite no jornal, sentindo a adrenalina de correr contra o tempo circular pelas minhas veias. Eu e Felipe nos apressamos para fechar a edição de amanhã a tempo de imprimi-la e distribuí-la cedinho. Eu não sabia que estava sentindo tanta falta daquela sensação.

Quando terminamos, são quase oito da noite. Mergulhar no trabalho evitou que eu percebesse o quanto a fofoca de Pedro Torres e tio Eduardo se espalhou pela cidade, mas, assim que saio do *Diário de Lima Reis* e começo a ouvir as conversas das pessoas enquanto ando propositalmente devagar com minha bicicleta, sei que a situação não é nada boa.

Todos estão falando sobre como Pedro Torres é imoral por beijar outro homem.

— Isso vai contra a natureza! — um senhor sentado perto da entrada da praça comenta com outro velhinho. — Eu até estava pensando em votar nesse homem para ver se as coisas mudavam por aqui, mas depois disso?! Nunca na minha vida!

— Eu não estou nem aí se ele gosta de homem ou de mulher, mas uma imoralidade dessas representando nosso município? Nem pensar! — concorda outro senhor, como se falar em voz alta que não é preconceituoso automaticamente o autorizasse a falar qualquer barbaridade que passasse pela sua cabeça.

— Eu fico com pena da esposa dele, coitada. — Ouço uma mulher conversando com alguém no telefone, um pouco mais à frente. — Uma moça tão bonita! Não deveria se sujeitar a casar com um homem desses.

Resolvo que não quero mais ouvir aquelas conversas, mas também não quero ir para casa e correr o risco de encontrar meu pai. Não sei se vou conseguir usar minha habilidade de evitar conflitos agora, quando estou tão elétrico e empolgado para revelar o que descobri sobre ele. Não quero colocar tudo a perder e falar mais do que deveria, então resolvo parar a bicicleta no meio do caminho e puxar meu celular. Entro no aplicativo de mensagens e procuro pela minha conversa com Diego.

André: Já saí do jornal. Será que a gente consegue se ver antes de eu voltar para casa?

Ele só demora alguns segundos para me responder.

Diego: Claro.
Hospital, daqui a dez minutos?

André: Fechado.

Subo na bicicleta e vou até o hospital abandonado. O lugar é deserto e muito esquisito de noite, mas já me encontrei com Diego ali durante outras oportunidades para saber que não é um lugar tão perigoso quanto parece. Com a ajuda da lanterna do meu celular, empurro um dos tapumes soltos que protegem a área e vou até o pátio onde habitualmente nos encontramos, e só espero por alguns minutos antes de ouvir os passos dele se aproximando.

Trocamos um beijo e nos abraçamos.

É tão bom estar com Diego sem me preocupar com os olhares alheios.

Ao mesmo tempo, não consigo evitar o pensamento de que sou mais uma dessas pessoas que só consegue ficar confortável nas sombras.

— Está preparado para amanhã? — pergunta ele, depois de também ligar a lanterna do seu celular e virá-la para cima. Colocamos nossos aparelhos no chão, fazendo o reflexo que bate no teto nos iluminar precariamente, deixando só nossas silhuetas à mostra.

— Não sei — respondo. — Espero que as pessoas entendam que, de um lado, há alguém que só gosta de outro cara e teve que manter um casamento de aparências por causa disso; do outro, há alguém que está abusando do poder que tem. Para mim, não é uma escolha muito difícil.

— Nem para mim — diz Diego, me envolvendo em outro abraço e encostando mais uma vez os lábios nos meus.

— Será que um dia isso vai deixar de ser um problema para os outros? — pergunto depois que terminamos de nos beijar, sussurrando perto dos lábios dele.

— Como assim?

— Ser gay... será que algum dia as pessoas vão simplesmente parar de achar que temos menos valor por isso?

— Espero que sim, mas não consigo ser otimista — responde ele, afastando o rosto do meu e passando o indicador na minha bochecha, acariciando-a. — Acho que a gente pode se cercar de pessoas que não nos diminuem porque decidimos ser felizes e lutar para deixar claro que não somos inferiores a ninguém. Você tem me inspirado muito a acreditar que eu também posso ter um bom futuro pela frente. Acho que, no fim das contas, tudo se resume a isso: a gente precisa se lembrar de que merecemos afeto. De qualquer tipo, sabe. Seja romântico ou amizade. A gente não pode se contentar com menos do que isso.

Vejo a silhueta dele iluminada pelas lanternas dos celulares e, mesmo com aquele aspecto fantasmagórico, consigo perceber que Diego não é só bonito por fora. Tirando a aparência física, percebo que ele também tem uma alma linda.

Sei que é estúpido dizer "eu te amo" naquele momento e naquelas circunstâncias. Eu aprendi com os filmes que esse é um momento que deve ser guardado para quando tivermos certeza desse sentimento. Para quando formos adultos e maduros o bastante para entender o que realmente é o amor. Eu e Diego só estamos nos beijando e nos conhecendo há menos de um mês, é o que tento dizer a mim mesmo. Então por que estou com essa vontade desesperada de dizer essas palavras? Por que quero colocar para fora tudo isso fervendo dentro de mim? Será que estou mentindo para mim mesmo e me convencendo de que estou apaixonado só por que *quero* me apaixonar? Ou será que…

— Eu te amo — Diego sussurra no meu ouvido.

O quê?

Afasto ainda mais o rosto, arregalando os olhos com a declaração.

Ele sorri, esperando pela minha resposta.

— Eu...

Gaguejo pela surpresa, porque estou pensando a mesma coisa, mas Diego interpreta minha expressão de desespero como se ele estivesse se precipitando e, antes que eu consiga dizer mais alguma coisa, ele me interrompe:

— Desculpa. Isso é ridículo. — Ele tenta se soltar do abraço, mas eu o seguro.

— Não! Não é ridículo! Nada disso é ridículo! — Passo meus braços por baixo dos dele, porque ele é mais alto, e sinto quando ele coloca seus antebraços ao redor do meu pescoço, relaxando. — Você não é ridículo. Você é incrível. Eu também te amo.

O sorriso dele se alarga mais ainda.

— Você não está dizendo isso só porque eu disse, não é? — questiona ele, para se certificar. — Porque tudo bem se você ainda não estiver pronto para...

Dessa vez sou eu quem interrompo a conversa, avançando com minha boca contra aqueles lábios que falam por desespero.

Sinto quando o corpo dele amolece, nossos olhos fecham e nossas línguas dançam dentro de nossas bocas.

Isso tudo é perfeito. Por esse breve espaço de tempo, me esqueço de todo o preconceito de Lima Reis. Me esqueço do futuro, das dificuldades que estão por vir e de todas as coisas que ainda me esperam, seja aqui ou em outra cidade. Nesse momento, só consigo pensar no cheiro de Diego, em seu gosto, e quero guardar cada pequeno detalhe comigo. Quero contar para os outros sobre aquele beijo com a mesma paixão que tio Eduardo me contou sobre o beijo com Pedro.

Mas minha felicidade vai embora acompanhada do cheiro de maconha e da voz de Iago, que se esgueira pelo hospital abandonado e vê nós dois nos beijando sob a luz das lanternas dos celulares.

— Ih, olha lá! — diz ele, puxando um trago do seu baseado e rindo. — Puta que pariu! É você, Diego? E André?

Mateus vem logo atrás de Iago, espremendo os olhos dentro dos óculos para conseguir enxergar na penumbra. Iago estende o baseado para o amigo, que dá um trago e depois acena para mim e Diego, tão surpreso quanto nós por ver outra pessoa ali.

Diego enrijece imediatamente, e não posso dizer que não sinto uma onda de medo percorrendo meu corpo. Estamos em um lugar escuro, vulneráveis àqueles garotos. Não estamos exatamente em uma posição de segurança no momento.

— O-oi, Iago — diz Diego, tentando soar casual.

Mas é claro que Iago não tem nenhum pudor em falar o óbvio.

— Vocês dois estão se pegando? Puta merda! Eu já desconfiava do André, com esse jeitinho dele e aquele tio estranho, mas você, Diego? O que vou falar para o pessoal do futebol quando você estiver trocando de roupa com a gente no vestiário? Não vai me dizer que você fica manjando a gente só de toalha, né?

— A gente já está indo embora — me apresso a dizer, porque não quero que as coisas saiam do controle.

— Não é nada disso, Iago — diz Diego, tentando se proteger, dando um passo para trás e desviando os olhos dos meus. — Você entendeu errado.

Diego dá um risinho sem graça, e sinto toda a empolgação de segundos atrás ir embora. Eu sei que ele está se protegendo, sei que o motivo para ter vindo para essa cidade foi porque algo exatamente assim aconteceu da outra vez, mas não consigo evitar o pensamento de que ele tem vergonha de mim.

Vergonha de nós.

Sinto uma fúria borbulhar dentro de mim. Estou tão cansado disso tudo.

— Não, continuem fazendo o que estão fazendo! — diz Iago, rindo. — Meu Deus, acho que seu tio realmente inspirou essa cidade, hein, André? Primeiro o Pedro Torres, e agora o Diego. Sua família é especialista em converter as pessoas em gays?

— Vai tomar no cu, Iago — digo, impaciente.

Aquilo é tudo o que ele precisa.

— Já disse que isso é você que gosta, não eu. — Iago bate no peito de Mateus com as costas das mãos, incentivando-o a também falar. — O que você acha disso, hein, Mateus?

O outro garoto não parece muito confortável.

Eu nunca entendi muito bem qual é a do Mateus. Ele nunca me pareceu tão ruim quanto Iago, mas sempre andou com o garoto como um cãozinho que espera pela aprovação do seu dono. Está sempre lado a lado com ele, concordando com tudo o que o outro fala, participando de todas as brincadeiras estúpidas que o amigo inventa e sempre se colocando como um coadjuvante em todas as situações.

— A vida é deles — murmura o garoto, dando de ombros, a fala um pouco lenta, talvez por conta do baseado. — Deixa isso para lá, Iago. Vamos para outro lugar.

— Ah, qual foi, você vai defender o casalzinho agora? — provoca Iago.

— Deixa a gente em paz, Iago — peço, tentando controlar minha raiva.

Diego se mantém dois passos afastado de mim, estático, e nesse momento tudo o que sinto por ele é decepção.

— Ou o quê? — pergunta Iago. — Você vai chamar seu papai e mandar ele dar um fim em mim? Seu pai não está aqui agora, André.

Ele avança e me empurra. Não faço a menor ideia do que leva Iago a se comportar assim, mas não vou cair nas provocações dele.

— Para com isso, Iago — pede Mateus, olhando para nós com apreensão.

— Qual é a sua também, Mateus? — diz ele, também dando um empurrão no amigo. Só que o empurra com mais força, fazendo Mateus tropeçar e cair com a bunda no chão. — Vai dizer que você é viado igual a esses dois?

— Para com isso, Iago! — exclama Diego. — Deixa a gente em paz! A gente não te fez nada!

— Cala a boca! — responde ele, agressivo.

Iago projeta o corpo na direção de Diego, mas antes que consiga encostar nele, vejo a sombra do punho fechado de Mateus acertando o lado do rosto do amigo, o estalo seco ressoando pela construção abandonada.

— Filho da puta! — grita Iago, segurando o rosto. — Por que você fez isso?

Mateus não responde, só respira ruidosamente, tentando retomar o controle do próprio corpo.

— Chega! — digo, surpreendendo a mim mesmo quando empurro Iago com toda a força que tenho. Ele é muito mais pesado do que eu, mas acho que é pego de surpresa e cambaleia para trás. — Sai daqui agora, seu babaca! Vai embora!

— Mateus? — chama Iago, mas Mateus se mantém imóvel, apenas olhando enquanto o amigo arregala os olhos. — Qual é, cara, o que está acontecendo? Agora você vai defender esses dois viadinhos?

— Vai embora, Iago... deixa eles em paz — murmura Mateus.

Iago parece chocado com a atitude do amigo. Ainda fica parado por algum tempo, avaliando se deve ou não reagir, mas por fim decide que não vale a pena tentar vencer uma briga contra três pessoas.

— Fiquem aí se chupando, então — rosna ele, revoltado, antes de nos dar as costas e desaparecer na escuridão.

A tensão se dissipa aos poucos quando percebemos que Iago não vai voltar.

— Valeu, Mateus — murmuro, ainda olhando para a silhueta acuada de Diego, que não consegue falar nenhuma palavra.

— Eu não fiz nada — diz Mateus, dando as costas para nós.

E, sem nenhuma outra explicação, ele também desaparece pelas sombras do hospital abandonado.

Voltamos a ser só eu e Diego.

— André, desculpa, eu... — começa a dizer ele, dando um passo na minha direção e pegando os meus braços.

Mas me desvencilho.

— Não, Diego — respondo, frio. — Está tudo bem. — Engulo as lágrimas que estão quase caindo dos meus olhos. — Eu preciso ir. Amanhã vai ser um dia importante.

Dou as costas para ele, secando os olhos antes de ir embora e deixá-lo ali, sozinho e calado.

23

Ele fingiu que a gente não tinha nada.

Ele disse que tudo não passava de um mal-entendido.

Ele só fica confortável comigo quando sou um segredo.

Será que ele me ama de verdade?

Essas questões ficam girando na minha cabeça enquanto me reviro na cama, sem conseguir pegar no sono. Meu pai está no andar de baixo, falando ao telefone e acertando todos os detalhes para o comício que fará na tarde de amanhã. Ele está planejando um grande show no meio da praça, no mesmo lugar em que a peça de Santo Augusto de Lima Reis aconteceu, com um carro de som ainda mais potente do que aquele que fica berrando o jingle de sua campanha pela cidade. Provavelmente quer um som alto o bastante para ficar gritando sobre como Pedro Torres é uma ameaça à integridade da cidade, levando todos a acreditar que a única forma de continuarmos tendo um bom governante é reelegê-lo.

A ansiedade pelo que estamos prestes a fazer não me deixa dormir. Ainda consigo ouvir quando, no meio da madrugada, a porta da sala se abre e meu pai sai, com certeza para resolver algum imprevisto do comício. Durmo e acordo incessantemente, e vejo quando o sol começa a nascer junto ao canto dos pássaros. Estou mais cansado do que na noite anterior, mas me obrigo a levantar quando o céu ainda está azul-escuro, porque preciso saber o que vai acontecer depois que todos lerem a matéria de hoje do *Diário de Lima Reis*.

Depois de tomar banho e escovar os dentes, coloco o uniforme da escola e vou até a cozinha para preparar meu café da manhã. Pego meu celular e vejo que Diego e Larissa me deixaram mensagens.

Começo pelas de Diego.

Diego: Desculpa, André.
Eu entrei em pânico.
Eu tinha que ter feito alguma coisa.
Falei sério quando disse que te amo.
Por favor, me responde.
E diz que me perdoa.

Vejo que ele está online e fico encarando a sequência de mensagens, sem saber muito bem como responder.

Não sei se quero responder.

Ele devia ter feito alguma coisa. Não devia ter dito que Iago entendeu errado. Não devia ter ficado parado, desconversando quando Iago perguntou se estávamos juntos.

Mas ficou quieto, porque é vergonhoso demais ser pego beijando outro garoto em uma cidade como aquela.

Começo a elaborar uma resposta, mas enquanto estou digitando, a tela do meu celular é substituída por uma chamada.

Larissa.

Por que ela está me ligando?

— Alô? — atendo à ligação. Eu e Larissa nunca nos telefonamos. A gente inclusive faz piada de quem ainda liga para os outros, então acho tudo aquilo muito estranho.

— Olha as suas mensagens, André! — diz ela, o tom de voz exasperado. — Vem para o jornal, agora!

Provavelmente está empolgada para me contar como a cidade está recebendo a notícia de que meu pai não é uma pessoa confiável.

— Eu acabei de acordar! — respondo, na defensiva. — O pessoal já está falando sobre a matéria?

— Não, André! Por favor, vem logo! É urgente!

Alguma coisa no tom de voz dela me deixa preocupado.

— O que aconteceu?

— Alguém destruiu o jornal!

Sinto um arrepio subindo pela minha nuca.

— O quê?

— Vem logo! — insiste ela, e desliga o telefone.

Não preciso virar a esquina da rua de Felipe para sentir o cheiro forte de queimado atingindo minhas narinas.

Não, não, não.

Pedalo minha bicicleta com velocidade, o coração batendo descompassado enquanto torço para tudo aquilo não estar acontecendo de verdade. Mas, assim que viro a esquina, vejo uma aglomeração do outro lado da rua enquanto os bombeiros desconectam a mangueira do hidrante mais próximo. Um deles conversa com Felipe, que ainda está usando suas roupas de dormir, descalço e com os cabelos bagunçados para todos os lados. Ele só assente para as orientações de um dos bombeiros, e não sei muito bem se está conseguindo absorver todas as informações.

Patrícia e Larissa estão perto dele, a primeira também de pijama. Quando me aproximo, apenas abraço as duas, completamente chocado com o que estou vendo. Diego chega logo depois, também em sua bicicleta, e arregala os olhos quando olha para a garagem de Felipe.

— O que aconteceu? — pergunta ele.

Diego tenta se aproximar de mim, mas dou um passo para trás. Ele parece levar um choque e fica imóvel, e todos nós permanecemos lado a lado, olhando para o estrago feito no jornal.

O *Diário de Lima Reis* está completamente destruído. As paredes pingam uma mistura de água e fuligem, os móveis estão carbonizados, os papéis se transformaram em cinzas e os computadores viraram uma massa de metal retorcido. O que mais impressiona é o cheiro: se estende para o outro lado da rua, quase palpável, fazendo meus olhos arderem, não sei se irritados ou entristecidos com o que vejo.

Felipe anda até nós, exausto.

— Os bombeiros disseram que por sorte o fogo não entrou em casa. O bar do seu Joaquim tem câmeras que gravam a entrada do jornal — diz ele, pesaroso. — Eles suspeitam de um incêndio criminoso, mas ainda não têm certeza de nada.

Eles não têm certeza, mas eu tenho.

Nós estávamos muito perto de conseguir desmascarar meu pai. Muito perto de mostrar para toda a Lima Reis quem ele é de verdade.

E meu pai saiu de casa durante a madrugada.

— Foi o meu pai, não foi? — pergunto.

Felipe encolhe os ombros.

— Eu não quero acusar ninguém sem ter provas. Não é assim que o bom jornalismo funciona.

Era isso o que Felipe temia. Era contra isso que estava lutando, e por isso estava fazendo tantas matérias a favor do meu pai. Ele sabe o poder que Ulisses Aguiar tem nessa cidade, e, mesmo depois de todas as ameaças, mudou de ideia e decidiu ir contra meu pai para fazer o que é certo.

E olha o que recebeu como recompensa.

Sinto a revolta crescer dentro de mim.

— Desculpa, Felipe — digo, secando lágrimas de ódio que insistem em cair do meu rosto. — A culpa é toda minha.

— Não — responde ele, apertando meu ombro e dando uma leve sacudida nele. — A gente ainda não sabe o que aconteceu. Pode ter sido só uma coincidência.

— Não foi — murmura Patrícia, olhando para o chão. — Foi o pai do André.

Ela não consegue levantar a cabeça. Esfrega o pé no chão, funga e parece travar uma batalha interna para continuar falando.

Mas, por fim, diz:

— E-eu pensei que... eu sabia que, se essa matéria saísse, o Ulisses ia ficar furioso com você, pai. Me desculpa.

A conclusão para as palavras de Patrícia me deixa em choque.

— Você contou para o meu pai? — pergunto.

— O que eu podia fazer? — responde ela, finalmente levantando a cabeça. Seus olhos estão avermelhados pelas lágrimas. — Ele disse que ia acabar com meu pai se ele não colaborasse, e eu... eu... eu fiquei com medo! Seu pai é um monstro, André, e ainda bem que ele só tacou fogo no jornal, e não na gente!

Larissa se afasta da namorada, também chocada com a informação.

— Patrícia, eu não acredito que você... — ela começa a dizer, mas Felipe a interrompe.

— Está tudo bem — diz ele, em um tom derrotado e apaziguador. — Agora a gente precisa se reerguer. A culpa não é da Patrícia. É do Ulisses.

Ficamos em silêncio enquanto o cheiro de queimado enche nossas narinas.

— O que a gente faz agora? — pergunta Diego.

— Eu não sei — responde Felipe.

E, nesse momento, vemos um carro preto se aproximando.

— O que aconteceu aqui? — Meu pai sai do veículo e olha para todos nós, uma expressão preocupada estampada no rosto. — Felipe, você está bem?

Ele consegue fazer cada palavra que sai de sua boca parecer sincera. Seus olhos estão arregalados em choque, e ele fica olhando para cada um de nós como se não soubesse exatamente o que aconteceu durante a madrugada.

— Acho que você conseguiu o que queria, Ulisses — responde Felipe, ressentido.

Vejo alguns curiosos se aproximando para entender o que significa aquela comoção. Meu pai sabe que estão ali, com celulares a postos, prontos para gravar qualquer coisa se a situação sair do controle. Então, faz o necessário para manter a pose de cidadão indignado. Olha para Felipe com olhos arregalados e se aproxima dele.

— Eu vou fazer tudo o que estiver ao meu alcance para descobrir quem fez isso, Felipe — diz ele, projetando a voz para que as outras pessoas também consigam ouvi-lo. — Não vou admitir que pessoas que querem expressar suas opiniões sejam ameaçadas nesta cidade.

Tenho vontade de socar meu pai, principalmente quando ele finge não entender do que Felipe está falando.

— Como você sabe que alguém fez isso? — pergunto. — Os bombeiros disseram que ainda vão abrir uma investigação para saber se não foi só um acidente.

Meu pai fica confuso por um segundo e quase sai do personagem. Mas, em pouco tempo, volta a sorrir e diz:

— André, por que não está na escola? Graças a Deus que você não trabalha mais nesse jornal! Eu sabia que ser jornalista era uma profissão arriscada, mas nunca imaginei que isso pudesse acontecer na nossa cidade.

Estou borbulhando por dentro: por minha mãe, que sempre soube de toda a podridão envolvendo meu pai e, ainda assim, preferiu se manter em silêncio; por Diego, quando fingiu que nossa relação era só um mal-entendido; por Larissa e Patrícia, quando omitiram saber que Felipe estava sendo ameaçado; por Felipe, que também escondeu as ameaças durante tanto tempo; e por meu pai, por ser essa pessoa horrível, que não tem nenhum limite quando o assunto é aquela posição pequena de poder como prefeito de Lima Reis.

— Onde você estava ontem de madrugada, pai? — pergunto, o tom de voz também alto o bastante para as outras pessoas ouvirem.

Meu pai dá um sorriso sem graça, encarando as pessoas ao redor.

— André, pare de ter tanta raiva do mundo. Eu saí de casa para resolver os problemas do comício. Você acha que eu ia tocar fogo no jornal de um dos meus amigos? Eu e o Felipe não temos as mesmas ideias, mas sempre respeitei o trabalho dele. Agora pare de achar que isso é uma conspiração e vá para a escola. Eu não tenho tempo para lidar com isso.

Estou enfurecido. Por isso, só continuo falando:

— Você está com medo de perder! Com medo de que todos saibam que você está desviando dinheiro da prefeitura para bancar sua reeleição! — Aquilo atiça a curiosidade das pessoas. Finalmente vejo uma câmera erguer-se e alguém começar a gravar.

— Não invente mentiras — responde ele, perdendo a postura de político ponderado.

— Não é mentira! — respondo, irritado. — Primeiro você expõe meu tio e o Pedro e chantageia o Felipe para fazer aquela matéria sobre os dois, e agora coloca fogo no jornal!

— CHEGA! — grita ele. Depois fecha os olhos, dá uma risada sem graça e tenta retomar o controle sobre si mesmo. — Eu não vou ficar ouvindo meu próprio filho plantar mentiras a meu respeito. Vá para a escola. Agora!

Vejo as pessoas murmurando entre si, chocadas com o fato de o filho prodígio do prefeito estar ali, aos berros com o pai na antevéspera da eleição. Fico momentaneamente satisfeito ao perceber que meu pai se sente ameaçado.

— Você não vai conseguir se sair como herói dessa vez — digo.

Dou as costas para ele e ainda o ouço murmurar "adolescentes, sabem como é..." para tentar colocar panos quentes naquelas pessoas cada vez mais interessadas em desvendar os dramas familiares dos Aguiar.

Quando chego na escola, minha mãe está na porta, me esperando.

— André! Eu soube o que aconteceu no jornal. Está tudo bem?

— Não! — respondo. — Não está nada bem. Foi o meu pai, mãe.

— O quê?

Vejo que todos já estão falando sobre o incêndio do *Diário de Lima Reis*. Quando percebo que estão prestando atenção em mim, puxo minha mãe escada acima e peço para ela me levar até a sala onde trabalha. Alguns professores também parecem curiosos enquanto passamos pelos corredores da coordenação, mas minha mãe finalmente abre a porta da sala dela e a tranca.

— Você não acha suspeito demais que a gente tenha feito uma matéria comprovando que meu pai está desviando dinheiro da prefeitura e, antes de o jornal ser distribuído, tudo ser incendiado? — pergunto.

— André, não faça acusações tão graves sobre seu pai. — O tom de voz dela é repreensivo. — Ele...

Ele não faria isso, é o que ela quer dizer.

Mas não consegue.

— Mãe, chega! Você sabe que ele seria capaz disso! A Patrícia ficou com medo do que o meu pai poderia fazer contra o dela e contou tudo, e foi assim que ele reagiu. É isso o que ele sempre faz. Você viu o que ele aprontou com o Pedro e o meu tio! E agora ele incendiou o jornal porque alguém ameaçou revelar todos os podres dele!

— Eu sou esposa dele há vinte anos, André. Ele não seria capaz disso.

Mas, pelo jeito como fala, sei que ela mesma não tem certeza sobre essa afirmação.

— Ele não seria capaz de perder a eleição, isso sim! — respondo. — Tirando isso, ele vai continuar destruindo todo mundo ao redor dele para se manter no poder, e você sabe disso.

Minha mãe fica calada, remoendo os seus pensamentos.

Parece completamente indecisa sobre o que fazer a seguir.

— Eu preciso que você me ajude — digo. — Você pode acreditar que meu pai não incendiou o jornal, se quiser. Pode acreditar que ele ama mais a gente do que ama a prefeitura. Mas eu preciso que você me ajude a fazer essa cidade ver quem ele é como prefeito. Aquelas mensagens combinando preços são reais. O desvio de verbas é real. Eu não estou inventando nada disso e você sabe que estou falando a verdade. Eu sei que você se importa com as pessoas daqui. Então a gente precisa mostrar para todo mundo o que meu pai fez e vai continuar fazendo se for reeleito. Por favor, me ajuda.

É isso. É tudo o que tenho. Meu apelo final. Quero sacudir minha mãe, e obrigá-la a agir corretamente, mas não posso fazer nada além de tentar convencê-la a ver que estou do lado certo, e meu pai, errado.

Ela só me olha por alguns segundos. Em silêncio, as engrenagens do seu cérebro parecem trabalhar todas ao mesmo tempo.

Então ela dá um suspiro, como se soubesse que as próximas palavras que vai dizer são as corretas.

— Como posso ajudar?

Quero estourar fogos em comemoração. Quero correr para abraçá-la e beijá-la, mas só abro um sorriso que é grande demais para o meu rosto.

— Obrigado, mãe.

Avanço para o computador dela e me conecto ao drive compartilhado do jornal.

— A gente salva todas as edições na nuvem. Ela está pronta. Eu só preciso de uma quantidade escandalosa de papel e tinta para imprimir nem que seja só a primeira página, e depois preciso fazê-la chegar ao maior número possível de pessoas.

Minha mãe olha para a tela do computador, pensando.

— Você consegue editar o texto e fazê-lo caber na tela do celular? — pergunta ela. — Para podermos passar para os grupos de mensagens?

— É claro! — respondo, já procurando pelos programas disponíveis naquele computador superfaturado e abrindo um de edição de imagens que tem menos funcionalidades do que uma pedra. Mas vou ter que dar meu jeito.

— Quando terminar, manda para mim — diz ela, pegando seu próprio telefone e procurando por um contato em sua agenda. Ela digita na tela, leva o telefone até a orelha e fala: — Alô, mãe? Preciso da sua ajuda. Eu sei que você está irritada com toda essa história do Eduardo e do Pedro, mas isso é muito importante. Acho que é a coisa mais importante que eu já te pedi na vida. Se eu te mandar uma mensagem, será que você consegue mandá-la para todos os grupos que tem? É sobre o Ulisses. — Minha avó pergunta alguma coisa do outro lado da linha. — O quê? Campanha para ele? Não, mãe, estou fazendo exatamente o contrário! O André descobriu umas coisas sobre a campanha do Ulisses e precisa que todos fiquem sabendo o quanto antes. — Outro silêncio. — Eu sei, mãe! Eu já disse que vou te levar para conversar com o Eduardo mais tarde, mas isso precisa ser feito agora! Vou te mandar a notícia e quero que você leia, e então quero que repasse para todos os seus contatos. Posso contar com você?

Minha mãe ouve a resposta e faz um aceno de positivo com o polegar.

Eu me sinto ainda mais energizado.

— Termina de editar o texto enquanto eu arranjo um jeito da gente imprimir a matéria de capa desse jornal — diz minha mãe, saindo da sua sala enquanto só faço que sim com a cabeça, completamente absorto na tela do computador.

— Pronto! — digo para mim mesmo, dez minutos depois. Consegui editar o texto para dar uma ideia geral da notícia, com frases imperativas e de efeito. Não é meu melhor trabalho e nem me orgulho de estar fazendo um texto de tom tão sensacionalista, mas preciso trabalhar com as armas que tenho para chamar atenção.

Espero só mais alguns minutos para ver minha mãe empurrando uma mesinha de escritório cheia de resmas de papel, com um toner extra de tinta equilibrado acima delas.

— Talvez eu tenha invadido o almoxarifado — diz ela, fechando a porta para se certificar de que ninguém vai nos ver. — Mas não vamos dar conta de fazer tudo isso sozinhos. É muito pesado.

— Pode deixar que eu chamo reforços — digo, pegando meu telefone e mandando mensagens para os meus amigos.

— Eu vou chamar seu tio Eduardo — responde ela, também pegando seu aparelho. — Ele vai adorar saber o que estamos aprontando.

— Mas, mãe... e o disfarce dele? — pergunto.

— Eu não me importo mais em fingir para essas pessoas — responde ela, me enchendo de orgulho. — Já passei tempo demais vivendo minha vida em função do seu pai. Dessa vez, é nos meus termos.

Não consigo me segurar. Levanto da mesa e quase a sufoco com um abraço.

A impressora trabalha tão rápido quanto um operário inglês do século XVIII.

Estamos todos espremidos na sala da minha mãe: eu, ela, Larissa, Patrícia e Diego. Tio Eduardo prometeu chegar o mais rápido possível e Felipe ainda estava conversando com os bombeiros, mas Patrícia afirmou com todas as letras que ele estaria presente assim que conseguisse. Mesmo tendo que lidar com os reflexos do incêndio, Felipe fazia questão de participar daquilo.

As aulas do dia já terminaram, mas minha mãe não parece irritada por eu ter matado aula pela segunda vez seguida. Em vez disso, se concentra na matéria escrita por Felipe, que está sendo impressa em ritmo frenético.

Revelado esquema de corrupção para financiar campanha de Ulisses Aguiar

O *Diário de Lima Reis* teve acesso exclusivo a uma série de documentos que comprovam que o atual prefeito da cidade de Lima Reis, Ulisses Aguiar, participa de esquema para superfaturar compras na Escola Municipal Santo Augusto de Lima Reis e faz uso da verba educacional para financiar sua campanha de reeleição.

As imagens mostram que a troca de e-mails entre o prefeito Ulisses e uma segunda parte, de identidade ainda não confirmada, é indício de que os preços praticados para a compra de computadores e acessórios periféricos estão muito acima dos valores atuais de mercado. A troca de mensagens indica, ainda, que Ulisses utiliza as compras superfaturadas como moeda para obter financiamento em sua campanha pela reeleição na prefeitura de Lima Reis.

Ainda segundo apuração, Pedro Torres, também candidato ao cargo de prefeito da cidade, foi falsamente acusado de trair sua esposa, Paula Torres. Ao *Diário de Lima Reis*, Pedro e Paula Torres informaram que há muito diálogo em seu casamento, e que, portanto, Paula estava ciente e apoiava toda a situação.

A assessoria de Ulisses Aguiar foi contatada, mas não respondeu até o fechamento desta edição.

Enquanto a impressora puxa e cospe papéis ininterruptamente, Diego me cutuca e aponta para o próprio celular, pedindo que eu pegue o meu.

Ainda estou irritado com ele, mesmo com a empolgação de vê-lo fazer parte de tudo isso. Minha mãe está bem ali, no outro canto dessa sala pequena e apertada, então ele é discreto o bastante para não começar a falar sobre nós dois na frente dela.

Mesmo a contragosto, puxo meu telefone do bolso e vejo que ele me mandou mais duas mensagens.

Diego: Eu sei que você ainda
está irritado comigo.
Eu não sei mais como te pedir desculpas.

Ele olha para mim enquanto levanto minha cabeça e o encaro.

Decido escrever uma resposta.

> **André:** O Iago foi babaca com nós dois. Mas você disse que ele tinha entendido tudo errado.

Ele responde imediatamente.

> **Diego:** Será que a gente pode conversar sem ser por mensagem? Por favor?

Olho de Diego para Larissa e Patrícia, que empilham as folhas já impressas, e depois para minha mãe, que parece pensativa após ler a matéria.

— Vou no banheiro e já volto — digo, e aceno com a cabeça para Diego, girando a maçaneta da sala e sentindo o ar mais gelado do lado de fora do que dentro daquele ambiente fechado.

— Espera aí, eu vou também — responde Diego, correndo logo atrás de mim.

Ele fecha a porta e estamos no corredor deserto da escola. Meu coração bate fora de ritmo.

— O que você quer conversar? — pergunto.

Ando para longe da sala porque minha mãe pode sair dali a qualquer momento, e já tem muita coisa acontecendo nos últimos dias para eu adicionar mais uma novidade.

— Quero pedir desculpas, mas isso você já ouviu — responde Diego. Ele não desvia os olhos dos meus. Respira fundo e diz: — Eu deveria ter falado alguma coisa para o Iago. Sei que foi idiotice não ter falado nada, mas eu não sabia como reagir. Tem muita coisa acontecendo na nossa vida agora, e tudo o que eu não quero é repetir os mesmos erros que fizeram meu pai ir embora. Mas também não quero ficar fugindo do que não posso mudar. Se minha mãe não lida bem com isso, o problema é dela, não meu. Eu preciso ser sincero comigo mesmo. E quero ser sincero com você do meu lado. Na verdade, nunca estive mais certo de alguma coisa em toda a minha vida.

As palavras dele me derretem. Ele está falando tudo o que sempre quis ouvir: que ele vai estar ao meu lado não importa o que aconteça e vai fazer o possível para ser feliz comigo.

Mas será que *eu* estou preparado para isso?

Ter a presença do meu tio nesse último mês abriu meus olhos para muitas coisas: eu quero a liberdade de poder estar com quem eu quiser. Quero ter alguém do meu lado, me apaixonar e construir minha vida junto de outra pessoa. E Diego está bem ali, literalmente com a mão estendida, me certificando de que quer ser essa pessoa e fazer essa jornada comigo.

Percebo que é uma jornada possível. Talvez fora de Lima Reis, talvez aqui mesmo. O que eu sei é que não vai ser uma jornada sem luta, nem vai ser tão fácil quanto a vida de uma família de margarina. Talvez minha mãe, minha avó ou meu pai não me aceitem, mas eu tenho Diego ao meu lado, me dizendo que vale a pena lutar. Tenho Patrícia e Larissa, que estão comigo nos momentos mais difíceis e me certificam que tudo vai ficar bem.

E tenho tio Eduardo, que me ensinou e me ensina todos os dias que as lutas diárias têm sua recompensa.

— Me desculpa, André — pede Diego, quando vê que eu só estou olhando para a mão dele, imóvel.

Percebo que ainda não respondi. Na minha mente, eu já disse sim um milhão de vezes.

— É claro que eu te desculpo — digo, envolvendo-o em um abraço. Roubo um beijo dele, sem me importar que alguém passe por ali, mas o universo é bom e ninguém parece ter notado. — Eu fiquei com raiva de você, mas não sei se faria diferente. Está tudo bem. Eu te entendo.

Entrelaço meus dedos nos dele.

— Agora vamos mostrar para toda a cidade de quem eles realmente precisam falar? — pergunto.

Mas Diego não precisa nem responder. Eu sei que ele vai estar ali, me apoiando e fazendo o possível para mostrar a Lima Reis quem meu pai realmente é.

24

Felipe chega logo que terminamos de imprimir as cópias da primeira página do jornal. Já conseguimos ouvir o carro de som no meio da praça da cidade, gritando o jingle terrível da campanha do meu pai para quem quiser ouvir.

Ulisses Aguiar é o melhor prefeito de Lima Reis, ele vai ganhar com o apoio de vocês.

Meu pai está em cima de um caminhão de som, acenando para a população que se junta para observar o grande show. Consigo notar que está cercado por pessoas que o apoiam na campanha: vejo a diretora Marcela, o seu Joaquim, o diretor da fábrica de peças automobilísticas e o padre Castro, todos cheios de sorrisos e acenos, porque com certeza só estão apoiando meu pai depois de terem feito seus pedidos e ouvido as promessas de que tudo seria realizado. Embaixo do caminhão de som, vejo algumas pessoas distribuindo santinhos para a população que lota a praça, enquanto os vendedores ambulantes faturam com a venda de bebidas e comidas.

— Boa tarde, povo limareizense! — diz meu pai, o microfone perto da boca, sua voz amplificada por toda a praça. — Estamos aqui hoje, reunidos neste último dia de campanha eleitoral, para afirmarmos o que queremos para esta cidade! E o que queremos são mais empregos! Mais educação! Mais segurança! Queremos que nossas famílias estejam seguras, bem alimentadas e saudáveis para não se deixarem enganar pelas promessas do meu opositor! Aquele homem só quer destruir a família, meu povo! Eu, por outro lado, recebo o apoio do representante de Deus em Lima Reis! — Nesse momento, ele aponta para o padre Castro, que recebe uma ovação com os braços estendidos para cima e não parece nem um pouco constrangido com toda a atenção. — E afirmo que, na minha gestão, vocês não serão obrigados a ver os filhos de vocês aprendendo a aceitar o que é errado! Eu não preciso dizer para ninguém, porque todos já sabem, mas a vida particular do meu opositor já deixa claro que tipo de pessoa ele é e como pretende influenciar nossas crianças! Mas não vamos deixar! No domingo, votem naquele que está ao lado de Deus e da família! Votem em Ulisses Aguiar!

O barulho das palmas faz meu sangue ferver. A fala do meu pai é substituída pelo jingle irritante da campanha enquanto o caminhão continua andando em círculos e soltando uma fumaça preta pela praça de Lima Reis.

Olho para Diego, que faz um aceno positivo com a cabeça e começa a distribuir as páginas impressas que carrega nas mãos.

— A verdade sobre Ulisses Aguiar! — grita ele, distribuindo os papéis. — O atual prefeito vem desviando verba da prefeitura para sua própria campanha! Leiam a notícia que teria sido impressa hoje, se o jornal da cidade não tivesse sido misteriosamente incendiado!

— Ulisses Aguiar é corrupto! — grita Larissa.

— Ele desvia dinheiro da educação! — grita Felipe.

— Ulisses Aguiar é o pior prefeito de Lima Reis, ele vai perder com a ajuda de vocês! — grita Patrícia, improvisando um jingle às avessas. — Ele está desviando dinheiro da prefeitura!

— Meu marido está enganando vocês! — grita minha mãe, também se esforçando no meio da confusão.

— Eu sou o filho de Ulisses Aguiar e estou dizendo que ele é um homem corrupto! — também grito, conseguindo chamar a atenção de algumas pessoas que, curiosas com minha presença, pegam o papel apenas para se certificar de que ouviram certo e que estou, de fato, fazendo campanha contra meu próprio pai.

Aos poucos, conseguimos fazer os papéis circularem pelas pessoas. Algumas olham com curiosidade para aquele pedaço de sulfite e logo perdem o interesse quando percebem que precisam ler o que está escrito. Outras fazem bolinhas de papel e simplesmente as amassam, e só as mais educadas jogam os papéis no lixo. A maioria os joga no chão, completamente desinteressada pelo assunto.

— A gente precisa gritar mais alto! — digo, desesperado ao perceber o que está acontecendo. — Ninguém está prestando atenção!

No meio das pessoas, vejo meu tio, que se aproxima usando uma camisa azul. Algumas pessoas olham torto para ele, porque azul é a cor da campanha de Pedro Torres, mas ele não parece se importar.

— Desculpa a demora. Sua mãe pegou meu carro e eu tive que vir aqui em uma bicicleta velha que estava na garagem — diz ele, ofegante e coberto de suor, mas finalmente sem a maquiagem de doente ou a expressão debilitada. — Ela também me mandou a notícia. As pessoas precisam saber disso o quanto antes.

Sem respondê-lo, abro minha mochila e estendo para ele mais um maço de papéis impressos.

— A gente precisa de toda a ajuda possível, tio.

Ele só sorri, pega os papéis e também começa a distribuí-los, gritando que Ulisses Aguiar é corrupto e não merece sentar na cadeira da prefeitura de Lima Reis.

Vejo que nosso plano não surte o efeito que eu esperava. Ninguém parece interessado em ler o que estou me torturando tanto para divulgar, mas não me deixo abater: continuo passando os papéis entre a população, na esperança de que ao menos algumas delas guardem aquela informação, leiam mais tarde e repassem para outras pessoas a tempo de fazê-las mudar de ideia antes da votação de domingo.

Aos poucos, vejo algumas pessoas olhando para os papéis. A esperança começa a crescer no meu peito quando olho para uma senhorinha que se afasta da multidão, coloca seus óculos e começa a ler. Os olhos dela se arregalam quando absorve a notícia, e ela mostra o papel para outra mulher do seu lado.

— Você viu isso, minha filha? Recebi uma mensagem mais cedo no celular, e agora isso. Será que é verdade?

Um pouquinho de cada vez. É assim que a gente vai fazer a revolução nesta cidade.

Conforme continuamos distribuindo as folhas, percebo que meu pai olha de cima do caminhão e me vê. Ele franze o rosto, sem entender o que estou fazendo ali, e depois observa parte da população segurando as cópias em sulfite.

Rapidamente desce do carro de som e anda no meio da população, até que um dos papéis vai parar em suas mãos.

Percebo quando ele abaixa os olhos e lê o que está escrito. Vejo sua expressão mudar e, conhecendo ele tão bem, sei que está enfurecido. Mas ele não deixa transparecer seus sentimentos.

Em vez disso, dobra o papel, o coloca no bolso da camisa e volta a subir no caminhão, pedindo que a pessoa que controla a mesa de som abaixe o volume para que ele possa falar.

— Povo Limareizense! — diz o atual prefeito, puxando o papel e estendo-o para a multidão. — Vejam como meu opositor é sujo! Acredito que todos já tenham percebido o que está circulando entre vocês. Não acreditem em mentiras! Pedro Torres, aqui vai um aviso: me difamar desse jeito não vai te levar a lugar algum! Aceite a derrota, meu caro!

O coro em resposta à provocação estrondeia pela praça. As poucas pessoas que pareciam levar a notícia em consideração mudam de ideia instantaneamente, ouvindo a palavra do meu pai como se ele fosse o próprio Messias.

— A notícia é verdadeira! — grito por sobre o coro de palmas, avançando na multidão. — Por que você não admite o que está fazendo com a cidade, pai?

Minha voz se sobrepõe às outras. Como o jingle está em volume mínimo, percebo que algumas pessoas conseguem me ouvir. Elas abrem uma roda e olham, assombradas, enquanto avanço na direção do caminhão.

Estão todos ao meu lado: Diego, Larissa, Patrícia, Felipe, minha mãe e tio Eduardo.

Estou energizado pela coragem.

— Ele é corrupto! — grita Larissa, fazendo coro a minhas palavras. Eu não sei como uma pessoa tão pequena consegue ter uma voz tão potente.

Meu pai percebe que as pessoas me reconhecem. Tenho certeza de que, se estivéssemos a sós, ele gritaria todos os seus absurdos para me calar.

Mas ele é um político, e as pessoas estão olhando.

— Vejam só, meu povo! — grita ele, ainda em posse do microfone. — O poder da oposição é tão grande que consegue fazer lavagem cerebral até na cabeça do meu próprio filho! — Ele abaixa o tom de voz e olha diretamente para mim, ainda segurando o microfone. — Nós vamos ter uma conversinha em casa, André. Agora pare de se meter no assunto dos adultos e me deixe governar essa cidade.

Meu pai faz a cidade inteira gargalhar. Sinto minhas bochechas esquentarem enquanto ouço o coro de risos na minha direção. A maioria das pessoas sequer ouviu o que eu disse, mas achou engraçado que eu estivesse ali, lutando para provar para todos que meu pai não merece aquele cargo, e vê-lo me disciplinar de cima daquele carro de som, como se eu não passasse de um garoto mimado, os fez ignorar minhas denúncias como infantilidades, birras de criança.

— Ulisses, por que você não admite o que fez? — minha mãe fala. Ela aperta meu ombro, me incentivando a não sair correndo dali, porque tudo o que quero fazer nesse momento é desaparecer.

Mas percebo que meus amigos e minha família continuam do meu lado, me apoiando.

As pessoas que importam.

E algo ferve dentro de mim. Uma vontade irrefreável de fazer o que é certo.

Dessa vez, não vou ser a pessoa que evita conflitos.

E, sem aviso, avanço na direção do caminhão de som. Vejo que meu pai deixou a porta que leva até a parte de cima aberta e subo até lá.

Quando fico frente a frente com meu pai, no meio da cidade, vejo os olhos dele faiscando de raiva.

— Desce desse caminhão, André! — diz ele, longe do microfone. — Você já foi longe demais!

— Não! — digo, desafiando-o. Grito alto o bastante para minha voz ecoar pelo sistema de som.

E, sem aviso, arranco o microfone da mão dele.

— Esse homem está enganando vocês! — grito, apontando para o meu pai, que arregala os olhos com minha audácia e quase avança para cima de mim. Quase. No estalo de um segundo, ele percebe que Lima Reis inteira está nos observando, e sabe que, se fizer qualquer coisa contra mim, as pessoas vão começar a falar.

E não há nada pior para Ulisses Aguiar do que ser a pessoa da qual a cidade fala.

Em vez disso, ele sinaliza para o controlador de som aumentar o volume do jingle enquanto a multidão ri e solta vaias.

Sem perder tempo, tio Eduardo também sobe no caminhão, vai até o controlador de som e sussurra alguma coisa em seu ouvido. Meu tio enfia a mão no bolso traseiro da calça, puxa sua carteira e entrega todo o dinheiro que tem. Vejo algumas notas de cinquenta e outras de cem reais.

Os olhos do homem contratado pelo meu pai brilham, e ele pega o dinheiro imediatamente, abrindo espaço para tio Eduardo tomar conta do som do carro. Aquele homem não mora em Lima Reis, e tenho certeza de que não se importa nem um pouco com os dramas políticos dessa cidade de menos de nove mil habitantes.

A corrupção, dessa vez, não beneficia meu pai.

— Você tem medo de que eu diga a verdade para as pessoas? — continuo falando quando o som do jingle diminui, fazendo crescer em mim a coragem que nunca tive antes.

Olho para baixo e vejo todos os olhos sobre mim, finalmente atentos. Pela primeira vez, sou o centro das atenções. Estou na posição que sempre temi e evitei.

Mas agora não tenho como voltar atrás.

Respiro fundo, tentando controlar meu nervosismo, porque sei que esse momento é importante. Agora é a hora em que preciso falar tudo o que está engasgado dentro de mim.

— Você está com medo de que todas essas pessoas descubram que você não vai continuar construindo o hospital nem está interessado no bem-estar de ninguém?! Tudo o que você quer é continuar no poder. Você só quer poder! Quer olhar para todas as pessoas de Lima Reis e se sentir maior do que elas. Você usou seu casamento para continuar no poder, e esconde de todo mundo que nem eu nem minha mãe aguentamos mais fingir que somos perfeitos só para os eleitores gostarem de você. Nós não somos perfeitos! Minha mãe quer se separar de você e trouxe meu tio para te ajudar a manter sua imagem limpa, e ainda assim você foi horrível com ele desde o momento em que o viu! — Minha garganta está seca e dói porque estou gritando, e as lágrimas começam a cair dos meus olhos. Mas não consigo parar. Não posso parar agora. — Você nem pensou duas vezes quando descobriu a história do meu tio com o Pedro Torres, e usou isso na sua campanha para desmoralizar ele. E nem se dignou a checar, ou saberia que ele nunca traiu a Paula. Eles só fingiam estar juntos porque o Pedro não queria que essa cidade olhasse para ele do mesmo jeito que olhava para o meu tio quando ele morava aqui. Mas quer saber de uma coisa? O Pedro Torres é muito maior do que você. Meu tio é muito maior do que você. Pedro Torres tem propostas que você não tem. Você acha que vai diminuir quem ele é. Acha que ser... — A palavra seguinte quase fica presa na minha garganta, mas me forço a dizê-la. É importante dizer.

— ... gay significa ser menos do que você. Então, pai, se você acha que ser gay é ser menos, sinto te informar que sou menos e nunca fui mais feliz em toda a minha vida.

E aí está: a saída de armário mais sem jeito de que se tem notícia.

A cidade parece prender a respiração, sem saber como agir com aquela notícia que, quando dita em voz alta, cala todos os sussurros e desconfianças que sempre me rondaram.

Meu pai olha para mim, um misto de raiva e confusão no olhar. Ele não tem resposta para rebater todo o meu orgulho. Estou ali, na frente da cidade inteira, dizendo pela primeira vez e para quem quiser ouvir que sou gay que nem meu tio Eduardo, que nem Pedro Torres e tantas outras pessoas escondidas em cidades pequenas que não podem dizer quem são. Cidades pequenas, mas não de tamanho. Pequenas de pensamento.

— André, para com isso — murmura meu pai, mas só as pessoas em cima do caminhão o ouvem. Padre Castro está com os olhos arregalados, como se eu fosse a própria encarnação do demônio, enquanto a diretora Marcela só balança a cabeça, como se já estivesse acostumada com adolescentes querendo chamar atenção. — Desce desse caminhão. Agora.

A compreensão do que eu disse para toda a cidade me deixa um pouco zonzo, porque não consigo mais voltar atrás. Procuro minha mãe na multidão, e vejo que ela olha para mim com surpresa. Não sei se o espanto vem da revelação ou da minha coragem.

Meu pai aproveita o momento e consegue arrancar o microfone da minha mão, sem me dar tempo de pegá-lo de volta. Ele leva o aparelho até a boca e proclama:

— Ele já deu o showzinho dele, meus amigos! Não se preocupem, porque assim como sou um bom prefeito para essa cidade, sou também um bom pai. Ele vai aprender a respeitar os mais velhos.

Antes que eu consiga sentir que aquilo é uma derrota, vejo uma silhueta subindo rapidamente os degraus que levam até a parte de cima do carro.

O sol tímido coberto por nuvens naquele dia meio frio bate contra os olhos de Diego e o iluminam, transformando-o na imagem mais bonita de toda a cidade.

E, no meio de todos os olhares surpresos, ele me pega pela mão e me puxa para um beijo.

Ouço o barulho do microfone batendo no chão quando meu pai o derruba. Ouço a cidade soltar um gemido de choque. Ouço vaias e aplausos. Ouço tio Eduardo assoviar da mesa de som. Ouço Patrícia gritar "é isso aí!" no meio de todas as pessoas.

Mas não me importo com mais nada. Só me importo com Diego, com o beijo que trocamos na frente de toda a Lima Reis, e tenho a certeza de que eu não gostaria de estar em nenhum outro lugar do mundo nesse momento.

25

— **O que você esperava** com esse showzinho, hein, André? — Meu pai avança sobre mim quando entra na casa onde tio Eduardo está hospedado, sem esperar que alguém abra a porta para ele.

Ele sabia que eu não voltaria para casa. Eu não lidaria com ele depois do que tinha feito, então me esgueirei pela multidão junto de Diego, voltei para a escola e peguei minha bicicleta, tomando o caminho até a casa que era dos meus avós enquanto ainda estava na companhia de Diego.

Mandei mensagens para Larissa e Patrícia, que vieram imediatamente ao meu encontro. E, logo depois, tio Eduardo, Felipe e minha mãe também apareceram.

Eu estava começando a tomar coragem para falar com minha mãe quando meu pai irrompeu pela porta.

— O que você acha que vai conseguir com esse tipo de atitude? — continua ele, enfurecido. — Até quando vai continuar passando dos limites para chamar atenção? Hein? Responde!

— Ulisses, chega! — grita minha mãe, se colocando entre nós dois. — Você passou dos limites quando decidiu roubar o dinheiro da cidade!

— Você vive dizendo que o André é adulto o bastante para entender as coisas, então para de defender ele! Essa é uma conversa entre homens!

Coloco uma das mãos no ombro da minha mãe e a afasto gentilmente, ficando de frente para o meu pai.

— Desde quando você se importa com isso? — pergunto. — Você faz o que bem entende, sempre sem deixar rastros, mente e engana todo mundo, e vem falar comigo sobre ser homem?

O rosto dele está vermelho de raiva.

— Seu moleque, você vai ver...

Ele dá um passo ameaçador, mas não me encolho.

Consigo me manter firme.

— Se você encostar um dedo no meu filho, eu quebro suas pernas — diz minha mãe, em uma ameaça que não deixa dúvidas de que é concreta.

— E eu, os braços — complementa tio Eduardo, seco.

Meu pai parece surpreso com aquelas reações. Dá um passo para trás, mas não desiste assim tão fácil e continua falando:

— Todos vocês perderam a cabeça! É por isso que o mundo está desse jeito! — Ele olha para mim. — Se você acha que é bonitinho sair por aí beijando outros homens, então seja feliz! Eu não preciso de gente assim na minha vida. — Ele se volta para minha mãe e aponta um dedo acusador para ela. — A culpa disso tudo é sua, Selma. Quando eu ganhar essa eleição, sou eu quem nunca mais vou querer olhar na sua cara. Foi você quem criou esse menino para ser desse jeito. Passei tempo demais tentando encontrar um jeito de sustentar vocês, e é assim que me retribuem? Vá dando adeus para o seu empreguinho naquela escola, e não me peça um centavo! Se você é mulher o bastante para quebrar minhas pernas, também vai conseguir se sustentar sem mim.

Minha mãe só balança a cabeça, com uma expressão desgostosa no rosto.

Mas sou eu quem falo:

— A gente dá um jeito, pai. Ninguém aqui precisa da sua ajuda. Estamos melhor sem você.

Ele me encara, perplexo com minha ousadia. Parece que vai falar mais alguma coisa, mas só balança a cabeça e me olha com desprezo antes de me dar as costas e sair pela porta da frente, batendo-a com força ao passar.

Sinto todos na sala soltarem a respiração, aliviados.

Minhas pernas amolecem subitamente. Meio sem jeito, vou até o sofá e me sento, ainda ouvindo os ecos das palavras que meu pai acabou de dizer.

Queria dizer que sou forte o bastante para não ter sido atingido por elas, mas não sou.

Elas ressoam, e dói.

Por isso, choro.

— Não se preocupa, filho. — Minha mãe se aproxima e coloca uma das mãos sobre meu ombro. — Está tudo bem agora.

Levanto a cabeça e olho para ela. Estou com tanto medo do que pode dizer. Medo de todas as formas pelas quais ela pode ser cruel e falar que ter me visto beijando Diego fez seu estômago se revirar.

Mas ela não diz nada disso.

— Você sabe como eu sou católica e sempre falei que acredito na Igreja e em Deus. E, quando você nasceu, eu rezei muito para Ele te guiar pelo caminho que eu tinha planejado. Porque, não sei se você sabe, mas a gente sempre tem um plano quando um filho nasce, e não há nada mais assustador do que imaginar que esse plano pode sair do nosso controle. Mas não me lembro de ter pedido para você se casar com uma mulher, se isso significasse viver uma vida infeliz. O que me lembro foi de ter pedido que você fosse feliz. Muito, muito feliz. E eu sei que você só está buscando sua felicidade.

Ela passa a mão no meu cabelo, arrumando-o, e enxuga minhas bochechas com carinho.

— Eu sempre disse que você e seu tio eram muito parecidos. Talvez eu só não quisesse admitir para mim mesma que vocês são *muito mais* parecidos do que eu imaginava. E está tudo bem. A Igreja nos ensina a amar as pessoas como a nós mesmos, e eu sei que muitos lá não colocam em prática o que aprendem, mas não vou ser um deles. Eu te amo do mesmo jeito que eu me amo: exatamente do jeito que a gente é.

"Algumas dessas coisas nem são tão novas assim para mim, porque seu tio está aqui e eu vejo o quanto ele é feliz e completo sendo ele mesmo. E quem sou eu para te dizer com quem você deve compartilhar sua vida? O que eu quero que entenda, filho, é que eu não sei tudo. Assim como você, eu também vou errar, mas estou disposta a aprender contigo, e quero ser a mãe que você merece. Porque você merece a melhor mãe do mundo."

É inevitável não sentir alívio e deixar as lágrimas correrem soltas pelo meu rosto. Quando minha mãe termina de falar e só fica me olhando com um sorriso, dou um abraço apertado nela. Quero agradecer pelas palavras, mas não consigo falar nada porque estou com a respiração irregular de tanto chorar. Então só a abraço, e ela passa uma das mãos pelas minhas costas, me acalmando.

— Agora vai lavar esse rosto e respira fundo, porque esse dia me deixou morrendo de fome! — diz ela, fingindo animação enquanto dá duas batidinhas no meu ombro. — Eduardo, me ajuda a preparar o jantar? Vocês ficam, Felipe? Crianças?

Todos concordam.

Depois de me acalmar e comer o macarrão com molho de carne que minha mãe e meu tio fizeram às pressas, me despeço dos meus amigos e resolvo dormir em um colchão ao lado da cama de tio Eduardo.

— Hoje foi um dia e tanto — diz ele, no escuro. O quarto é silencioso e só ouço o barulho das cigarras e o coaxar de alguns sapos do lado de fora.

— Eu que o diga — respondo, olhando para a escuridão. Não consigo pregar o olho, então fico brincando em silêncio, procurando silhuetas que apareçam no teto. Mas nenhuma aparece.

— Você foi muito corajoso hoje, André.

— Foi você, tio. Se você não tivesse aparecido nesta cidade, se não tivesse me mostrado o diário com todos aqueles conselhos, acho que eu nunca teria feito nada disso.

— O mérito é todo seu. Talvez você não fizesse do jeito que fez, mas eu não precisei de muito tempo para ver que existe coragem dentro de você. Mais cedo ou mais tarde, você tomaria as rédeas da sua própria vida e começaria a viver sua verdade. Fico feliz que eu tenha te ajudado nisso tudo.

Fico em silêncio por alguns segundos.

— Só aquele conselho de fazer fofocas dos outros que era péssimo — digo. — Todos os outros são excelentes.

Ele dá uma risadinha.

— Não existe ninguém igual a você, André.

— E você e o Pedro?

Ele suspira.

— A gente está se resolvendo. Vamos esperar o resultado dessa eleição para ver o que a gente faz.

— Então quer dizer que tem alguma chance entre vocês dois?

Dessa vez é ele quem fica em silêncio antes de responder.

— Não quero ter esperanças, mas também não quero fechar nenhuma porta. Então vamos esperar pelo futuro. Se há uma coisa que aprendi nesse tempinho aqui, é que Lima Reis continua me surpreendendo, mesmo depois de todos esses anos.

— E você acha que as pessoas daqui vão nos surpreender com essa eleição? Tipo, acha que a gente conseguiu fazer a diferença? Será que as pessoas vão parar de falar sobre quem beija quem e vão se concentrar em quem é o mais indicado para ser o prefeito?

— Eu não teria muita esperança de mudar a cabeça das pessoas da noite para o dia, André. É um processo lento e nem sempre acontece. Mas a gente não pode parar de tentar. Se a gente abrir os olhos de uma pessoa que seja, acho que já podemos dormir com a consciência de que, pelo menos, mudamos um mundo dentre vários espalhados por aí.

— Um pouquinho de cada vez — murmuro.

— Isso — responde ele.

Fecho os olhos enquanto abro um sorriso, sinto meu corpo relaxar e enfim pego no sono.

26

No dia seguinte, a cidade parece estranhamente calma. A lei não permite que se faça campanha na véspera da eleição, e, por algum motivo, meu pai resolve respeitá-la dessa vez. Quando passamos pela praça dentro do carro laranja e chique do meu tio, vejo que o lugar está imundo, mesmo que dois garis se esforcem para recolher todos os papéis espalhados pelo chão. Algumas pessoas sentam nos bancos, falando sobre os acontecimentos do dia anterior.

Queria ser uma mosca para saber se estão falando sobre a corrupção do meu pai ou sobre o filho dele ter beijado outro garoto. Mas, apesar de ainda querer ter esperanças, tenho quase certeza de que sei a resposta quando vejo os rostos se levantarem ao ver o carro passando, as cabeças balançando em desaprovação.

— Você está preparado, André? — pergunta minha mãe, olhando do banco da frente para mim enquanto desvio os olhos da praça. Minha perna balança para cima e para baixo, ansiosa.

— Uhum — murmuro enquanto o carro faz uma curva suave e vai parar na rua cheia de mangueiras da casa da minha avó.

— Lembre-se: ela é de uma geração que não entende muito bem essas coisas — diz minha mãe, tentando apaziguar a situação como se tivesse certeza de que ela vai sair do controle —, mas ela te ama demais para não te aceitar. Ela pode ficar um pouco confusa e distante, mas vai acabar te entendendo.

Só concordo com a cabeça, mas não estou olhando para minha mãe.

Pelo espelho retrovisor, encaro os olhos de tio Eduardo.

Ele não parece compartilhar a mesma opinião.

— Está tudo bem, tio? — pergunto.

Minha mãe só estende a mão e segura a do meu tio.

— Sua avó não foi... bem, ela foi uma grande babaca comigo, para falar a verdade — responde ele, ressentido. Estaciona o carro embaixo de uma árvore e o desliga, mas não faz menção de abrir a porta e sair dele. — Espero que seja diferente com você.

Saltamos do carro e atravessamos a rua, e minha avó já está na porta de casa, nos esperando. O avental está manchado de comida e ela tem as mãos nos quadris, e consigo ver sua expressão sisuda, não sei se franzida de raiva pelo que fiz ou simplesmente porque o sol do início da manhã está refletindo diretamente em seus óculos.

Quando fico na frente do sol e ela finalmente me vê por completo, percebo que sua expressão se suaviza e ela abre um sorriso.

— Entrem logo! — diz ela, nos chamando com uma das mãos. — O que vocês estão esperando? O café vai esfriar!

Sinto alívio quando me aproximo e ela me recebe com um abraço. Ela dá espaço para passarmos e entra em casa logo depois.

A mesa está posta com todas as melhores comidas da cidade: bolo de coco, pães frescos, queijo, requeijão, manteiga, uma garrafa de café e a louça que ela só usa para as visitas especiais.

Está claro que considera essa uma ocasião especial.

— Vamos, sentem-se! — incentiva ela, puxando uma cadeira para mim. — O que você quer comer, meu querido?

Sem que eu peça, ela começa a cortar um pão e a passar manteiga nele.

Eu me sinto em casa.

Quando todos nós estamos sentados, envolvidos pelo cheiro de café recém-passado que toma conta da sala, vejo que minha avó apenas me observa com aqueles olhos pequenos, as pálpebras enrugadas e caídas por trás dos óculos.

— Eu soube o que você fez ontem no comício do seu pai, André. Minhas amigas não falam de outra coisa.

Sinto meu corpo enrijecer. Olho para tio Eduardo, mas ele também se mantém calado. Assim como eu, não sabe o que esperar.

Uma das possibilidades que levantamos foi a de que ela, assim como finge que não sabe sobre tio Eduardo, também fingiria não saber nada sobre mim. Mas não é isso o que ela faz dessa vez.

Dessa vez, minha avó suspira.

E sorri.

— É todo mundo tão bobo nessa cidade. — É a conclusão dela. — Fica todo mundo me perguntando se não estou com vergonha do que você fez. E eu respondo para elas:

vergonha do meu neto ter encarado aquele pai corrupto dele? Pois estou é orgulhosa! — Ela estende a mão na minha direção e, quando estendo a minha, ela a segura com seus dedos ossudos e gelados. — As pessoas acham que, porque eu vivo nessa cidadezinha e já estou velha, não posso mudar minha cabeça. Mas eu tenho televisão, sabe. Uso até o celular! Eu vejo o mundo lá fora. Sei que ele é diferente dessa cidade, e, mesmo que não esteja muito acostumada com ele, sei que é importante estar pronta para as mudanças.

Meu sorriso não cabe no rosto. Minha avó balança a cabeça, como se estivesse em um diálogo interno, e então estende a outra mão na direção de tio Eduardo.

Ele parece reticente, mas dessa vez não se afasta. Ao invés disso, estende o braço e segura a mão dela. E ela fica assim, segurando nossas mãos, apertando-as enquanto minha mãe, do outro lado da mesa, nos observa em silêncio, sorrindo.

— Eu errei muito com você, meu filho — diz minha vó, olhando para o meu tio. Ele tensiona a mandíbula e engole em seco, talvez se lembrando de tudo o que passou naquela cidade. — Quando você me disse que gostava de garotos, eu não soube como reagir. Acho que nunca aprendi, na verdade. Mas aí eu vi você aqui de volta, doente, e antes de descobrir que isso tudo não passava de uma farsa, pensei em como seria se eu te perdesse sem nunca ter falado o quanto tenho orgulho de você. Porque eu tenho, todos os dias da minha vida. E não me importa o que as velhas mal-amadas daqui falam, porque nenhuma delas sabe o que é ter um filho incrível e que conquista tantas coisas do jeito que você conquista. Acho que elas queriam ter um filho assim, que nem você, mas elas que fiquem para lá com os delas! Eu sei que tenho o melhor filho do mundo. O melhor filho e o melhor neto.

E quero que vocês saibam que são todos bem-vindos nessa casa. Falando nisso, Eduardo, que história é essa de você estar namorando o Pedro Torres? Eu entendi isso direito?!

Meu tio dá uma risada entre as lágrimas, porque é claro que ele não consegue se segurar e agora está chorando como uma criança.

— A gente está conversando e vendo no que vai dar.

— Ele não é casado? — pergunta ela. — O André disse que os dois só fingiram estar juntos, mas isso é verdade? Por que, se você estiver traindo o sacramento do matrimônio, eu não admito!

— Ele e a Paula moram juntos, mas são apenas amigos. Só falam que são casados para a cidade não encher o saco de ninguém.

— Meu Deus, essa cidade! — diz ela, abrindo a boca em surpresa com a revelação. — Pois chame ele e a Paula aqui, porque vou me certificar de fazer todo mundo calar a boca!

Todos na mesa rimos, mas minha avó ainda não terminou de falar o que precisava.

— E você! — diz ela, soltando nossas mãos e olhando para minha mãe. — Que história é essa de que vai se separar do Ulisses?

Eu sabia que nem tudo podia ser perfeito.

Minha mãe só encolhe os ombros.

— Você viu como ele é, mãe. Ele não se importa com a gente do mesmo jeito que se importa com a prefeitura.

Minha avó suspira.

— Pois eu acho uma ótima ideia! — exclama ela, surpreendendo a todos nós. — Não sei se já falei isso para você, minha filha, mas nunca fui muito com a cara dele. Cheio daqueles sorrisos falsos e aquelas conversas sobre melhorar a cidade, e nem terminou de fazer aquele hospital! Pois eu espero que perca a eleição amanhã! Eu nunca votei na família dele, sabia?

Os olhos da minha mãe ficam arregalados de surpresa.

— Então está tudo bem? — pergunta ela.

— Está tudo ótimo! E, se precisar de algum lugar para ficar, a casa é grande o bastante para você e o André. Pode me ajudar com as marmitas enquanto não encontrar um trabalho novo. Mas sei que você é competente e vai achar alguma coisa logo, logo.

— Obrigada, mãe — responde ela. — Isso significa muito para mim.

Minha avó acena vagamente, como se dissesse que aquilo não é nada.

— Agora me digam: de onde vocês tiraram essa ideia do seu irmão ter que fingir uma cirurgia? Eu não acredito que você fez tudo isso por aquele traste do Ulisses e ele nem agradeceu!

E as duas começam a conversar sobre meu pai, a falar sobre todas as vezes em que ele foi desagradável e como a decisão de se separar é a melhor ideia que minha mãe já teve na vida.

Fico ali, ouvindo a conversa delas, sabendo que, apesar de todos os fantasmas do passado e das feridas que às vezes reaparecem, estou em família.

Depois do café da manhã, peço licença e digo que vou até a praça me encontrar com meus amigos. Minha avó me abençoa e pede para eu ter cuidado e não me importar com o que as pessoas estão falando. Dou um abraço apertado nela antes de ouvi-la falar para minha mãe e meu tio que eles não vão embora dali antes do almoço, e também insiste para eu voltar se quiser comer o delicioso escondidinho de carne seca que ela está preparando. Ela afirma que posso trazer meus amigos, se quiser. Tem comida de sobra.

Estou sem minha bicicleta e ando até a praça lentamente, chutando os poucos santinhos que ainda se espalham pelo chão. Vejo o movimento de carros quando passo na frente da escola, com as pessoas entrando e saindo, carregando as urnas eletrônicas e fazendo as sinalizações que indicam as seções eleitorais para o dia de amanhã.

Quero acreditar que conseguimos mudar alguma coisa em Lima Reis, mas à medida que ando e vejo os olhares das pessoas passando por mim, percebo que meu tio está certo: não dá para mudar as coisas em tão pouco tempo. Ouço sussurros, vejo pessoas apontando para mim e até ouço alguém gritar "Ulisses Aguiar é o melhor prefeito de Lima Reis!", em uma clara provocação que não me faz sentir nada além de decepção.

Quando chego na praça, todos já estão lá, me esperando, sentados embaixo de uma árvore que os protege contra o sol. Larissa está deitada no colo de Patrícia, e Diego mexe em seu celular, olhando para a frente a todo o momento, provavelmente na expectativa de me ver chegar.

E, quando me aproximo, abre um sorriso com seus dentes tortos e amarelados.

— E aí, como foram as coisas na sua avó? — pergunta ele, dando espaço para eu me sentar.

Encosto no tronco de árvore e Diego se aproxima de mim, colocando a cabeça no meu ombro. Algumas pessoas olham para nós, mas estou tão bem ali, tão acolhido por aquelas pessoas, que faço o exercício de não me importar.

— Ela foi muito mais legal do que eu imaginava — admito.

— Viu só? Pelo menos uma cabeça a gente conseguiu mudar — diz ele.

Sorrio.

— Será que valeu a pena ter feito tudo aquilo ontem? — pergunto. — Eu não acho que o Pedro Torres vá ganhar.

Larissa olha para mim e responde de imediato:

— Ah, eu sei que ele não vai ganhar.

— Obrigado por ser tão otimista — digo.

Ela ri.

— Mas a questão não é essa. O importante não é saber quem vai ganhar essa eleição, mas sim fazer as pessoas perceberem que existe gente que pensa diferente. Não sei se serve de consolo para você, mas fiquei muito feliz de perceber que a gente pode se unir, se quiser mudar alguma coisa.

— Talvez as pessoas daqui não tenham mudado de ideia em tão pouco tempo — diz Patrícia —, mas pelo menos a gente fez o que podia. Quem sabe, em outra eleição, as pessoas que nos viram dessa vez percebam que existe outra maneira de pensar. Uma maneira que não agrida nem transforme os outros em motivo de piada.

Não sei se aquilo me consola, mas, por hoje, é suficiente.

Continuamos deitados embaixo da árvore, em silêncio, apenas olhando para as nuvens que avançam no céu sem muito propósito.

— Oi, gente.

Uma voz diferente fala conosco. Levanto a cabeça e vejo que Mateus se aproxima, as mãos nos bolsos e uma corrente de metal tilintando no lado de sua calça preta. Sozinho, com uma expressão de quem não sabe muito bem o que está fazendo ali.

— Oi, Mateus — respondo, me lembrando do soco que ele deu em Iago e de como pareceu constrangido quando me viu com Diego no hospital abandonado. — Está tudo bem?

— Uhum — responde ele. — Eu vi vocês aqui e... sei lá. — Ele encolhe os ombros. — Eu só queria dizer que está todo mundo comentando o que você fez ontem.

Larissa revira os olhos, esperando pela piada.

— O Iago está com você, não é? Ele mandou você vir aqui?

— Não, não! — ele se apressa a dizer, levantando as mãos. — Eu vim sozinho, e vim em paz! — Ele toma fôlego e enfia novamente as mãos nos bolsos. Não sei como não rasga o tecido. — Eu só queria passar aqui para dizer que achei foda demais o que você fez, André. Era só isso.

Ele dá as costas para nós, meio sem jeito.

— Ei, Mateus, espera aí! — digo, sem saber muito bem como lidar com aquele elogio e percebendo que, de alguma forma, ele admira algo que eu fiz. — Obrigado. Se quiser ficar aqui batendo papo com a gente...

Ele olha para os lados, receoso de que alguém esteja vendo.

— Não, eu só... eu preciso voltar para casa — responde ele.

E então nos dá as costas e caminha para fora da praça.

— O que acabou de acontecer? — pergunta Patrícia, completamente estupefata.

Não respondo, mas alguma coisa dentro de mim me diz que, em uma cidade de oito mil, duzentos e treze habitantes, não é possível que existam apenas quatro adolescentes queer de dezessete anos.

27

O domingo demora a passar. Mesmo com a perspectiva pequena de que Pedro Torres possa virar a eleição a seu favor, ainda existe uma pontinha minúscula e silenciosa de esperança dentro de mim.

Quem sabe a cidade possa me surpreender, no fim das contas.

Com o jornal ainda interditado por conta do incêndio, Felipe finalmente resolveu aderir às mídias sociais e criou uma conta no Twitter, que nos atualiza sobre a contagem dos votos.

— Ok, recebi a notícia final! — diz ele, que também está ali na casa da minha avó, bebendo um copo de cerveja enquanto come os torresmos crocantes que ela acabou de fritar.

— Quem ganhou? Quem ganhou? — pergunta Patrícia, impaciente.

— Olha o Twitter! — responde ele, a expressão completamente desprovida de emoções. Não sei como Felipe consegue. — Acabei de postar!

É claro que poderíamos entrar na página do jornal maior que abrange a nossa cidade e todas as outras vizinhas na época das eleições, mas prefiro ver os tweets dele.

@DiariodeLimaReis 3h atrás
A primeira parcial já saiu! Com 29% das urnas apuradas, temos o seguinte resultado:
Pedro Torres 32%
Ulisses Aguiar 43%
Brancos e nulos 25%

@DiariodeLimaReis 2h atrás
Segunda parcial! Com 40% das urnas apuradas, temos o seguinte resultado:
Pedro Torres 36%
Ulisses Aguiar 43%
Brancos e nulos 21%

@DiariodeLimaReis 1h atrás
Terceira parcial! Com 67% das urnas apuradas, temos o seguinte resultado:
Pedro Torres 41%
Ulisses Aguiar 48%
Brancos e nulos 11%

@DiariodeLimaReis 1 min atrás
Apuração encerrada! Com 100% das urnas apuradas, o prefeito reeleito de Lima Reis é Ulisses Aguiar!
Pedro Torres 46%
Ulisses Aguiar 49%
Brancos e nulos 5%

Quando o último tweet é liberado e vejo que meu pai ganhou a eleição, dou um suspiro resignado.

Mas não parece uma derrota. Ver a porcentagem de votos em favor de Pedro Torres faz brotar um sorriso em mim, porque a disputa foi muito acirrada.

Penso que, de alguma forma, todos nós tivemos alguma influência naqueles números.

— Foi por tão pouco! — grita Patrícia, apertando o próprio celular. Sinto que ela só não o joga contra a parede porque Felipe provavelmente está concentrando todos os seus esforços financeiros na reconstrução do jornal. — Se essa cidade tivesse mais gente, nós teríamos conseguido!

— Mais quatro anos vivendo sob a tirania do seu pai — diz Larissa. — Sinto muito, André.

— Não precisa — respondo. — Eu não vou passar os próximos quatro anos aqui.

Aquela ideia parece cada vez mais consolidada dentro de mim, e dizê-la em voz alta só faz com que eu tenha ainda mais certeza da minha decisão.

— Então você decidiu, é? — diz Diego, o tom de voz um pouco mais baixo do que o normal.

Balanço a cabeça, fazendo que sim.

Não tem a ver com meu pai ganhar ou não a eleição, nem com o fato de a cidade ser um lugar péssimo para pessoas gays. Quer dizer, tem um pouco a ver com tudo isso, mas o fator principal, aquele que martela na minha cabeça desde que me entendo por gente, é a vontade de sair por aí e ver o resto do mundo. Quero saber do que ele é feito, quem o faz ser tão grande, plural e fascinante. Quero estar presente naqueles lugares onde as pessoas se esbarram e estão apressadas demais para olhar umas para as outras.

Quero fazer parte de tudo isso.

— Os vestibulares e o ENEM começam no mês que vem — digo. — Se eu conseguir uma nota legal em uma boa universidade, vou estudar em outro lugar. Mas isso não significa que a gente não vai mais se ver, nem que vou ficar lá para sempre. Quero voltar para Lima Reis quando puder. Essa cidade pode ter seus momentos ruins, mas foi aqui que conheci as melhores pessoas da minha vida. E, se elas ficarem, pode ter certeza de que vou voltar para vê-las sempre que possível.

— Eu não sei se você vai precisar voltar aqui para me ver — diz Diego. — Acho que também vou embora, se conseguir entrar em uma faculdade legal. Eu conversei com meu pai, e ele disse que me ajuda com as despesas, e eu também posso começar a trabalhar. Eu e meu pai, a gente... meio que está se entendendo, mesmo que aos poucos.

— Você está falando sério? — pergunto, surpreso.

— Minha mãe ainda não quer conversar comigo — diz ele —, e eu não posso obrigá-la a concordar com tudo o que eu faço. O que é uma pena, porque estou vendo como sua família foi incrível com você. Tudo o que você me disse continua martelando aqui dentro. — Ele aponta para a própria cabeça. — Talvez seja meio egoísta da minha parte, mas preciso pensar em mim. Talvez o tempo ajude minha mãe a colocar as coisas em perspectiva, e eu sempre vou estar disponível para quando ela quiser conversar. E também vou visitá-la sempre que eu puder. Mas... É, acho que estou falando sério. Quem sabe a gente não consegue ficar na mesma cidade, ou pelo menos perto o bastante para continuar se vendo sempre que quiser.

— Eu adoraria — respondo, e me sinto confortável o bastante para avançar e dar um beijo rápido nele, mesmo na casa da minha avó.

Quando me afasto, olho ao redor para ver se alguém reparou, e consigo ver os olhos brilhantes de tio Eduardo sorrindo para mim.

Meu maior incentivador.

Não sei o que vai acontecer no futuro. Não sei se vou mudar de ideia e ficar fascinado por uma cidade grande, tão fascinado a ponto de não querer mais colocar os pés em Lima Reis, mas acho que consigo manter minha promessa de voltar para cá. Quero continuar vendo minha mãe, continuar jogando conversa fora na praça, comendo as comidas gostosas que vovó faz e observando enquanto o tempo passa, para saber se Lima Reis vai continuar estacionada no tempo ou se outras pessoas, assim como eu, terão coragem para fazer alguma mudança.

Quem sabe eu me surpreenda.

Até o mês passado, eu nunca imaginaria beijar um garoto no meio de toda a cidade, e olha só o que aconteceu. Então, não posso dizer que o futuro já está traçado.

O que sei é que a vida é cheia de surpresas, e quero viver cada uma delas o mais intensamente possível.

Não vamos à festa de vitória do meu pai. Em vez disso, continuamos todos na casa da minha avó até a madrugada, conversando e comendo enquanto os adultos bebem suas garrafas de vinho e vão aumentando o tom das suas conversas.

Não parece, de forma alguma, uma derrota.

Quando já passa da meia-noite, alguém bate na porta da casa.

— Pedro! — diz minha avó, puxando-o para um abraço e pedindo que entre. Paula vem logo atrás, e, apesar de os dois não estarem com a melhor aparência do mundo, vejo que não estão indignados com a derrota.

Parecem, ao contrário, satisfeitos com o número de votos que Pedro recebeu.

— O Eduardo me disse que vocês ainda estavam acordados, e a gente não podia deixar de passar aqui para dar um abraço em todos — diz Pedro, olhando para a sala e vendo que ela está cheia. — Se não fosse por vocês, eu tenho certeza de que teria muito menos votos.

— O mérito é todo seu, Pedro — diz tio Eduardo, abraçando-o com aqueles mesmos dois segundos a mais que Diego usou quando nos abraçamos pela primeira vez. Parece que faz tanto tempo. — Essa cidade está percebendo que precisa de mudanças.

— Vou me certificar de fazê-las acontecer — afirma ele. — Ulisses Aguiar que me espere nas próximas eleições.

— Ele não pode se candidatar pela terceira vez — diz Larissa, entrando na conversa. — Pelo menos a gente tem esse prêmio de consolação.

— Espero que ele incentive o André a se candidatar — responde Pedro. — Não que eu vá te apoiar nem nada disso, André, porque eu com certeza quero ganhar as próximas eleições. Mas pelo menos seria uma disputa saudável.

— Não precisa se preocupar com isso — respondo. — Meus planos não incluem a vida política. Mas, quem sabe, eu não faça a cobertura da sua campanha? Não sei se já vou ter terminado a faculdade, mas posso vir aqui por você.

— Prometo que não vou te subornar, ameaçar nem incendiar seu local de trabalho — diz Pedro, e Felipe só o encara com uma expressão de falso mau humor antes de também cair na risada e puxar Pedro para um abraço. — Desculpa, foi muito cedo, não é?

— Pedro — chamo ele depois que todos já se cumprimentaram, e ele vem na minha direção.

Pego o celular do bolso e abro o arquivo com todos os e-mails que consegui pegar do computador do meu pai.

— Eu quero que você fique com isso — digo, mostrando a tela para ele. — É o histórico de quase um ano de troca de e-mails de uma conta paralela do meu pai. Eu só consegui ler os e-mails sobre os computadores da escola, mas deve ter muito mais coisa aí. Você é a pessoa que mais se importa com Lima Reis, e tenho certeza de que vai fazer a coisa certa.

Estendo o telefone e Pedro o pega, surpreso ao deslizar o dedo pela quantidade de mensagens.

— Coloca seu e-mail aí que eu te encaminho — digo, e ele obedece.

— Obrigado, André — responde ele, me entregando o aparelho de volta.

— Também queria te pedir para você ficar em cima da investigação que estão fazendo sobre o incêndio no jornal do Felipe — peço. — Eu tenho certeza de que tem o dedo do meu pai nessa história, mesmo que a gente não consiga provar agora. Você pode fazer isso, por mim e pelo Felipe?

— Você nem precisava me pedir — responde Pedro. — Já estou de olho na investigação e só vou descansar quando eles tiverem um laudo técnico que seja confiável.

Dou um suspiro, cansado e aliviado ao mesmo tempo.

— Eu só quero que meu pai responda pelas coisas que fez. Mesmo que essa cidade ainda não consiga ver, eu sei que você e outras pessoas estão lutando para fazer de Lima Reis um lugar melhor. E quero ajudar no que for possível.

Ele sorri, bate no meu ombro e me olha nos olhos.

— Todo mundo aqui gosta muito de você, André. Espero que você saiba que, não importa o que aconteça, você tem potencial para ganhar o mundo.

Concordo com a cabeça, e dessa vez não me sinto sem graça pelo elogio.

— Eu sei — respondo, não para soar convencido, mas tendo a certeza de que sim, tenho todo esse potencial e estou pronto para enfrentar o que o futuro tem guardado para mim.

Quando Pedro se afasta, vejo tio Eduardo vindo na minha direção.

— Então quer dizer que você decidiu ir embora de Lima Reis? — diz ele, sentando no sofá. Eu o acompanho e me sento ao lado dele.

— Quero saber o que tem lá fora — digo.

— Tem tanta coisa — responde tio Eduardo, com uma voz sonhadora. — Se você acabar parando em São Paulo, quero que venha morar comigo.

— O quê?

— É! Eu moro sozinho em um apartamento que não tem nem um terço do tamanho dessa casa, mas tenho certeza de que a gente consegue conviver bem. Eu quero te mostrar como é a cidade que eu amo. Quero que você conheça meus amigos, vá a festas comigo, e que também estude muito para se tornar o melhor jornalista que esse país já viu. Tenho certeza de que sua mãe não vai se opor.

Minha cabeça começa a ferver com todas as possibilidades.

— A gente pode ir em um show da Lana Love?

— Querido, ela pode fazer um show na sala do meu apartamento! — diz ele, sorrindo. — Se você quiser, é claro. Daqui a pouco você vai se tornar um homem independente e vai querer explorar o mundo. E, apesar de minha pele não dizer, eu tenho mais que o dobro da sua idade e com certeza vou ser o adulto chato que vai te dizer "não" quando achar que você está se colocando em perigo. Mas, pelo que já conheço de você, sei que isso não vai acontecer com frequência.

— Obrigado, tio — respondo, abraçando-o.

E eu não sei o que vai ser daqui para a frente. Não sei se meu pai vai conseguir abafar as investigações do incêndio ou se ela terá uma conclusão justa, nem como Lima Reis vai estar daqui a alguns anos, muito menos como meu relacionamento com Diego vai ficar. Tampouco sei se vou continuar amando meu tio Eduardo quando passarmos a morar juntos. Não faço ideia se São Paulo é realmente esse lugar que não se importa com um garoto gay de dezessete anos, ou se sempre haverá olhares sobre mim, me julgando e medindo tudo o que faço.

Mas sei que estou pronto para tentar. Estou pronto para desbravar o mundo, e conhecê-lo melhor, e explorar cada pedacinho que me pareça interessante e, por que não?, também mudá-lo e torná-lo melhor para outras pessoas que sejam iguais a mim.

Da mesma forma que tio Eduardo mudou meu mundo e me ajudou a enfrentar os rumores da cidade, quero conseguir mudar o mundo dos que vierem depois de mim.

Um pouquinho de cada vez.

Agradecimentos

Quando escrevi meu primeiro livro, achei que estava entrando em uma carreira que seria estável. Eu lançaria um livro por ano, no mínimo, sem atrasos, sem percalços, sem nenhum imprevisto. Eu me sentaria, escreveria, publicaria; me sentaria, escreveria, publicaria — em uma constante que duraria pelo resto dos meus dias.

Mas aí apareceu a vida e me disse que não seria bem assim. Primeiro, tinha uma pandemia no meio do caminho — o que, por si só, já deixou todo mundo fora de ritmo. Além disso, alguns dos meus manuscritos finalizados ainda precisavam de mais trabalho ou não estavam no momento certo de serem publicados. Tinha insegurança, insônia, ansiedade, troca de agente, troca de editora, troca de casa editorial: tudo se mostrou uma grande inconstante. Como a vida é e vai continuar sendo, seja eu viciado por controle e estabilidade ou não.

Rumores da cidade não foi a primeira coisa que escrevi depois do meu primeiro livro, mas é definitivamente a mais divertida. Tem tudo o que gosto em uma história: é engraçada quando tem que ser, é triste de vez em quando, é humana em sua totalidade. Algumas pessoas cismam em dizer que a escrita é um ofício solitário, mas tenho certeza de que este livro não seria o que é se não estivesse cercado de pessoas que puderam me ajudar a torná-lo a sua melhor versão. E, por isso, preciso agradecer.

Para minha agente e amiga, Taissa Reis, que me ouviu falar deste livro desde que ele era uma semente que envolvia flashbacks megalomaníacos, assassinatos e quase o triplo de personagens que ele tem agora: obrigado por me ajudar a entender a história que queria contar, por discutir comigo quando, em uma quarta-feira de noite qualquer, eu chegava aleatoriamente e apenas falava "qual carro é legal para um tio gay ter?", por me reconectar novamente à escrita quando achei que não estava mais dando certo e, principalmente, por me emprestar seu sobrenome para batizar a cidade na qual se passa essa história. Um parágrafo nunca será o bastante para te agradecer por tudo o que você fez e ainda faz por mim. Você é incrível.

Para o meu namorado, Leonardo Gomes, que também me acompanhou durante a jornada de escrever as dinâmicas de Lima Reis: obrigado por aturar minhas inseguranças e minhas reclamações, por ouvir minhas ideias e me dar feedbacks importante para o andamento da história. Obrigado por estar ao meu lado em um quarto de hotel de Ouro Preto, em um dia de chuva, quando coloquei o ponto final no primeiro manuscrito de *Rumores da cidade*. Te amo.

Para toda a equipe da Alt e, em especial, para Agatha Machado e minha editora, Paula Drummond, por suas sugestões incrivelmente assertivas sobre diversas passagens do livro. Obrigado por torná-lo a sua melhor versão, pela empolgação à medida que lia a história, pela parceria e cumplicidade em todas as etapas da edição. Seus comentários me deram um novo fôlego para me certificar de que tinha feito um trabalho à altura dos títulos publicados sob seu aval.

Para minha antiga editora, Veronica Gonzalez: não trabalhamos muito tempo juntos, mas sua presença e seu amor por este selo editorial foram muito importantes para que eu estivesse certo de que estava confiando meu trabalho para pessoas que amam livros tanto quanto eu.

Para Bárbara Morais, que não só preparou o livro que você tem em mãos, como também me ajudou muito durante todo o processo de escrita, com dicas, sugestões, conversas empolgadas e muita troca de conhecimento.

Para Helder Oliveira, que fez esta capa incrível que transmite tão bem tudo o que existe na história, obrigado por me dar não apenas uma, mas duas ilustrações maravilhosas. Você captou perfeitamente tudo o que eu queria mostrar e transformou minhas palavras em imagens que não consigo parar de ver.

Para o meu grupinho de escritores e amigos: Dayse Dantas, Fernanda Nia, Mareska Cruz, Iris Figueiredo e Babi Dewet, obrigado por ouvirem inseguranças e anseios sobre a carreira, por serem minha força quando eu achava que nada daria certo e por trocarem tantas experiências que nos tiraram de furadas!

Para Vitor Martins e Vitor Castrillo, minhas fiéis escudeiras, com quem posso contar para literalmente qualquer coisa: obrigado por serem os melhores amigos que a escrita me trouxe.

Para Orlando dos Reis, meu editor internacional que, mesmo sem querer, acabou semeando a ideia deste livro de um jeito meio descompromissado (olha só no que deu!).

E, por fim, para todos vocês que se permitiram ter a companhia de André, Diego, tio Eduardo, Larissa, Patrícia e todos os moradores da fofoqueira cidade de Lima Reis: só escrevo histórias porque vocês estão dispostos a lê-las. Todas as mensagens, comentários, críticas e conversas que a literatura me trouxe e continua trazendo me fazem perceber que estou na carreira que sempre sonhei. Obrigado por serem os leitores mais carinhosos, amáveis, pacientes e empolgados que um autor poderia querer.

E que continuemos nossas pequenas grandes revoluções, porque mudar o mundo dá trabalho e não acontece de uma hora para a outra. Mas a gente consegue. Um pouquinho de cada vez.

Este livro, composto na fonte Fairfield,
Foi impresso em papel Pólen natural 70g/m² na Corprint.
São Paulo, Brasil, outubro de 2022